长篇小说

天择

杨柏峰 著

陕西师范大学出版总社

图书代号：WX20N1965

图书在版编目(CIP)数据

天择／杨柏峰著. —西安：陕西师范大学出版总社有限公司，2020.10
　　ISBN 978-7-5695-1881-8

Ⅰ.①天… Ⅱ.①杨… Ⅲ.①长篇小说—中国—当代 Ⅳ.①I247.5

中国版本图书馆 CIP 数据核字（2020）第 189170 号

天　择
TIAN ZE

杨柏峰　著

责任编辑	张建明
责任校对	张俊胜　孙瑜鑫
封面设计	鼎新设计
出版发行	陕西师范大学出版总社 （西安市长安南路 199 号　邮编 710062）
网　　址	http://www.snupg.com
经　　销	新华书店
印　　刷	西安市建明工贸有限责任公司
开　　本	720mm×1020mm　1/16
印　　张	17.5
字　　数	208 千
版　　次	2020 年 10 月第 1 版
印　　次	2020 年 10 月第 1 次印刷
书　　号	ISBN 978-7-5695-1881-8
定　　价	45.00 元

读者购书、书店添货或发现印装质量问题，请与本社营销部联系调换。
电话：(029) 85307864　85303622（传真）

序

和 谷

小说《天择》的作者杨柏峰是我的一个乡党，都是铜川王益黄堡人，准确点讲，是一个小乡党，但并不认识。当看到他的小说文稿时，顿觉耳目一新，欣慰铜川这小小的一方山水文气旺盛，在文学创作方面又多了一个新人。

这部小说，讲述的是以20世纪二三十年代为历史背景的故事，距今光阴遥远，作者肯定不可能参与其间。但通篇浏览下来，直观的看法是内容丰沛，语言质朴，情景生动。感觉不到有丝毫的胡诌乱编，看不到为了故弄玄虚而生造桥段，所展现出的就是那个时代一段艰难困苦的历史画卷，触动着人们内心深处对黄土地的无限眷恋，和对革命岁月的深深敬意。

小说以农耕文化为切入点，腾挪转折，挥挥洒洒，把我们这片土地上所特有的耀州瓷展示得形象而神秘。在兴修水利中，在处理家庭矛盾中，把乡贤在社会底层的作用刻画得淋漓尽致。同时，文中还提到了云槐书院的白先生，以及刘旅长的挂甲归隐，体现出乡贤文化对人们思想和行为的影响。纳纱绣、龙柏芽、陈炉石，还有白水县仓颉庙的《广武将军碑》，这些，都是实实在在的存在，作者巧妙地展现在小说当中，特别是有些段落的描写直通人的内心。这样，就为其赋予了灵性的光芒。

铜川的霸王窑阶级教育馆，自1977年闭馆至今已经有四十余年，现在，人们鲜有提及。作者形象地诠释了"没奈何、下炭窠"和"紧三鞭、慢三鞭、不紧不慢又三鞭"。将以鹞子高三为代表的关中红拳、刀客、侠义与革命杂糅到一体，从一个侧面展现出武侠文化对政治主张的影响力。老城的描写，也可圈可点，像陈炉古镇、富平老城、沣河渡口、签事胡同、枣刺胡同以及直罗镇等，还有三原县的小磨香油、耀州咸汤面、耀州窑旁边的关帝庙，这些都体现出颇有特色的风土人情。

在红色文化方面，作者以革命烈士舍生忘死为主线，既有根据地，也有地下党，还有基层苏维埃政权的对敌斗争，展现出面对白色恐怖和残酷镇压，不同角色革命意志坚定性的不同，用反派和投降派衬托出革命烈士的铮铮铁骨和视死如归的无畏情怀。

小说通篇以叙事为主，插叙、倒叙。用笔方面比较有特色。其中一大特色，就是画面镜头感很强。读到有些章节和段落，仿佛身临其境，读者的目光和思想像是被作者用笔引导到了场景当中，这样的段落贯穿于小说始终。另一大特色，是一些人物的独白。作者用笔细腻、独到，给不同的角色赋予了不同的内心境界，形神兼备，细致入微。还有一大特色，是对比和隐喻。悠闲的农耕生活对比火热的革命生涯，隐喻着革命者为之所奋斗的目的，就是要让耕者有其田，安居乐业。

总的看，这部小说，作者还是下了一番硬功夫的，有一定的文学价值。当然，还有一些不足。像这样题材的小说，应当写得更加雄浑厚重一些才好。作者在一些事件的描述上点到为止，并没有展开写，让人觉得有些惋惜。

代之为序。

2020 年 3 月 26 日于西安明胜街

（和谷，国家一级作家，中国散文学会理事，陕西省文联副巡视员，陕西省作协主席团顾问）

引 子

春有百花秋有月，
夏有凉风冬有雪。
若无闲事心头挂，
便是人间好时节。

  恬淡与名利总是人们追求的两个极端。据说，终南隐者的人数已经超过了五千人；而在南方，也有人购买或长租皖南古民居进行修缮和改造，携儿带女结庐而居。这里面，有碌碌无为不愿拼搏者，有生意失败、感情受挫厌世者，也有高学历待遇优厚但郁郁不得志者。是的，隐于乡野不问世事，的确少了世俗中许多忧愁。但，遁世之举值得大家奉行效仿吗？

  社会的浮躁犹如夏日骄阳里隐匿在树叶里的知了，拼命地叫着，虽然看不见，但这种声音此起彼伏，叨扰得你心神不宁。我，也是一样。心情像这年夏天的天气一样燥热，吹着空调也不顶用。索性刷了一辆摩拜，晃晃悠悠地一路骑行，想登上山巅深深地呼吸大山里质朴的气息，一吐这些不快。走着走着，国道变成了乡村道路，水泥路也变成了泥土路，缓坡变成了陡坡，路上荆棘密布越来越难走，多数时间需要把自行车推着走。

  塬上，一马平川，眼前豁然。随着习习的凉风，轻轻踩着踏板，身心顿时自由了。极目塬的另一边，一排排农家小院静静地掩在绿树后面，洁白的院墙外，不知名的红花开得正艳。

既然上来了就过去看看吧，心里想着，脚下快速地蹬了起来。这是一段慢下坡的水泥路，速度太快了，"咣铛"一声，连人带车撞到了一户人家门前的麦草垛子上。听到外边声响，一个小伙"腾、腾、腾"地跑了出来，看着我笨拙地从地上爬起来，满头的麦草屑，笑得前仰后合："一个大男人，怎么连个自行车都不会骑？"

是啊，我站起来定了定神，心里不停地在想，好像是不会骑自行车了，要是拿现在社会成功的标准衡量，我好像什么事情都不会干。

我拍拍身上的土星，问了他的名字，才知道他叫龙二虎。龙二虎倒是热情，从我手里拉过自行车，两腿夹着前轱辘，把扶手扳正，说道："自行车好着哩，走，进我家喝口水吧。"

这是一个不大的农家院落，正房是两间窑洞，几间平板房环绕四周。待客的桌子支在过道，沐浴着穿堂凉风，望着天上的蓝天白云，看着远方的田野绿地，呷着浓浓的酽茶，没有美酒佳肴，却怡然自得。心想，我怎么没有龙二虎生活的踏实呢，嘴里没头没脑地冒了一句："眼见着起高楼、眼见着宴宾朋、眼见着楼塌了。"

龙二虎倒没有觉察到我心思的变化，站起身，指着塬下一片一片的麦茬地说道："你看下面这一大片地，地下埋着文物呢，宋代的。宋代的文物下面听说还埋着唐代的文物，一个朝代压着一个朝代，都埋到地底下了。早年间在河对岸还有一个经幢，说是唐代的，搬到玉华宫了。"

不论是到什么地方，当地的人们总要夸耀他们的历史，所以，我对龙二虎介绍这些并不感到奇怪。但却从他的话语中有一丝丝体会，历朝历代的繁华，经历时代变迁，终逃不过被黄土掩盖。当然，一个家族亦是如此，人无百日好，花无百日红，哪能长久不衰呀！所谓，君子之泽五世而斩嘛。更何况，当今社会称得上君子的能有几人？财富又能传多少代呢？

龙二虎兴奋地给我介绍着，我顺着他手指的方向眺望，脸上笑眯眯的，心里却参悟着历史遗留下来有关功名利禄与家族兴衰规律的密码。他看我没有应和他，当我不以为然呢，情急之下拉着我的手，就奔进了里间的窑洞。

龙二虎掀开板柜，端出一个木头匣子，打开木头匣子，拿出一个小包袱来，小心翼翼地打开包袱，一个以白绢为底的绣品呈现在眼前。只见这个绣品用金线勾勒出线条，辅以五彩丝线绣成，窑洞光线虽然昏暗，其发出的隐隐金光依然让我震惊："没想到，看似普通的村庄里竟有这么好的刺绣。"龙二虎递过来让我仔细看，说道："是我太奶奶绣的，有八十多年了。"他扬着脸，一脸自豪的神情。

我觉得窑洞的光线不豁亮，顺势就走到窑洞外面，想借着太阳光好好看看。龙二虎在我身后大喊道："别出去、别出去！"

但为时已晚。这绣品在阳光的照射下，"嘭、嘭、嘭"，开裂成小片片，扑扑簌簌地散落在地上，惊得我说不出话来。还未转过神来，院子里平地打起了一个旋风，将这些绣品碎片"呼"地卷到了空中；稍一停顿，一阵强风吹过，把空中的这一捧绣品碎渣吹到大门外，我俩跌跌撞撞地追寻出去，眼望着这一捧绣品在空中盘旋打转。怪风突然停了，"噗"的一声，绣品完全成了碎屑，飘飘忽忽地散落在不远处的沟壑边，眼前只见绣品的金光纷纷落下。龙二虎绝望地说道："完了，这是渭北唯一的'金彩纳纱绣'。"说完，对着天空怔在那里，许久之后才回过神。

我们两人垂头丧气地回到门道坐好，我等着龙二虎发飙，但他却闷着头一言不发，不停地抽烟。突然，他号啕起来，声音悲恸，这是对自己无法保存祖传之物的深深懊悔与绝望。而我只能坐在一旁，自责痛心至极，却无法用苍白的言语劝慰他。宝物因我而毁，我只能等待他的痛骂申斥。但是，龙二虎只是放声痛哭，却没有冲我发火的迹象。

许久之后，他止住哭声，用手背揩了揩眼角，喃喃自语道："这是太奶奶留给我们后辈唯一的东西，保管不易。四十多年前因担心被抄走，爷爷用油纸包了埋在地里；等运动过后再打开就已经有腐朽的迹象了，所以这么多年一直在阴暗处保存。"他边说边啜泣："我也知道保存不了多少年了，只是没想到会这个样子灰飞烟灭。"

他自顾自地说着，我无法插话去安慰。"其实也算幸运的了，这不过是自己家的一个物件而已。革命战争那些年月，太奶奶娘家的几十号子亲人都扛起枪，义无反顾地下塬参加了游击队。有多少人，连命都没了啊！"

缓了缓，他又指着塬下河边的土地说道："那么一大片地里都埋着古代的瓷器，我爷爷年轻的时候，为了开荒种地，挖出来不少瓶瓶罐罐呢。唉，全打碎倒掉了。"末了，他只简单地说了一句："老祖先留下的好东西怎么就这么难保存啊！"

我下塬的时候，心里莫名的轻松，我欣赏龙二虎豁达的态度。忽然又想起北边大山里的孩童，他们的村子离县城有十五六里的山路，一路上坡，崎岖难行。每次去县城采购，大人们都要开拖拉机，孩子们就坐在拖拉机的车厢里，一路颠颠簸簸却欢欣无比。是啊，我们为什么不能生活得真实简单快乐呢！

回到家以后，我不止一次地回想起同龙二虎的对话。他说，他的祖辈经历了关中历年的战乱和饥荒，一直挺过民国十八年关中大年馑，

"活下去"是那个时代灵魂深处的坚持。但是,他的祖先却没有为一口吃的低头弯腰,更没有为一口吃的打家劫舍走上邪路。他的太奶奶靠着刺绣的手艺养家糊口,他的奶奶因为救人伤了胳膊而不能传承"金彩纳纱绣"这门古老的手艺。但是,他的爷爷奶奶并没有沮丧,"金彩纳纱绣"固然能卖大钱,使一家子人过上好日子,但即使没了这门手艺,平平常常的生活照样也是一辈子,没有什么可惋惜的。

那个年代的人们,举动谈不上惊天动地,无非是春种秋收、地里刨食。但在别人有难时,能有机会伸出手帮人的话,也是道义在肩、绝不含糊,仅此而已。大多数人也都是这么做的。然而,他们活得真实而又不平凡。

第 一 章

一

　　道家云：心者神也，神者心也。扰则神动，神动则心浮；心浮则欲生，欲生则伤；伤神则失道，人能调伏其心，内安其神，外除其欲，则自然清静。

　　黄洋区南边龙背湾村圪罗寺的残垣断壁旁，石制的经幢孤零零地矗立在一堆乱石瓦砾上，经幢表面刻满了经文，经过千百年的风吹日晒雨淋，斑驳坑洼。残垣的旁边却有一棵古松，挺拔直立。树身一半已经干枯，裸露着躯干，而另一半却郁郁葱葱、苍翠欲滴，形成了巨大的伞盖。

　　伞盖下，一游方的道人盘腿而坐，身着皂黑的百纳道袍，顶挽云髻，腰背略拱，双手执子午连环诀于小腹处。近观该道人年逾八十，面庞黝黑，须发皆白，长手大脚，眉眼低垂。虽然饱经风霜，浑身却透着黄土高原固有的倔强。口中喃喃有词，不知所云。

　　道人一旁的瓦砾上放着一个粗布包袱，油纸伞柄露在外边，伞布黄且明亮，像刚刚蒸烤过的烟叶子一样。

　　没有人知道道人从哪来、往哪去，更没有人知道他为何停留在这圪罗寺的遗迹旁。道人好似一尊雕塑，一动不动。时间也仿佛静止在了民国二十年六月十八这一天。

不远处的山坡上,俊奇和他兄弟俊林不顾炎炎烈日埋头在地里劳作着。他俩都戴着破草帽,虽然顶着夏天正午的大太阳,但却没有脱掉上衣光膀子干活,任凭着汗水浸湿衣服,手里却丝毫不停歇。

被毒太阳灼伤皮肤可不是好受的。

噗,俊林手中的撅头像是挖到一个空洞里,没有了坚硬土地反弹撅头的感觉。"咦,哥,地里有个洞。"俊林一脸疑问。俊奇听到兄弟叫他,拎起撅头急忙跑了过来。

"再往深挖,轻点。"俊奇边说边蹲在旁边,眼睛盯着这个小黑洞。

俊林挥动着撅头,黑洞越来越大,渐渐地露出面目来。"是一窝子瓷碗。"俊奇边说边松了口气,他主要是担心地里有蛇窝。

只见瓷碗一摞摞在洞中无序摆放着,有三五个一摞,有七八个一摞,还有的倒放着。俊奇蹲在坑边,伸手摸起来一个看了看,青色的釉面、碗壁很薄并且刻满花纹,很是耐看。

这时俊林跳到坑里,双手把一摞碗捧了出来,抄起一个就着太阳光仔细端详起来。"哥,我看这些碗都好着呢,拿回家吧。"俊林认为这些碗给小猫小狗喂食还挺好。

俊奇也不说话,跳到土坑里,陆续把这些碗都搬了出来,一摞一摞倒扣着在地畔放好,呸呸,给手心里吐了口唾沫,攥紧撅头把,用撅头背对准一摞子碗底,抡圆了砸了下去,哗,碗全碎了。

"哥,别砸了吧,这些碗能用的。"俊林一脸心疼地劝道。

"这些碗当然能用,但是祖上有规矩,地里挖出来的东西有邪气,不能拿回家。"俊奇边砸边说。

俊林听了这话,一脸似懂非懂的样子:"那咋弄,全部砸了吗?"

俊奇口气坚决地说:"全砸了,傍晚咱们拿个筐子把这些烂瓷片抬走倒掉。"

哗啦哗啦,砸碗的声音惊动了不远处打坐的道人,道人抬眼往俊奇两兄弟的方向看了看,面部表情好像很满意他们的举动,但这只是一瞬间而已,他们兄弟毫无觉察,道人的眼睛又垂了下去继续诵读。

"哥,你看那边的老道士,都坐了大半天了,不吃不喝的,能受得了么?"俊奇刚把所有的碗砸碎,直起腰时,俊林说道。

"去,把咱们这一罐子水和馍给师傅拿过去,咱们不吃了,回去吃完后,晚上再来干活。"

俊林听到他哥把老道士叫师傅,心里也就多了几分恭敬,遂把他们的吃食送了过去,并且给道人点了点头表示敬意。

道人并未看他,仍然在诵读。

傍晚时分,狠毒的太阳已经换了一副面孔,收起了正午的骄横,转到了西边的后山。天空中,取而代之的是一盘圆月、朵朵的棉花云以及湛蓝的天空。

俊奇两兄弟吃罢晚饭,踏着习习的凉风,肩膀上扛着撅头又下地干活了,俊林的肘弯处还挎着筐子,准备倒那些破瓷片。

一筐一筐,他们兄弟俩总共倒了三筐才倒完。

他们干活的土崖下方就是这片土地上的人们赖以生存的漆河。漆河的水清澈且湍急。在他们村这个地方,河道陡然变宽,河水也温和了下来。转过弯,又咆哮着向南奔去。数千年来,沿河两岸的民众早晨挑水沉淀用于饮食;到了下午,大姑娘小媳妇纷纷端起洗衣木盆来到河岸洗衣服,而小伙子和老汉们则在下游用刷子给牲口洗澡,人欢马叫,一派欢乐祥和景象。

漆河是供养当地民众的母亲河。

两兄弟将碎瓷片倒在水流湍急的拐弯处，任凭河水将瓷片冲刷带走。

陶瓷，因水火而成，终将回归泥土，完成属于他的轮回。

河川里热热闹闹的声响丝毫没有触动道士，他依然盘腿打坐，喃喃有词。

两兄弟普普通通的一天在开荒中过去了，这样的生活也是中华大地数以亿计的劳动人民普普通通的一天。

清晨，鸡叫第二遍的时候，天空中泛起了一丝亮光。俊奇平躺在炕上，拉长胳膊，伸直脚尖，用劲伸了伸懒腰。腿抬起来蹬掉被子，一个转身坐到炕沿上。

穿好鞋之后，他把家里唯一的一头老黄牛从窑洞中牵了出来。为了防止偷牛贼，除了下地干活外，老黄牛白天拴在院子里，晚上就得牵进窑洞，和他兄弟俩住在一起。俊奇把牛在院子中间的泡桐树上拴好后，抱了一捆昨天才割的牛草，又提了半桶潲水放在牛的旁边。

必须把牛先伺候好，这是庄稼人赖以生存的伙伴。

俊奇娘也起来了，正在烧水，为两个儿子下地干活准备着。俊奇边收拾撅头边对娘说道："妈，对面圪罗寺来了个道士，昨天待了一天也没走，看这个师傅常年流落在外也不容易，我和俊林打算多带一罐水和两个馍，最好能再带一个腌萝卜，送给他。"

俊奇娘姓柳，名字已经无从考证，人们都管她叫龙柳氏。"好，妈今天就多准备些，这是积德行善的好事啊。"

说话间，太阳已经冒出东边的高山，把整个龙背湾村映照得金碧辉煌，早晨的阳光并不刺眼。一切准备好之后，俊奇这才走进了窑里叫醒兄弟。

"俊林,你把两罐水和吃的拿上,我拿撅头和筐子,一人再拿个馍,边走边吃。"俊林擦了把脸,把粗布毛巾搭到椅子背上,回过头答应了一声:"好。哥,要是道士师傅今天还在那,咱们还给送吃食吗?"

"要送的,咱们家虽然不富裕,就这还时不时地接济旁人,更何况是有学问的道士。说不来还是活神仙呢!"龙柳氏边给粗瓷罐里舀开水,边开玩笑地说道。

夏末的龙背湾村万木葱茏,靠近河岸的水浇地早早被村民种上了玉米,因雨水丰厚,格外的郁郁葱葱。站在河对岸的圪罗寺遥看,一大垄一大垄的农田逐阶而下,一直延伸到漆河边,好像一只低头饮水的巨龙,龙背湾村即来源于此。

道人依旧盘腿坐在圪罗寺的古松下,一动不动。

俊奇家的土地主要集中在圪罗寺边上,有五亩多,其中的两片地已经种上了黄豆。而这几天,两兄弟主要是开垦旁边的慢坡荒地。按俊奇的设想,两年能开出五亩多,和已经耕种的土地就能连成一大片了,收种时节把牛赶过来,犁地、拉粮食会很省力。

"俊林,去把吃食给师傅送过去。"俊林把吃食和两个水罐放下后,用笼布包了两个蒸馍和一个腌萝卜,拎起一罐水走向道人,友好地点着头。

在随后的两天里,兄弟俩先后又刨出了三个放置青瓷大碗和其他青瓷生活器皿的瓷窑,前前后后打烂了各式青瓷刻花大碗三百多个,青瓷枕二十多个,黑色釉面的平口水罐十来个,开出了三亩多荒地。

傍晚时分,俊奇直起腰来,起身准备回家。他眺望着眼前的十里河川,给弟弟说道:"听老辈人讲,这里在古代是有名的十里窑场,多数窑场烧造普通人家用的生活瓷器,还有几家水平高超的,经过层层筛选后,也为宫廷和官家烧造瓷器,而现在咱们挖出来的这些,就是传说中的'古董'。"

"那,这些'古董'能卖钱吗?"俊林问道。

"古董"能不能卖钱俊奇不知道,他只知道如果沿河上下这几个村子的庄稼人都到河川的地里挖"古董",那河川的上千亩土地将无法耕种粮食,甚至会为抢夺"古董"而引起流血争斗。他们村挖出来就打碎的传统反倒是对这片窑场无奈的保护。

"不知道,也许能卖钱吧,但这又能怎么样呢,土地,本来就是要耕种的。"俊奇说道。

道士依然坐在那里,一动不动。每天都会吃完俊林送来的杂粮馍、喝完一罐子开水。

"哥,地里的瓷器窑口太多了,里面全是发红的硬土,种不成粮食,咱们得用熟土把坑垫起来吧。"俊奇和俊林抬着筐子倒完最后一筐瓷片,俊林气喘吁吁地说道。

这些越来越多的瓷窑打乱了俊奇的开荒计划,兄弟俩这几天来只顾忙着倒瓷片了。俊奇放下筐,直起腰板,前后瞅了瞅地里的青瓷窑口,一个接着一个的大坑,高低错落地嵌在地里,分明像是挖炭窠留下的洞口,哪像是种粮食的土地啊。

"得垫土,明天挑一副筐,就用前面土崖下的土先垫起来,随后再盖上牛粪,等雨季来临前,再往地里铺草木灰。"俊奇说着,看了看地上落下的瓷片,弯下腰,信手拾起来,对准三十步外的一颗胳膊粗的古槐,"嗖"的一下打了出去,"梆"的一声,瓷片击中古槐落在了地垄上。

俊林也捡起一块，学着他哥的样子，但没有击中。他又捡起一块递给俊奇，"梆"的一声又击中了。俊林有点吃惊："哥，你这还是一个绝招啊。"

"以前生怕快熟的麦子被麻雀、野兔糟践，经常在地边守着，遇到有野物来时，就信手拿起土坷垃扔，时间长了就打得准了，我还打中过野鸡呢。"俊奇笑着说道，丝毫没有觉得他这个是绝招，更没想过这会成为救命的绝招。

"梆、梆"打中树木的响动惊醒了古松下盘腿打坐的道人，道人两腿一用劲从地上站了起来，哈哈大笑，冲着兄弟俩走了过来，操着一口浓重的陕西东府口音："妙、妙！砸得妙啊！生而不有、抱朴守真，长而不宰、不贪不欲，你们兄弟俩遵从祖训，无投机之念，无横求之心，令贫道叹服啊！"

兄弟俩望着道人和善的面庞，对刚才的话似懂非懂："我们俩只是做了该做的事情，没觉得对不对么。"俊奇回应道，一脸的茫然。

道人转身背起包袱，从贴身的衣服里掏出一个玉佩递给俊奇："这个留给你，以后有缘遇到刀客，可以拿出来给他看。"道人又犹豫了一下，欲言又止，只说了一句："罢了，这或许就是他最好的归宿吧。"

俊奇两手接过玉佩，是南山独有的蓝田玉，被老师傅贴身戴了几十年显得通透明亮，在阳光下隐隐有朦胧的雾气。

不待俊奇说话，道人已经飘然而去，步履矫捷，身后只留下一句偈语：

"惊蛰三候夜，宝物现世间，由此多风雨，深藏保平安。"

"惊蛰三候夜，宝物现世间，由此多风雨，深藏保平安。"俊林重复着道人刚才说的话，略有所思地问道："哥，这是啥意思么？"

俊奇一直望着道人远去的背影，说道："不知道，可能是劝咱们不要贪心吧。"

俊林的疑问却越来越重，问道："宝物，师傅刚才提到宝物，啥才是宝物？咱们都穷成这样了，还能有金银财宝？"

道人已经走远，俊奇把目光也收了回来，俊林刚才的话也正是他心里的疑惑，可是，能有什么宝物呢？"别想了，还是干活吧，咱别听他的，兴许师傅是随口说呢。"他斩钉截铁地说道。

二

在接下来一个多月的时间里，兄弟俩先后完成了种麦子、收黄豆、平整土地、拉牛粪等一系列的农活。说话间，八月十五已然快到了。

这天清早，俊奇在院子里喂完牛，正在给牛刷毛，阳光照过来，牛毛一片金黄。

他娘在土窑洞里喊他："俊奇，你进来下。"

"哎。"他放下毛刷子，弯腰走进窑洞。

只见娘打开板柜，取出一个梳妆匣，从里面拿出一个粗布小包，打开粗布小包，他家的全部积蓄显现出来了，约莫有二十多块大洋和一布兜铜板，他娘摸出一块大洋犹豫了一下，递到他手上：说道："马上要过节了，去到街上给樊家楼你未来的老丈人买些大肉和点心，再给葵花妹子买一身好布料。"

俊奇没有接钱的意思，不情愿地嘟囔道："葵花好像对咱们家不满意，不行就算了，回头再托人重说一个。"

他娘一脸的埋怨,说道:"这孩子,咋能这样呢?我看葵花这孩子朴实勤劳,好着哩!她爹樊二斗也同意,咋能说算就算啦。"说着把钱硬塞到他手上,"去,和俊林一块上街买,买完就送去。"娘虽然是劝说,但口气很坚决。

没办法,俊奇拿着钱走到窑门口,喊了声:"俊林,把今年咱们用坏的撅头、耙子归拢下,拿到街上的铁匠铺加点钢。"

俊林麻利地褪下铁器,拴在麻绳上:"走喽,上街赶会去喽。"

俊林还年轻,脑子里没有这些烦心事,只觉得劳累了大半年,也该出去逛逛了,顺便再吃点好吃的,他并不知道这些钱挣得非常地不容易。

常年的动荡,使得银圆的购买力非常强大,所以才叫大洋。无论中原地带,还是满蒙疆藏回,纸币一跌再跌,只有银圆是硬通货。虽然在有些地方,政府已明令禁止用银圆交易,巩固纸币地位。就陕西而言,去年成立的陕西银行已经开始大量发行纸币,但是人们对此前富秦银行出现的关门停兑事件心有余悸,民众依然优先认可现洋。俊奇家的老黄牛就是在前年的大灾之年用一块大洋买来的。

兄弟俩说笑间已经来到街上,这个渭北高原的集镇同千千万万的关中民众一样,才刚刚从饿殍遍野的年馑中缓过来。

黄洋区的街道坐落在半山坡,寨子不大,街道也不长,整个街道行人不少,买东西的却不多,少了讨价还价的呼喝和车水马龙的嘈杂,显得冷冷清清。

兄弟俩先到铁匠铺,放下农具,给铁匠叮嘱了几句,付了钱继续往街道里面走。

"哥,前面就是富祥绸缎庄,咱们先去给葵花姐买料子吧。"俊林高兴地说。

"嗯。"俊奇应了一声。葵花虽然看不起俊奇,但俊奇天生有一股不服输的劲头,他认为,只要不停地劳作着往前奔,肯定能把日子过好的。和葵花结婚的事,他觉得不到时候,原因也说不清,船到桥头自然直吧。

半个时辰后,东西已经买齐了,樊大伯的四样节礼:六斤猪肉、水晶点心、云南烟叶和炸油糕,当然还有给葵花妹子的衣服布料。还剩二十七个铜钱,兄弟俩一人吃了两个炸油糕,俊奇又让老板用两张麻纸各包了四个,递给了俊林:"拿回去,给娘一包,再给三爷送一包。"俊奇、俊林和老娘三个人相依为命多年,平常族中掌柜的三爷对他们家帮衬不少,买好吃的孝敬长辈自是应当的。

坐落在北堡的樊家楼离龙背湾不到十里山路,俊奇抄近路翻过两座土梁,再上个大坡,眨眼间就到了。

樊家楼建在村子正中的一个高台上,整个黄土台高出地面丈二以上,长宽各五十丈有余,四周青瓦高墙,防备森严。仅有宽约丈许的青石台阶通往大门口。近五十年来,先后有十余拨土匪想强攻樊家楼,无奈门楼坚固,没有一次得逞。这座宅院正是樊老爷子几代人引以为傲的杰作。

葵花妹子正在樊家楼土崖上的石磨边晒花椒,四五张竹席整齐地摆在地上。花椒当年采摘之后,必须在太阳下暴晒直到快速炸裂才算上品。她看见俊奇来了,心里有一百个反感,没好气地问道:"龙背湾的,你来干啥?"

"我妈让我来看看樊大伯,"俊奇轻快地跃上土坡,瞅着葵花说道,"主要是给樊大伯拜节,又不是来说咱俩的事,你紧张啥?"

葵花说道："我有啥紧张的，咱俩的事也没啥好说的。"说着，指着俊奇破烂的布鞋和沾满尘土的裤腿："你看你那德行，等攒够十亩水浇地再说吧。"葵花白了俊奇一眼，说着转身走进院子。

俊奇和葵花的婚事是老人们指定的，她家族中二伯和俊奇的老爹一块闹过辛亥，两个人先后倒在了胜利的前夜。在他俩很小的时候，双方族中老者就提议定下了娃娃亲。

长大之后，葵花提出的条件是，俊奇家在河川里要有十亩水浇地才考虑嫁不嫁。这个条件苛刻但也不过分，渭北高原十年九旱，人们经历了前年的大年馑之后，越发觉得水浇地的珍贵。

有收无收在于水，多收少收在于肥嘛。

俊奇跟了进来，丝毫没有被葵花的态度影响，笑着说："我这几年在圪罗寺边上已经开出了八亩地，加上原来河川里的两亩，正好十亩。"葵花转过身来数落道："圪罗寺在半坡上，离河川还八丈远呢，你那八亩也能算水浇地？"

"我打算在这八亩地上面，南北各挖一个水窖，最上面修上蓄水渠，夏季水窖蓄满水，来年春天就能浇地，这八亩是慢坡地，水往下走，能够大水漫灌，收成不比真正的水浇地差。"进院子后，俊奇放下礼物，很肯定地说。

樊老爷子听到说话声从房间走了出来，和蔼而又威严地说道："俊奇来啦。"

俊奇恭敬地回道："快过节了，我妈让我来看看您和大妈，带了您最爱吃的云南烟叶。"

"好、好，葵花，把东西都拿进去，倒水。"樊老爷子说道。

葵花极不情愿地拿起东西，俊奇也凑上来帮忙，拿起炸油糕说：

"给大妈的，趁热吃。"葵花也不答话，用力地夺过油纸包。

樊老爷子和俊奇在客厅坐定后，拉起了家常。无非是老人身体好不好，和同族兄弟关系处得怎样，今年都种了些什么，收成怎么样，来年还有啥打算，等等。俊奇一一作答，他喝了口水问道："育才哥没回来吗？"

"没回来，在学校呢，看过节能回来不，平常家里的农活他也不管，只知道教书、写字、画画，活计都落在老二一个人头上。"樊老爷子边抽烟边说，其实心里也是蛮自豪的。

北堡樊家和南堡马家都是当地数得上的大户人家，马家出了个深受乡邻爱戴的马先生，而樊家的上一辈人当中，闹辛亥的革命党也不少。不过，因为战乱都死在了战场上。所以，樊老爷子秉持耕读传家的家风，一心想让两个儿子读书成才。他虽然不问军政，却深深地影响着樊家的后人们。樊家老二打小就爱东游西逛，根本坐不住，所以，樊老爷子把希望全部寄托在老大身上。老大也很争气，从小就酷爱读书，成绩也不错。稍长，樊老爷子就送他去华阳县高等学校读书，盼着老大成才。培养一个有学问的人，受四邻八乡羡慕，是大部分庄稼人的梦想。

旧时，华阳县城里就有本地的最高学府——文正书院，是人们为缅怀范仲淹知华阳县而建的，民国以后改为县高等学校。以前，学校南门正对范文正公祠，院大幽静，可惜三百年前被流民焚毁，不然，文公祠是学生们早读的好去处呢。

育才在学校常年苦读，深得教习赏识，遂推荐去正谊书院深造国学，并有幸跟随关中大儒少方先生学习二十四史以及书法和国画。今年，华阳县城的学校更名，开设的学科增多，育才应邀回乡讲学，主讲中国史。他自己在乡里原本有一个名字，但觉得土气便弃而不用更名育才，字洗之。

"咦，大伯，怎么没见文才兄弟。"俊奇抬头问道。

樊老爷子放下烟袋锅子，眼睛看着屋外说道："今年咱们这收成还不错，我让他和几个伙计赶了十铁轮大车麦子和棉花走陕北了。走了快一个月，也该回来了。"

俊奇一听紧张起来，眼睛望着樊老爷子说道："大伯，听说陕北闹瘟疫，文才应该没事吧。"樊老爷子心态平和，肯定地说道："没事，我只让他走到鄜县，要是再往北走就危险啦。"

俊奇一听放下心来，又寒暄了几句就起身告辞，准备回家。樊老爷子让了让，知道他天生倔强，是不会留下来吃饭的，因此没有勉强。

三

樊老爷子把俊奇送走回到院子时，葵花已经在台阶上等着他："爹，还是把这门亲事给退了吧，不要再让龙背湾来送节礼了。"

樊老爷子看了她一眼，边往屋里走边说："这女子，尽说些胡话，老人们定好的亲事怎么能说退就退？何况，我看俊奇这小伙子勤劳朴实，是个过日子的人。"

葵花"哼"了一声，准备走开。

"你进来，给你说个事。"樊老爷子拉长了声调。

葵花进屋赌气似的坐在椅子上，拧着头。樊老爷子不慌不忙地用烟袋锅子挖了一锅烟丝，擦亮火柴点着，吸了一口，说道："俊奇这小伙子很争气,前年大旱,所有的亲戚都来咱家借粮,不论远近,我都会盛上两斗:一斗小麦、一斗杂粮。我托人给俊奇捎话,让他也来背粮食,好让他娘仨度过饥荒,可他硬是没有来。这种只靠自己不靠别人的劲少见呐。"

"这事你都说了八百遍了,因为你乐善好施,大家都把你叫樊二斗嘛。"葵花不耐烦地说道。

樊老爷子嗔怪地看了她一眼,接着说道:"重点不是施舍,重点是他们一家子争气。何况,俊奇他娘会刺绣,绣品能卖不少钱呢,你要是学会了,日子不会差的。"

"刺绣,不就是绣花嘛,大姑娘小媳妇谁不会呀。绣个门帘呀、绣个枕套呀,再给小孩子绣个虎头鞋呀,有啥好学的。"葵花不以为然。

樊老爷子站起来,在房内踱着步,依然不慌不忙地说道:"没错,你说的那是普通绣品,只能卖铜钱。而俊奇他娘会传说中的'金彩纳纱绣',绣品能换大洋呢。"

葵花一听起了好奇心,就势坐好,手肘放在桌子上,两手支起下巴,问道:"你见过?"

"见过,早几年前见过。"樊老爷子也坐了下来,笑眯眯地看着葵花说道:"我在县城的财东家见过俊奇他娘为老财东祝寿所绣的'八仙祝寿图'寿幛,绣在一个八尺长的素丝白绢上。轮廓全用金丝掐边、金丝绲边。所用的十色丝线都是挎开分成四份,细细密密,远远看去,吕洞宾、铁拐李、何仙姑等八个神仙表情生动,跟真人一样。翻过来再看,正反完全一样。微风吹过丝绢,金光流动,仙人好像要飞起来升天一样。"

葵花听得入了迷,这样的绣功连听都没听说过,和大针大眼的陕西刺绣完全不一样。怪不得能卖袁大头呢。

"那这幅'八仙祝寿图'能卖多少？"葵花问道。

"工钱三十块大洋，"樊老爷子敲掉烟袋锅子里的烟灰，抬头看着她，说道，"但这并不是最主要的，家有万贯不如一技在身啊。"樊老爷子用烟袋锅子轻轻点着葵花："你们还年轻，应该多学点本事啊！"然后又郑重地说："好啦，这门亲事不能再有悔退的想法了，快去纺线吧。"

樊老爷子虽说是当地的地主，但生活却和平常人一样简朴。他本人也不像城里财东家的老爷，三妻四妾、绫罗绸缎、鸡鸭鱼肉、养尊处优。而和大部分农民一样，叼旱烟杆、穿粗布衫，同长工们一起下地干活、一起围桌吃饭。每年除了麦收后的三天，一日三餐全吃麦面外，全年只有三个节气吃麦面，这三个节气是端午、中秋和过年。其余时间主要以杂粮和瓜菜为主。何况，前年闹年馑，樊老爷子前后救济和施粥，总共耗费了四十多担粮食，家底已经空了。所以，家里的老少都要一起动手干活，不养闲人。耕读之家勤为本嘛。

晚上，葵花和大嫂就着一盏昏暗的油灯，各自盘腿坐在纺车前，"嗡、嗡、嗡"地纺着线。她俩一手摇着纺车、一手拿着棉花条，每纺完一绺棉花很快又续上一绺。纺线要讲究两手并用、不紧不慢。快了，棉线容易断；慢了，线从棉花条里扯不出来。她们一晚上要纺出十锭子棉线才能停工，这是樊老爷子给下的任务。

此时，葵花的脑子却完全没有在纺线上，脑海中飞快地算着账。他和他嫂子一年到头不停地纺线织布，每人最多织三匹布，净挣四块大洋；而俊奇他娘绣一个寿幛竟能挣到三十个大洋，一个人抵她七个人。葵花想着想着，手底下就慢了起来，自言自语道："金彩纳纱绣？会有这么贵吗?"

嫂子看她手慢了,赶忙提醒:"葵花,想什么呢,是不是想俊奇啦?呵呵。"

葵花一惊,回过神来,满脸通红:"嫂子,说什么呀,谁想他,哼。"说着,手又快了起来,跟上了节奏。

第 二 章

一

初秋，俊奇和俊林兄弟俩吃罢晚饭早早来到圪罗寺，继续他们的开荒任务。

不远处的山梁上，两棵柿子树挺立在地垄边，柿树叶依然碧绿，柿子向阳的一面已经红了，树枝上面挂了一个看似熟透了的柿子。一群麻雀在叽叽喳喳地欢叫着，其中有一只已经跳到了柿子树的枝头，用小巧的嘴巴不停地啄着这个久违了的食物。

不知不觉两个时辰过去了，圆圆的月亮挂在半空中。俊奇抬头看着明亮的月光和满天的繁星，自言自语道："明天又是个好天气啊。"

对于庄稼人来说，种地就是靠天吃饭。农民最大的愿望就是风调雨顺。

俊林也停下手中的活计，正想给他哥说什么。突然听见由北向南传来急促的马蹄声，像是在匆忙地赶路。兄弟俩不自觉地向官路上望去，三匹快马已经转过龙背湾的弯道。恰在这时，不远处大山的黑影里闪出五匹马，五个大汉手持马刀一字排开拦住了南行的三个人。

俊奇一看："不好，遇土匪了。"心里暗暗惊叫，拉着兄弟悄悄躲到了黄土崖边上的黑影里。三个赶路的见有人拦截也是一惊，狠狠勒住马缰绳，三匹马头陡然扬起，侧向一边原地转圈，马蹄踏作一团。

为首的土匪催马向前走了两步:"樊家老二,兄弟们恭候多时了。"一口纯正的陕北腔调,虽然懒洋洋的,但透露着志在必得的架势。

这个樊家老二,正是俊奇未来的妻弟——文才兄弟。文才小名叫碌碡。碌碡从小就显得比同龄人力气大,十二三岁时可以搬动石磨盘上的小碌碡,十七八岁就能端起石磨盘,乡邻惊叹他有把子力气,所以起名叫碌碡。

要不是仗着身高力壮,他也不会赶夜路回家。

文才心里纳闷,方圆十几个土匪窝子,樊家楼年年派人拜会,没听说过有陕北口音的外地人入伙啊。况且,都是当地人啸聚山林,时聚时散。这些匪徒平日里也只做打家劫舍营生,以求解决温饱生计,鲜有害人性命的。看这五个人的架势,像是流窜作案。嗨,今天碰上硬茬子了。

匪首像是看穿了他的心事,缓缓地说道:"你在鄜县就被我们盯上了,无奈你们晓行夜宿,专挑大路走,弟兄们跟了五六天也没找到下手的机会,想着踩空了呐。咋着,今天碰见也算是咱弟兄们缘分一场。"顿了顿,又说道:"兄弟们只求财,不会胡乱坏人性命的,放下包裹和马匹,走人。"匪首手一挥,做了一个放下东西就可以走的手势。

文才和另外两个长工对拦路剪径实际早有准备,况且,他仗着力气大,还想拼一拼。三个人纷纷抽出木棒作防守状。虽然两个长工年龄小,一个十八岁,一个才十六岁,但都有一股子不畏邪恶、拼死一搏的劲头。

在摆好架势的同时,文才向匪首喊话:"兄弟知道几位哥哥不容易,这有一百大洋请哥哥们喝酒,下次去鄜县,兄弟携带重礼一定去山寨拜访。"说着扔过来一个小包袱,匪首接住,银圆在包袱里碰撞的哗哗乱响。

　　这伙匪徒之所以盯紧咬死文才，主要是货款太诱人，十个铁轮大车粮棉在鄜县卖了三千多大洋，眼红，值得玩命。

　　匪徒见对方不肯交出全部货款，遂抡刀向前，企图速战速决。文才见状，"呼、呼"两棒子磕开两个匪徒的马刀，两个长工也胡乱挥动着棒子不让其他土匪靠近。

　　匪首瞅准一个空当，一刀劈向文才，眼见文才腾不出手来招架。

　　俊奇见状，从土崖的缝隙中抠出一个青瓷片，一抬手，"嗖"的一声飞出去，"啪"的一下，击中匪首面部，匪首动作一缓，文才一棒子将匪首打下马。俊奇又一抬手，第二个青瓷片子击中另一土匪的下巴颏，土匪失去重心也掉下马来。

　　匪首满脸是血，目光冷鸷，用眼光暗示弟兄们向他靠拢，双方慢慢后退对峙，时间好像静止了一样。匪首没有得逞，心里很不甘心，五把刀指着文才，一言不发。

　　这时俊林在黑影中大喊："有人来啦！有人来啦！"

　　俊奇同时抬手，"嗖、嗖"两下，向土匪扔出青瓷片子。"当、当"两声打在刀上，火花四溅。匪首眼见对方暗中还有帮手，敌暗我明，难以应付，犹豫了片刻，一挥手，众匪翻身上马，扬长而去。

　　文才三人这才松了一口气。

　　俊奇和俊林从不远处的黑影中跑出来，俊奇轻松地向三个人打着招呼："哎，回来啦。"

　　文才跳下马，紧跑两步抱住俊奇："哥，得亏有你啊。"他惊魂未定，带着哭腔激动地叫道："没有你和俊林，我们三个今天就完啦！"

　　俊奇倒是没觉着有多危险，拍着文才的肩膀："好啦，这不没事嘛。"说着拉起他的手走到马跟前,说道:"那就快回吧,时间不早了,樊大伯还等着你呢。"

文才执意要俊奇、俊林和他一块回樊家楼。他想让他爹知道俊奇对他们的救命之恩,增加对这个未来女婿的好感,俊奇却认为举手之劳没有必要。况且这样去,有向樊大伯邀功的意思,不愿跟着去。

俊林见他俩说不到一块,过来打圆场,说道:"哥,咱还是陪着文才哥回家吧,万一土匪还在前面山洼处等着可咋办!"

俊奇一听也就不再坚持,两个长工合骑一匹马,俊奇俩兄弟合骑一匹,边走边聊。

"前几天我去看望樊大伯,不是说你们赶十个铁轮大车走陕北了么,怎么没见车,就你们三个回来啦。"俊奇问道。

文才说道:"眼见后天就八月十五了,我就让八个长工赶车,他们两个先陪我回来。今天本来是要住在铜官县城的,想想家就在跟前,就走夜路赶了回来,没想到遭土匪了。"

俊奇说道:"听说陕北闹瘟疫,死了不少人,你这一路上算是平安啊。"

文才轻松地说道:"鄜县以南还好,要不是闹瘟疫,我们就赶车去花马池贩盐了。"

贩盐,几千年来暴富群体生财的主要手段,也是国家收重税的一个行业,素有"天下之赋、盐利居半"之说。定边花马池盐湖的盐自然形成,"朝取暮生、暮取朝复",取之不竭。历来,只要先交税,拿到盐务准运证即可从定边运盐南下,贩往省城和凤翔一带。

要不是闹瘟疫,文才这十大铁轮车一往一返,至少能挣上万大洋。

可俊奇倒没有算计挣多挣少,只是叹息兵祸连年,加之年馑瘟疫,不知还得死多少人呐。想到这些和自己同样出身的农民，因为瘟疫而死，甚至绝户，情绪不由得低落起来。一路无话，只听见马蹄踏着地面发出的"哒、哒"声。

跃过土梁，已经到了樊家楼。

长工下马拍开楼门和房门，叫醒了樊老爷子和樊大娘，两个老人一听文才平安回来，很是高兴，这都提心吊胆快个把月了。老两口穿好衣服，趿拉着鞋，跑了出来。在客厅门口，两个长工一同向老爷子问好，樊老爷子"嗯、嗯"地答应着，脚下没有停留，快步走进客厅。

当两个老人看到小儿子后，放下心来，樊老爷子也不多话，在中堂坐好，樊大娘拉着文才的手，仔细端详起来。俊奇两兄弟赶忙起身向二老问安。当二老看到俊奇和俊林两兄弟都来了时，心里有些诧异。文才把刚才他们如何遇险、俊奇兄弟俩如何出手相救的事情声情并茂地给老爷子演示了一番。

俊奇不习惯别人夸他，连连摆手。

这时，葵花已经在厨房为三人做好了热汤面，用托盘端了上来，在门口冲着两个长工说道："出门饺子进门面，赶紧端着吃，里面还有两个荷包蛋呢。"说着走进客厅，把最后一碗放在弟弟面前。

"没有给俊奇两兄弟做吗？"樊老爷子责问道。

葵花走到俊奇跟前，说道："给他俩做饭吃？他俩也赶大车啦？"

俊奇忙向樊老爷子示意："不用了，我俩刚吃过，不饿。"

文才边吹着碗里的热气边冲着葵花说道："姐，我们刚才遭土匪了，俊奇哥用飞石打得土匪满脸是血，土匪一看我们暗中有帮手，才退走的，要不然，我们可能就回不来了。"

"呦呵，还挺厉害，行，奖励你们一碗。"葵花说着就拧身出门。

葵花本来这几天一直在想她爹所说的"纳纱绣"的事，还在盘算要不要嫁给俊奇，跟着他娘学挣钱手艺。今天俊奇和俊林又救了她弟弟，她这才打内心深处对俊奇有了好感。当她把面端上来的时候，态度便一百八十度转弯，不自觉地叫了声："俊奇哥，快吃吧。"

俊奇的内心是平静的，并没有因气氛融洽表现出高兴，俊林却有礼貌地说了声："谢谢葵花姐。"

葵花白了俊奇一眼，站在了她爹身旁，两个手摆弄着衣襟。

吃完面，兄弟俩起身告辞，回到龙背湾时已经快天明了。

樊老爷子待两兄弟走后，两个长工也都去休息了，才冲着文才安排，说道："把这两个长工的名字记下，年底重赏。"又冲着葵花说，"俊奇小伙本来就不错，这次又救了你弟弟，你还有什么说的，婚事得按我们的安排来。"樊老爷子加重了语气，不容反驳。

二

俊奇和俊林兄弟俩回到家倒头就睡。龙大娘不明白缘由，天亮的时候，她在院子里喊了他们两回，他俩应了一声又继续睡，一直睡到日上三竿才起来。

昨天折腾了一晚上，确实乏了。

下了炕，俊林还在回想着斗土匪那惊险的一幕，心里盘算，自己除了会干农活，其他什么也不会，力气也不够大，要是遇到土匪，还真真打不过呢。当他把担心说给他哥听的时候，俊奇却笑了起来。

俊奇将老黄牛牵到了院子里,对兄弟这种多余的担心不以为然,土匪是不会劫穷人的道的,穷人没钱啊。何况,为什么要和土匪拼命呢,把腿脚练好,远远望见撒欢跑就是了。他劝道:"俊林,别瞎想了,吃完饭干活吧,今天咱们就不下地了,把前一阵咱们收回来的牛草铡了,给牛储备好过冬的粮食。"

兄弟俩在院子一角的草棚下支起铡刀,俊奇蹲在草垛旁负责给刀口放青草,俊林负责铡切,一下一下,青草的香味顿时弥漫了整个院落。俊林铡累了,兄弟俩就歇一歇,互换一下角色继续干。没有多余的话,只听到铡刀切草发出的"嚓、嚓"声。两个人干活效率挺高,不到半天的功夫,所有的青草全都铡完了。

俊奇看了看草的数量,嘟囔着说不够牛过冬吃的,因而说道:"俊林,下午咱们去后山,套上牛,拉上架子车。"

因为家里劳力少,加之土地墒情不同,俊奇家这十二亩土地分季节种着不同的农作物。河川里的两亩地种小麦,收成好,承接缴纳皇粮国税的任务后,还有剩余呢;圪罗寺边上的五亩地种黄豆,好的卖给豆腐作坊,差的自己吃;后山塬上的五亩山坡地,全部种玉米,产量高,价钱稳定,间苗后的鲜秸秆和收获后的干秸秆还可以喂牛。

秋天的后山一片火红。

土崖边上的臭椿树上,几只乌鸦在树梢间跳跃,还有几只在山涧盘旋,翅膀煽起气流呼呼作响,嘴里"哑、哑"地叫着。

没有人喜欢乌鸦,黑色的羽毛、嘶哑的叫声,象征着阴暗、落寞甚至死亡。特别是有哪一家老人去世或家人受伤,都会回想起前几天耳旁听到乌鸦的叫声,大家把这一切罪责都归于这个黑色的精灵。

乌鸦毕竟只是一个普普通通的飞鸟,它应该也很讨厌自己的叫声。

只是，有谁能够改变与生俱来的东西呢？

而另一面的崖壁上，已经快成熟的柿子涨红了脸庞。微风吹过，惊起了树间的鸟儿，它们成群结队，扑棱棱地飞了出来。

山上更多的还是麻雀。十几只麻雀在欢快地叫着，有时候一起飞到树下，跳跃几步，倏忽间又一起飞走，盘旋着升高，呼地一下，又俯冲下来，好像在做着集体游戏。

远方的高空，一只苍鹰在展翅飞翔，目不转睛地寻找着猎物。一旦发现目标，它便会以最快的速度俯冲而下，用利爪给猎物致命一击。在这样的渭北山区经常上演着苍鹰抓野兔的场景。野兔多了庄稼就要遭殃，所以，当苍鹰搏兔时，人们都会欣喜地远远观望。

大家在干农活时总会在树木茂密的地方发现猫头鹰和啄木鸟。猫头鹰在白天休息，所以一动不动；啄木鸟则勤快地工作着，吃完一棵树上的虫子就又飞到另一棵树上，继续着树木"白衣天使"的使命。

这些，组成一个完整的食物链。它们无视这些干活的庄稼人，而庄稼人也不会打扰它们。如果有小孩玩闹，调皮地向鸟儿扔土块，就会立即被大人喝止。

山里的野果也成熟了，或大或小，紫红的和浅红的，一颗颗镶嵌在野树上，这些可以吃的山果，是孩子们的最爱。

不远处的山崖上，一棵被滚雷劈过的枣树顽强地挺立着，虽然枝干全部枯死了，但它仍然倔强地昂着头。俊奇拿起撅头，熟练地在土崖上刨出一溜子斜坑，踩着斜坑走到枣树下，费了老半天劲才把这棵枣树挖了出来。他仔细看这棵树，主干有一人多高，手腕粗细，木质坚硬，砍下来打磨打磨，刚好可以做一个拐杖。

塬上的土地大而平整，每到秋高气爽的午后，村民们就扛起农具走出家门开始一天的劳作。

俊奇和俊林兄弟俩今天比大家都勤快，早早来到地里。两人先绕着玉米地走了一圈，又站在高处整体俯瞰一遍，查看着今年玉米的长势。然后走进地里，一行行穿插着仔细看，把有些已经成熟的玉米掰下来扔了出去，归拢了一下，装了半架子车。然后，再一个一个地挖出玉米秆，整齐地码放在车上。

整片地全部筛完后，俊奇拿起䦆头，走到地势稍高的地方，简简单单的几下子就钩出了一个水道，这样就能保证下雨时雨水汇集到地里来。随后，他又找到整片地的最低处，用䦆头把低洼处的缺口补上，保证雨水汇集到地里后全部下渗，不至于流走。

当一轮圆月升到当空时，周围地里的村民早早罢锄回家，俊奇两兄弟这才套上牛车起身回家。

第二天，天上突然下起了沥沥小雨，不多时，雨势渐大。俊奇起来后一看下雨了，高兴地说道："小麦刚种到地里这雨就来了，呵呵，正当时。"说完，他把昨天挖的枣树拎进屋，先把主干锯下来，刮掉皮，站起来比画了一下身高，又拿起锯子把上下都锯了锯，一个拐杖的雏形就显现了出来。

俊林问道："哥，弄这拐杖做啥？"

"这是雷劈木，辟邪，做好后老年人能用。"俊奇说道。

俊林心里纳闷，这个东西能辟邪？

俊奇又说道："你拿在手里掂掂看，看有啥感觉没有？"说着把拐杖递给了俊林。

俊林接过来，拿在手上掂了掂，看着并不粗壮的木头却非常沉重，拐杖上疙疙瘩瘩的树瘤子连起来组成了抽象的花纹，但却美观遒劲，手心好像能感觉到丝丝发麻。

俊奇问道："是不是觉得手心发麻？这就是雷劈木的独特地方，人扶着它，能通经活络。你仔细看这树根，模模糊糊能看见'雷纹'呢。"

俊林循着哥哥说的，又细细察看一遍。喃喃道："奇了，还真是这样。"

这或许是心理暗示吧。因为，俊林认为他哥说的，永远是对的。

"哥，天晴了就该收玉米了，还有圪罗寺开荒的事，咱们到底先干哪样？"俊林问道。

俊奇略一思索，说道："嗯，先打水窖。"

按照俊奇的想法，今年打一个水窖，地就上冻了。明年开春再打一个水窖，两个水窖浇圪罗寺的八亩多地就差不多了，除非遇到大旱。打完第一个水窖再收玉米，然后就是收秸秆、铡草、卖粮食，等着过年。

快到中午时，雨渐渐停了。

门外传来急促的马蹄声，由远及近，在俊林家门口停住。只见文才两只手拎着东西背着包袱"蹬、蹬、蹬"大踏步地走了进来，刚进大门就"婶子、婶子"地扯着嗓子叫。

俊林听到叫喊声，冲到院子里接过文才手里的东西，俊奇也走出窑门同文才打着招呼，俊奇娘高兴地答应着，笑呵呵地把文才迎了进去，客气地说道："文才，雨下得这么大咋还跑来，在家歇着对了。"

这当然是客套话，未来的亲家安排儿子送节，无形中就是赞同这门亲事，俊奇娘哪有不高兴的道理呢？

文才卸下包袱，坐定后，把前天晚上俊奇、俊林救他们的事情给龙大婶说了。俊奇娘冲着俊奇埋怨道："这么大的事情都不给妈说。"随后又冲着文才说道:"这也是应该的,见到生人也应当救,更何况你是'小舅子',呵呵。"

俊奇两兄弟只是笑,并不多说什么。文才解开包袱,拿出两个小包袱,一并递给龙大婶。

"这是什么,挺沉的,银圆?"龙大婶问道。

"我的一点心意,应当报答俊奇哥和俊林兄弟的救命之恩的,这点怕不够哩。"文才表现出小小心意、不成敬意的意思。

俊奇娘把银圆原封放回包袱,收起了笑容,说道:"救人是他们应当应份的,收钱像啥话。"

娘坚持不要,可是俊林却犹豫了,兄弟俩前后都要娶媳妇呢,不得花好多钱啊。娶亲的彩礼有多有少,找个山里穷人家的,三斗小米也行;找川道富裕人家的,得六七十块大洋呢。他想拿,他知道樊家楼也不缺这点钱。

俊奇当然明白自己兄弟的这点小心思,冲着文才说道:"你给我的钱我是不会要的。不过,俊林的那一份你先保管着,再过上几年,等他娶媳妇的时候再拿过来。"

文才预料俊奇哥是不会收钱的,又说了一个备选方案,他想送俊奇哥两个铁轮大车和四匹健马,年后和他一块走陕北贩运货物。

俊奇依旧不接受,不停地摇头,说道:"大车院子也放不下,四匹马一冬天得多少饲料啊?还不把我们吃穷?呵呵,不要。"

俊奇有自己的考虑,自从父亲战死沙场之后,他娘拉扯着他们兄弟俩孤儿寡母地过日子,娘肯定是不能放心他走远的,赶脚贩货只能等等再说。加之,走出去,政府层层加码的税捐和各州县土匪的孝敬,多得难以承受,有时候还有性命之忧,哪有种地心里踏实,不好不坏,稳稳当当。前几年地少，连温饱都解决不了，吃糠咽树皮的也都挺过来了。自从年馑过后，许多人家都跑出去要饭了，撂荒严重，地也没有人耕种，县府鼓励开荒，说是三年免税，他这两年通过开荒占了不少地。三年后，只要认上"皇粮国税"，拿了地契，这土地就是自己的，但是也不打算继续开荒了，把这十来亩地种好就行了，再多也忙不过来呀。

至于怎么挣钱，他心想靠着土地只能吃饱，肯定是挣不着钱的，不过，就算是驮货拉脚，也得靠自己，在他的心里，接受不了任何人的一丁点施舍。

财富对每个人来讲都有着极强的诱惑力，但俊奇却固执地认为，财富的积累需要自己无比勤劳的付出加上日积月累慢慢攒出来。突然到来的外财会使自己心里长久不得安宁。朴实大方、自强自立的性格也使得自己绝不能接受别人的施舍或者帮助。

文才了解俊奇，没有再坚持，又掏出十个菱形飞镖，递了过去，"俊奇哥，这十个飞镖是我托人用精钢打的，你刚好会使这个，试试看。"

俊奇接过来，拿出一个掂了掂，大约有六钱左右，呈"旗花面"形状。他一抬手，"嗖"的一下从窑里扔了出去，"啪"的一声，正钉在大门口的椽子上，整个栅栏门"咣咣"作响。

"这个好，我要了。"俊奇满意地说道。

三

当文才去龙背湾的时候，大哥育才带着一个学生回到了樊家楼。说是学生,年龄却比其他学生大,准确点说是学校的勤杂工,平时打扫卫生、修剪花草、收拢垃圾和负责电铃,晚上跟育才学国画和书法。

这个学生叫陈文忠,是育才捡来的。

今年端午节,育才拜别老师从池阳县北行,顺路拐到县城,准备买几墩子老张家小磨香油带回去。

刚走过北街,就看见一个半大小伙子在卖瓷器。那些蓝花瓷碗、瓷盘和粗瓷瓮非常具有自己的家乡特色。一辆独轮车倒放在旁边,小伙子面容清瘦,嘴皮干裂,无精打采地坐在倒扣着的瓷盆上。一看就是没吃东西,饿的。

美不美家乡水,亲不亲故乡人。育才走上前打了个招呼:"小兄弟,炉山人啊,摊子摆在这里能卖动嘛?"

小伙子一听是家乡口音,连忙站了起来,说道:"大哥,我走了一天半才走到这儿,第一次来,不知道摆哪儿好。"

小伙子仔细打量眼前的大哥,一身干净的灰布长衫,偏分的头发梳的一丝不苟,洋布鞋、白鞋底,手里提着箱子,另一只手拎着两墩子香油。

"你先把这些东西装上车,咱们去做香油的老张家看看。"育才说着放下手里的东西帮着扶好独轮车。

小伙子边搬东西边问道:"大哥您贵姓,也是炉山区的?我叫陈文忠。"

"我叫樊育才,北堡樊家楼的。"育才边平衡着车子边说道。

"那我就叫你育才哥了,嘿嘿。"文忠高兴地说。

老张家小磨香油坊远近驰名,最近在扩大经营,工人多,需要这些坛坛罐罐。一见有人送货上门,掌柜高兴得合不拢嘴,真是想啥来啥,二话没说全部要了。他大喊着让伙计们往里搬，爽快地付了账，还给了文忠一张杂粮饼子。文忠嚼着饼子，掂着手里的两块大洋和一百个铜板，顿时觉得轻松了许多。

张家的小磨香油，也正是因为掌柜的为人和善、货真价实才赢得了口碑，一代一代传了下去，不知不觉延续了上百年。

这位初次见面的大哥这么快帮自己卖掉了瓷器，陈文忠对有文化的育才哥越发恭敬起来。抢着把箱子放到独轮车上，把香油墩子也卡着放好了，一路说说笑笑往北走。

育才看着眼前这个半大的小伙子为了生活，走上百里路贩卖瓷器，心里不由地感慨，瓷工们的生活确实不容易啊。而文忠一路上却脚步轻快，脸上洋溢着收获的笑容，丝毫没有觉得艰辛，主动给育才哥说起了自己的身世。

他爹、他哥和他都是炉山区永和瓷坊的窑工，自家还经营了一个小的瓷坊。他们没有什么手艺，只靠力气吃饭。父子三人在窑上干些拉煤炭、拉瓷土、拉粗胚、踩瓷泥以及出窑等粗活，对于窑口上的剔花、画花、刻花和写字全然不会。不会干技术活自然挣得少，前年年馑，他爹借了财东家三斗杂粮，没想到碰上"驴打滚"，这两年已经还了七斗了，财东说还差六斗，没办法，他才跑这么远卖瓷器，争取今年还完，不然明年又得往上滚了。

文忠简单说完自己的身世，嘟囔道："要是能学会画花、写字，就能靠手艺吃饭，不用这么辛苦了。"

"那还不简单，跟着我学，保准你两年就能学成。"育才轻松地说道。

"大哥，太好了，一看你就不是个普通人。"文忠眼睛瞪得圆溜溜的,激动地说道:"你回去后去哪儿,怎么找你?"

"咱们一块去华阳县的学校,找校长说说看。"育才说道。他看文忠勤快实在,想让文忠跟着自己勤工俭学。不过,在学校雇佣工人问题上,他不能打包票。

当他俩冒着小雨来樊家楼时,文忠已经在学校干了两个多月活了,为了能够争取校长留下文忠,育才也没少磨嘴皮子。

育才和樊老爷子坐在客厅里,两个人都抽着闷烟,一言不发。自打儿子一进家门,樊老爷子明显感觉到儿子不是回来过八月十五的,所以一直等着儿子开口说事。

这几天,全国各地的学校一直在举行抗日救国学生运动,华阳县的学校也不例外,同学们自发地组织起来,喊着口号、打着横幅走上街头,在县政府门前聚集演讲,宣传事变真相,谴责不抵抗政策,呼吁政府组织抗日。

就在今天早晨,上千学生冒雨举行国难大会,大家在县政府门前聚集静默。十点多的时候,雨势骤然变大,但每个学生依旧倔强的挺着胸膛,面向县政府矗立,全场鸦雀无声,任凭噼噼啪啪的雨点打落在肩头,气氛极其严肃。

育才这次回来是拿捐款的。

东北驻军也有十几万,打不打是政府的事情,地处西北的平头老百姓瞎掺和啥?这是樊老爷子的态度。

国家被侵略,全国人民都应当贡献自己的力量,增加政府抵抗外辱的决心。天下兴亡,匹夫有责!这是育才的态度。

但是拿不拿钱、拿多少,樊老爷子说了算。父子俩终究因意见不合大吵起来。可是不出钱显然不是樊老爷子的做派,送儿子上学的目的不就是让儿子接受新思想、长见识，当家做主嘛。

"行，那就捐一百吧。"樊老爷子最终拗不过，妥协了。

"前天文才从陕北回来，卖了粮棉总共有三千块，我要全部拿走。"育才显然看不上区区一百块钱，倔强地说道。

"前年闹年馑，饥民把县长绑走才索要了七百块，你张张嘴就要三千，你当这钱好挣啊，那是你兄弟和俊奇、俊林拿命换回来的。"樊老爷子显然认为这个数目太大，连本钱都捐了，以后这一大家子怎么生活？

育才显然是明白老爷子的心思的，不狮子大张口就要不下多少。实际上，他的心理底线是能要到一千大洋就行了。

"这哪是回来过节的，分明是回来'勒索父母'的么，一千块，不能再多了，拿了钱赶紧回学校，让我们清静清静。"其实，樊老爷子并不恼火，儿子拿这么多钱是干正事，并没有胡吃乱花。

不过，樊老爷子对儿子的安全还是很看重的，取出钱来交到育才手上时说道："不管别人怎么闹，你只管教好你的书就行了。别忘了你族内三叔是怎么死的，不要参与争斗。学学南堡的马先生，县长不干了，军需长也不干了，只顾教书习字。国家大事国家说了算，咱们可以出钱，但不能掺和进去啊！"

当文才从龙背湾回来的时候，大哥和父亲在屋子里吵得正凶。他悄悄地问了问姐姐屋里的状况，也并没有急着进屋向老爷子回话。抬头看着已经放晴的天空寻思道，抗日救国当然是大事，捐多少都行！

第 三 章

一

雨停了之后的日子里,天气渐渐冷了起来。

打水窖是俊奇和俊林眼下必须完成的任务。按俊林的想法,得用一个月的时间打好这口水窖。

选好窖址后,兄弟俩支起了三根木椽,用粗麻绳绑结实。再固定好滑轮,甩下一根绳子,拴上一个挂钩,挂上小筐,方便清运窖里的泥土。

起初,要在地面三尺以上挖出一个大圆坑,然后从河道里背上来石头,按大小和形状分类,逐层堆砌,砌成一个仅容一人上下的窖口,然后再用短撅头逐渐向下挖。

这种活需要两个人配合才能完成,一个在下面挖,一个负责往上拉。下面的人挖够一筐土,拽拽绳子,上面的人赶忙拉上来,倒掉土之后,再把空筐子挂在挂钩上放下去。兄弟俩换班作业,水窖越挖越深,窖壁上留下两条浅坑。挖着挖着,接二连三又挖出了几个青瓷窖口,陆陆续续吊上来了上百个青瓷碗和青瓷碟,和以前的一样,全部倒扣打碎,倒在河滩里,而挖出来的泥土全部倒在荒地的低洼处。

水窖的竖井向下一丈以后,就可以挖窖底了,这是接近收尾阶段的工程,运土量也是很大的。窖底大约有一个半土炕大小,半人多高,有这么大的窖底盛水才足够多，才能保证把所有的地都浇上一遍。

在这段时间里，兄弟俩顶着星星出门，带着月亮回家，早出晚归。原先的慢坡地也逐渐被窖土填平整了，俊奇盘算明年开春再挖一口水窖，挖出来的窖土就能把这三亩坡地变成两垄比较平整的水田，而这两孔大水窖收集的雨水足够浇八亩地的了。似乎，丰收的景象好像就在明天了。

丰收，是一年挥汗如雨辛勤劳动的凝结，是扛起艰难困苦生活的明灯，是苦尽甘来过好日子的昭示，是脚踏实地默默耕耘的褒奖，是最令庄稼人喜悦的事情。而对于农民来说，庄稼的丰收就是他们的全部心血和期盼。当一片土地犁过、耙过、施肥再犁过之后，当一粒粒种子被抛洒下去之后，当一棵棵幼苗破土而出的时候，春种一粒粟、秋收万颗子的希望随即而来。

当俊奇倒完今天的最后一筐土，抬头看着星星点点的天空，圆圆的月亮已经挂在了半空，又到月中了，不知不觉，这一个月就过去了。

俊林在水窖里把窖底子蹾结实之后，蹬着窖壁上的土坑，手脚并用地爬了上来："哥，下面全部弄好了，这口水窖差不多完工了吧。"

"按出的土方算，肯定够大，足够用了。明天，咱们再拿几个短的木橼，做个辘轳架子就好了。"俊奇边巡视着已经被窖土填平整的土地边说道。

说话间，远处传来几声枪响，刺耳的声音划破寂静的夜空，回音在山洼间呼呼作响。

俊奇连忙拉起俊林蹲到了地中间的低洼处向路边望去，只见一个人趴在马背上往北跑了过来，看样子已经受了枪伤，而后面的三个人仍紧追不放。

走近时,俊奇借着月光才看清楚,后面追赶的三个人是军官。这三个人不停地抬手放枪,"啪、啪",前面的人又中了两枪,已经在马背上坐不稳了,晃了两晃,翻身栽倒在了河道里的草丛中,而受到惊吓马儿继续向北奔去。

三个军官赶来后,翻身下马四处看了看,其中一个想找地方下到河道去,可掉下去的地方刚好是河堤最陡峭的一段,根本下不去。三个人凑在一起嘀咕了几句,冲着草丛连开了十好几枪,接着又观察了一阵,见草丛中毫无动静,跨上马掉头南去。

"走,去救人,国民党要打死的人说不定就是好人呢。"俊奇说道。他拉着俊林猫着腰从河对岸的缓坡下到河道,蹚着水过了河,扒开草丛寻找。

在两个大石头的后面,兄弟俩找到了被国军追杀的人。这个人已经浑身血肉模糊,昏迷不醒。旁边还散落着一个包袱,俊林信手拿了过来,掂了掂,有些分量,打开一看,说道:"哥,这包袱里包裹着一短一长两把刀,这是好人吗?真要救吗?当兵的追杀他,咱们救了会不会惹上麻烦?"

俊奇边查看伤者的伤势边说道:"拿刀的一般都是刀客,咱们先救醒再说。"

俊林一听,把包袱绑好走过来帮忙:"哥,这人受了这么重的枪伤,咱们看不了,咋办?"

俊奇看着伤者中枪的位置说道:"先把人背出来。"沉思了一会,又说道:"背回村肯定不行,背去'三木帮'看看吧。"

兄弟俩顾不上拿农具,俊奇弯下腰背着这个受了重伤的年轻人,俊林拿着包袱,两个人绕到河岸的低洼处爬上岸,向三木帮溜溜地跑去。

三木帮坐落在离龙背湾西北十多里的土塬上。是由柳姓、李姓、杨姓三个村庄的年轻人聚集形成的。俊奇娘就是塬上人，所以，三木帮他非常熟悉。

两年前，上百号子饥民一路由南向北横扫周围村庄，抢夺粮食和钱物。眼见着塬上的村民就要遭殃，李家塬的一帮子年轻人在李大山的召集下，鼓动另外两个村子的年轻人组织起了护村队，并向三个村子的富户讨要来一百多块大洋交给了饥民，礼送他们离开。此后，为了保护乡亲们的安全，李大山在塬上的要冲打夯垒土，筑起了高墙，修建了茅舍，日夜巡护。

年馑度过以后，护村队并没有散，变成了帮助村民开荒种田的抗灾自救队。帮里也有了自己的豆腐坊和油坊，村与村、户与户、人与人之间其乐融融，颇有世外桃源的意思。

当俊奇他们来到三木帮寨门口的时候，圆圆的寒月已经斜向了西北方，俊林冲到寨门口，喊道："李大哥，开门救人呐，救人呐！"

守卫的村民听到有动静，敏捷地从屋内窜出来，从寨墙上探头向下张望，问道："哪里的？半夜乱喊啥呢？"

俊林望着寨墙说道："龙背湾的，有人受伤了，我哥背着来让李大哥看看，把门打开再说。"

李大山在屋内听得清楚，一骨碌下了炕，呼啦两下穿好衣服，点着了蜡烛，燃起了火把，三步并作两步走到了寨门口，用火把向外照了照："是龙背湾的俊奇、俊林兄弟啊，快进来说。"说着挥了挥手，两个巡逻的村民打开了寨门，手忙脚乱地接过伤者，急呼呼地拥进房内。

大山端起蜡烛仔细查看着伤势，问道："是枪伤，你们在哪遇到的，是什么人？"

俊奇就把刚才的事情学了一遍，大山伸手接过俊林递过来的刀，抽出来看了看："刀是好刀，这应该是一个刀客。"转过头来冲着一个兄弟说道："快请洪先生。"

洪先生是一个回族医者，精研《河西走廊药典》的第三十四门医术，擅长用回族独特的配方治疗刀枪所伤。他原是国军的一名军医，因身体残疾流落渭北，娶了李大山寡居的大姐，遂在塬上稳定下来。

面对这么严重的伤者，洪先生进门后却并不慌张，也不说话，用手指量了量伤者的气息，然后找出了枪伤位置。共有三处，一个在左肩、一个在右后背、一个在左大腿。他随手打开携带的包裹，取出一个精光闪闪的薄刀片和一个镊子，轻轻地划了一下伤口，伤者被痛醒，轻声呻吟着。洪先生赶忙拿起一卷纱布塞在伤者嘴里，继续划开伤口，然后用镊子拔出子弹头。三颗子弹被取出后，洪先生直起腰来长长地出了一口气，拿出独家所制的"金疮去脓膏"，挨个贴在伤口上并用纱布层层包裹好，说道："没有击中要害，就是失血过多，修养一阵子就没事了。"

这时，村民已经在旁边收拾出了空房间。李大山挥了挥手，众人又七手八脚把伤者抬了过去安顿好。完后，该休息的回去休息，该巡夜的出去巡夜，房间内就剩李大山、洪先生和俊奇兄弟俩。

李大山把刀拿过来递给洪先生，问道："洪先生，对使这样刀的刀客可有印象？"

洪先生接过刀，先拔出长刀看了看，又握起短刀仔细端详，说道："长刀和其他刀客所用的刀一般无二，短刀在拼杀时左手反握，既能防护又能出其不意伤敌，这种用法，嗯……"洪先生沉思片刻突然说道："难道这个人会是渭北独行侠、冷面花狸韩锡隆？"

二

悠悠洛水似一条银链曲曲折折一路向南，经过数万年的冲刷，幽深的河谷斑斓而静谧，河水在白水县腰家河漂亮地划了一个弧线拐向了东南。

腰家河村的韩家是当地闻名的富户，祖上依靠经营盐铁兴家旺族，传至韩通德一代已经是第五代了，仰仗厚实的根基，韩家的商号遍布豫晋陕蒙甘。取名"三多居"的韩家大院是由一个五进院落和六个三进院落组成的"山"字形深宅大院。

常年埋头做生意的韩通德不知道，他们家积攒一百余年的财富早已引来北山土匪的垂涎。匪首姚勤身苦心筹划了两年，早早安插得力人手混进三多居做内应，只等时机成熟，便要谋取韩家的万贯家财。

二月初上的一天，春光明媚。经历了数月天寒地冻，终于可以舒展舒展筋骨了。韩夫人站在院落的花园中凝望着湛蓝的天空，扭头问身旁的丫鬟："春花，今天二月初几了？"

春花翻转着眼珠子，心里默数了一下，回道："夫人，已经二月初十了，时间过得真快，眨眼正月都出来了，天气也暖和了一大截子，春天真好。"

"是啊，整整一个冬天，可把人憋坏了。农历二月十九是观音菩萨的生日，你这两天收拾些贡品，再准备三百两香油钱，咱们去飞泉寺敬香。趁着好天气，大家出去走走，散散心。"韩夫人说道。

春花一听要出去走走，雀跃了起来，随口问夫人："夫人，飞泉寺的庙会三月十一才开始呢，咱们提前去吗？"

韩夫人说道："提前去，庙会是少男少女求子的盛会，咱们不去凑这热闹。"

多年来，韩夫人谦恭静穆，修身养性，为韩家养大了两个儿子，大儿子15岁，小儿子11岁。求子已经不是韩夫人的心愿，她只希望菩萨保佑两个儿子长大成人。

韩夫人二月初十定的事情，土匪头子姚勤身第二天就知道了，早早安排下三路人马准备绑架韩夫人。一路装扮成香客，趁寺庙内人少的时候伺机挟持；一路在飞泉寺东面前往雄鸡山的路边埋伏。人马最多的一路安排在飞泉寺和腰家河村之间，这一路是姚匪做的最坏一步打算，在其他两路都失手后强行绑架，即使是鱼死网破也志在必得。

当韩夫人带着丫鬟、老妈子、两个护院和一个车夫出门时，丝毫没有觉得会有危险降临，这短短一里多的路程竟会生起灭门的灾祸。

已经到了掌灯时分，韩老爷和大儿子焦急地在客厅等待，不光韩夫人一行和小儿子没有回来，连他派出去寻找夫人的护院也不见了踪影。

远处的狗叫声更是增加了韩老爷的焦虑，韩老爷站起来急匆匆地踱着步，大儿子韩隆在旁边安慰，说道："听说拜了雄鸡后代会飞黄腾达，兴许妈和弟弟是到雄鸡山去拜山了吧。"

韩老爷并不理会，像没头的苍蝇似的在屋内快速踱步。

天完全黑下了。一阵马蹄声由远及近，在三多居门口停住，来人仰望着被黑暗完全笼罩的这片深宅大院，啧啧赞叹着韩宅的宏伟气势。他兜转马头转了两圈，确定彻底安全之后利索地跳下马，"噔、噔、噔"地踏上台阶，"啪、啪、啪"，镇定地拍着三多居的大门。

韩老爷听到动静，示意管家去开门，门打开之后，来人蛮横地推开管家,也不说话,一路昂首穿过二门,径直来到客厅,面向韩老爷叉着腿傲慢地站立,双手略一拱,撇着嘴:"问韩老爷安。"口气中带有一种成竹在胸的喜悦和不择手段后的蔑视。

他不等韩老爷客气,径直坐到客厅的主位上,歪着头,眼睛斜看着房顶,说道:"小的是黑石寨的,大当家的姚勤身请夫人去山寨做客,韩老爷请放心,夫人一切都好着呐。"顿了顿,看了一眼韩隆,问道:"这是大少爷吧,二少爷呢?"

韩老爷一看土匪这样问,知道小儿子不在他们手上,多少还能放点心下来。转念一想,夫人还在他们手上,他们有恃无恐,还是不能硬来啊。他强压心中的怒火,不慌不忙地走到土匪跟前,手一拱,说道:"原来是黑石寨的兄弟啊,大当家的一向可好?"说着,话锋一转,"三多居每年可都奉送一千两上山看望大伙啊。"

"不假,感谢韩老爷。只是山寨这几年招兵买马,扩展到上百号人了,区区一千两,哼,不够!"土匪口气依然强横。

韩老爷见状,破财消灾吧。温和地问道:"不知姚大当家这次派你来想要多少?"

"一万两!一个子也不能少。"土匪瞪大了眼珠,咧着嘴说道。

韩老爷子心想,要的也不多啊,心里踏实了下来,正想接话呢,土匪又说道:"韩夫人想念大公子,请大公子和我回去,给夫人做个伴,你们今天就筹钱吧,后天我们来取。"

不等韩老爷搭话,他已经起身,拽着韩隆就往外走,韩老爷子伸手阻拦时,土匪已经拔出马刀,冷声说道:"韩老爷,识相点,准备银子吧。"韩老爷只能眼睁睁看着大儿子被掳走。

然而,这实际上是土匪的稳军之计。

韩家只想着筹钱赎人。没料到了后半夜，内应打开大门，大批土匪悄悄潜入三多居。众匪分头行动，在一个时辰内，将韩老爷和众护院、丫鬟、老妈子砍杀得干干净净。山寨里，韩夫人和大公子等也被一一砍杀。

众匪在三多居点起火把，寻找到了韩家的金库，将三十万两白银劫掠一空。走时，扔掉了火把，点燃了这个由韩家五代人历时一百余年耗资二十万两白银建起的三多居。

大火整整烧了三天三夜，火光十里外可见，三多居成为一片瓦砾废墟。

按理说，韩老爷能挣得下百万家私，韩家能兴旺百年，怎么能这么快就垮掉呢？原来，这一切都源自内应。这个内应平时隐藏极深，表面谦恭有礼实则包藏祸心。在中午绑票得手后，晚上，内应就瞅准时机在饭菜里暗暗下了"蒙汗药"，蒙倒韩家长期雇佣的十来个护院。护院一倒，韩家立时没了得力人手，土匪才能这么轻易得手。

韩家小儿子韩锡隆躲过一劫。

锡隆虽然只有十一岁，但是性情温和稳重，喜欢习练毛笔字，因找不到好的字帖，开春以后，他独自一个人来到三十里之外的仓颉庙寻找《仓颉庙碑》。

韩老爷和韩夫人之所以放心让这么小的孩子一个人去，是因为十数年来，韩家一直在资助着仓颉庙的守庙人。守庙人半生清苦，能得到韩家的资助常常心怀感激。在平常的来往中，他对聪慧好学的韩锡隆尤为喜爱。所以，韩锡隆就像走亲戚一样来到了仓颉庙。

他照着原碑，用手左刻右划渐渐痴迷。心追手摹了三天，感觉自己参悟了不少，略微有了长进。当遇到一些模糊不清无法描摹的碑文时，深感失落，却又放却不下，总想追寻原貌。

随后，又在庙中逐一揣摩仓帝留下的二十八个象形字体，时而灵光乍现、时而摇头沉思，始终不明白其中的奥秘。

困惑间，他问守庙人："老伯，仓帝庙中就只有这么几块碑文吗？有没有更好一些的，我来一趟不容易，想多学学。"

这几天，守庙人看到韩家的后人始终绕着这几通碑转悠，很是上心，心里面非常欣慰。当韩锡隆问他的时候，他高兴地说道："最好的碑文当属《广武将军碑》，据传，该碑文书法疏朗、交浑飘逸，明代末年已经遗失。周围大户人家是不是有拓片，也未可知。恰巧明天是二十一，逢集会，你可以到史官镇的集市上看看。"

锡隆一听心喜，告别老伯后径直往镇上走去。

此时，三多居的大火已经烧了两天了，韩家遭土匪灭门的消息也在集镇上传开。韩锡隆听到后像是被黑白无常锁了魂魄，悲痛万分。再不想寻访《广武将军碑》拓片的事情，只觉得天昏地暗，脑袋空空，没了打算。

家是回不去了，说不定土匪还在找寻自己，现在露面无异于自投罗网。那又能到哪里去呢？锡隆心想。只能往东走了，先远离土匪的势力范围再说。

恍恍惚惚间，他已经过了洛河，在一处没人的地方放声大哭。哭爹娘和大哥的惨死，哭自己孤苦无依，哭家里的佣人死得无辜，哭这个没有天理的世道。

哭着哭着，锡隆突然冷静下来。他恨，恨北山的土匪！他要报仇，一定要报仇。"报仇"，这两个字在他的脑海里不停地转着。

可是，他这么小，到底该怎么办？

东渡洛河之后，锡隆一路往南走，不知不觉已经走了两天了，迷迷糊糊走到哪儿他也不知道。他越走越觉得山路崎岖难行，但是他的心里有一个始终向前走的信念，这个信念，让他停不下来。

跟跟跄跄中，他走进了一个山涧，旁边竹林茂密，山水潺潺，高耸入云的华山挡在眼前。锡隆抬头仰望华山群峰时，只觉得天旋地转，晕倒在了竹峪口。

第二天醒来的时候，锡隆发现自己躺在竹床上，整间屋子被阳光包裹着，暖洋洋的。

准确点说，他是被叮叮咣咣的练武声吵醒的。锡隆起身走到窗边，好奇地朝窗外看去。只见屋子外的场院里，一个老者两鬓斑白，脸膛紫红，清瘦的面庞上嵌着一双深邃明亮的眼睛，两手各抓一个巨大的石锁，前甩右摆在练功夫。

练毕，老者放下石锁，纵身一跃，飞上竹墙，两脚轻点墙面，交替在竹墙上行走，一个转身又跃到了地面。

韩锡隆被老者的武功惊呆，想着自己背负的深仇大恨，他"腾、腾、腾"走到院子里，"扑通"面向老者跪下，哭着说道："师父，我想学功夫，给家人报仇。"

老者慢慢收起拳脚，打量着他，问道："孩子，家里出什么事啦？"锡隆并未起身，跪着把自己的遭遇说了一遍，说完已经泣不成声。

习武的老者正是年轻时闻名陕东的刀客——铁臂罗汉郭秃娃。郭秃娃年轻时深得太祖红拳真传。说是太祖红拳，其实也是关中红拳的一脉，后人假托赵匡胤在华山时向陈抟老祖学过此拳，因此起名"太祖红"。他凭借自己的好身手，行侠仗义，打抱不平，被官府设计抓捕后，用石头砸断镣铐逃脱，多年来隐居在华山竹峪。

华山竹峪遍生青竹，环境清幽僻静，素有"金竹峪、银桃峪"的美称，是修行练功的好去处。昨天出山，在回来的路上碰见晕倒的韩锡隆，心生怜悯，把他背了回来。

郭秃娃听完韩锡隆家里的遭遇后哑然无声。年轻时候的自己也曾行走江湖，看到土匪勾结官府为害一方慨然拔刀，必除之而后快。几年间，手刃土匪恶霸无数。隐居了三十多年，世道还是老样子，韩锡隆的遭遇令人唏嘘不已。

郭秃娃扶起韩锡隆在石墩上坐定，问道："真想学拳？"

"为了报仇，我愿意学。"韩锡隆擦了一把眼泪说道。

郭秃娃沉思了片刻，说道："'太祖红'流传千余年，其奥妙得之不易，非一番苦功夫不可得啊！"

韩锡隆坚定地说道："为了报仇，我愿意吃苦，请师父收留。"此刻，韩锡隆的眼睛里充满了报仇的火焰。

郭秃娃知道，背负血海深仇的人学拳最用功，能豁得出去，最易学成。

他又打量了打量韩锡隆瘦小的身躯，要传授力量型的拳法吧，这小孩子怕是难以承受。量体裁衣，只能教以轻、灵、快、绝、狠为主的拳法。"好吧，收下你这个小徒弟，以后不光要练功，还要干农活，咱们爷俩总要吃饭啊。"

三

寒来暑往，匆匆过了三年。

韩锡隆这三年主要练的是基本功，每天踢桩两千次、举石担三百次、走桩一千步以及十大盘功的腰马训练。

师父用竹子编了一个小竹篓，每天下地干活时让他背在后背上，里面放上小石块。起初放的少，韩锡隆背着很轻松，适应以后，逐月增多，直至把小竹篓放满。而最近半年来，韩锡隆能够轻松地背着三十来斤重的竹篓上山爬坡了。

仇恨时刻激励着韩锡隆学拳的热情。他把练习这些基本功当成了每天的必修课，心里只有一个信念，只有练成，才能报仇。

他边练边重复着师父教的口诀："起如风，击如电，前手领，后手追，两手互换一气催""囚身似猫、抖身如虎，行似游龙、动如闪电"。

韩锡隆练习时，师父在旁悉心教点，对前手、后手击出和收回的路线、脚步移动的方位、身体重心的调整都一一加以指正。

一日，韩锡隆困惑地问道："师父，其他的口诀都好理解，但是对'囚身似猫、抖身如虎'还是不能掌握要领。"

师父呵呵一笑："看着。"随后弓下身躯、两手张开后摆，"嗖"的一下弹了出去，身体轻盈地落在房檐上；紧走两步后，一个腾空转身落在地上，腰腿同时发力，带动脊椎抖动，力量迅速传向胳膊，猛然向木桩击出，"咔"的一声，碗口粗的木桩从中折断。师父借势一个腾空外摆回到原地。这些动作瞬时完成，干净利落，没有一点拖泥带水，看得韩锡隆目瞪口呆。

师父演示完后说道："'囚身似猫、抖身如虎'主要讲的是用力的方法，力从地起后由丹田往外发出，主要是脊椎的抖动，是谓，'脊椎是条龙，练成可腾空'，但需要慢慢练。所谓拳练百遍其义自见嘛。"师父边说边用手比画着出拳的方法："这几天我先教你一套以轻灵见长的猴拳，你好好琢磨琢磨平衡。"

韩锡隆喜出望外，说道："用套路练有意思，不像总练这些基本功，挺乏味的。"

师父一听，严肃地说道："基本功更要加紧练，'练拳不练功，到老一场空'，套路很花哨，但临阵对敌还要看有没有真功的。"

"徒儿记下了。"韩锡隆连连点头称是。

冬天，是砍伐竹子的最好时节。

师父和锡隆把砍下来的竹子按粗细分类，整整齐齐地摞在院子里晾晒上一冬天。正月里，师徒俩开始编织竹子家具，大刀砍片、小刀刮篾，陆陆续续做出了许多精美的竹桌、竹椅、竹篮、竹筐、筛子和斗笠。

阳春三月，春暖花开，溪流解冻，绿芽从树枝上悄悄钻了出来，对春的企盼也是人们内心希望的又一个开始。

师父在锡隆练完拳之后说道："隆儿，西岳庙会已经到了，明天你挑上一挑子斗笠赶庙会去，记住背上石头，别耽误了练功。"

锡隆答应着去收拾东西。这几年，师徒俩主要的生活来源就是靠卖山里的山货和竹制品，生活的简朴、恬淡。

第二天天不亮，锡隆揣了一个蒸馍挑着担子就出发了。庙会离他们住的地方要二十里地，必须得赶早去。

出了峪口拐上大路，行人逐渐多了起来。当他快到玉泉院时，已近正午，路上游人摩肩接踵好不热闹。

一个时辰不到，锡隆的斗笠就被抢购一空。他对这结果丝毫不意外。师父手艺好，用料讲究，竹面上有疤痕、斑点的一概弃之不用，对经过晾晒颜色不统一的竹条会分类编织，每条竹篾粗细必须一致，边缘光滑要没有毛刺才行。他们的竹制品已经在庙会上竖起了好口碑，货好，自然卖得快。

返回来的路上，韩锡隆看见有着装粗犷的刀客三三两两经过，隐约听到"红拳门人、曹坟聚义"的话语，心里感了兴趣，想凑上去多听听，刀客们见状警觉起来，止住了交谈只顾闷声赶路。

回到竹峪后，他向师父说了这一情况，师父正在编筐，头也没抬一下，只是淡淡的"哦"了一声。师父年轻的时候嫉恶如仇，凭一双铁臂独步河西，恰逢另一红拳传人袁老七在河东的山西地界行侠仗义，两个人的事在民众中广为传颂，时称"黄河双杰"。如今，师父年事已高，无心介入战乱纷争。

然而，韩锡隆对这次聚义充满了期待，越想越觉得浑身热血奔涌，见师父没有什么反应，随即说道："师父，明天卖完东西我想去看看。"

师父放下手中的活计，低头思索了半天，说道："去看看行，长长见识。你毕竟还小，看看就回来。其他的事，等你长大成人、练好了拳脚再说。"

第二天，韩锡隆在玉泉院早早卖完东西，扛着一根扁担一路往东北方向走，不到一袋烟的工夫，已经来到曹坟的"共学园"。

但门口却有卫兵把守，根本进不去。

韩锡隆向一个军官模样的人抱拳拱手，想套套近乎，军官看他是个小孩子，并不理会。韩锡隆没有放弃，继续说道："军官大哥，我真是红拳门人，要不，我打一套拳给你看看。"说着，便放下扁担亮出架势，前翻后滚，左窜右跳，一套轻灵迅疾的猴拳看的人是连连叫绝。军官的态度和缓了下来，问了问韩锡隆的姓名，但还是不让他进去。

无奈，韩锡隆怏怏离去。边走边思索：怎么能混进去呢？他灵机一动，绕到了园子的侧后方。

看看四下里无人，便弓身猫腰，深吸一口气，一个"凤凰出林"窜上了高墙。在墙上两脚一蹬，敏捷的跃上了房顶。用两脚钩住房檐，再一个"神龙观海"，倒吊下来两手撑住房梁，头稳稳地贴在窗户上，透过缝隙往里瞧。

只见一个先生模样的人坐在正中，旁边坐着一名军官，周围或坐或站着的有军官也有刀客，黑压压十来个人挤满了整间屋子。

那名军官模样的人冲着先生说道："郭先生，事情大家都知道，你就直接说吧。"

这名郭先生站起身来，清清嗓子，严肃地说道："弟兄们，去年大总统解散了国会，把国家的事当成了他们家的私事，肆意妄为。最近，又想同日本签订'二十一条'，相信大家都听说了。袁某人的勾当同当年的清政府别无二致。而我红拳，以武功为表，以侠义为髓，是世世代代关中先民捍卫尊严、反抗暴政、抵御外辱、修身齐家的根本。我此次召集大家伙前来，希望大家能同声共气、不分彼此，成立靖国军，驱除北洋政府在陕西的势力。这样做，往小了说，实现陕人治陕，往大了说，扫除国内军阀，收回租界，实行三民主义！"郭先生的声音不大，但却慷慨激昂，字里行间充满了耿耿正气。

大家听后，群情激昂，纷纷表示认同。一时间，狭小的房间内人声鼎沸，撼天动地。

韩锡隆听后，觉得无趣。本想着是参加武林盛会，切磋武艺，结识英雄豪杰，而眼下的聚会与自己的想象相距太远了。想到此，他两臂一用力翻上了房顶，随即一个"鹞子翻身"落在院墙外，拿起扁担扬长而去。

回到家后，师父并没有发问，只是叮嘱他要好好练功，等长大之后会有机会报仇雪恨，抑或报效国家。

门前的竹叶青了又黄、黄了又青，韩锡隆已在师父膝下学艺十年了。背上的竹篓换了又换，竹篓里的石块增加到了百十来斤，他背着竹篓已经能够轻松地跃上竹墙，轻功练成了。曾经稚气未退的小毛孩也已经成长为英气勃勃的壮小伙，经过多年苦练，红拳技艺也已熟稔在身。他还以红拳为母，自创了一套刀法，迅疾诡谲，命名为"追影十二式"。

一日，师父喊韩锡隆进屋，说道："隆儿，师父已经把毕生所学全部教给你了，凭着这身功夫报仇肯定没有问题，你也长大了，可以出山了。"

这十年来，韩锡隆无一日不想着报仇，但望着已近古稀之年的师父突然间有点舍不得，师父既教他学拳又教他做人，现在，年事已高谁来照顾呢？

想到这些，他怔怔地呆住了，不知道怎么办。

师父倒不在意，说完，翻箱倒柜找出这几年卖竹筐、竹篮挣的钱，总共有三十多块大洋，用包袱包好直接放到锡隆怀里，说道："拿着，先去关山打把刀防身。"

锡隆赶忙放下包袱屈身跪在地上，说道："师父，我练武就是为了报仇，可是，我走了以后你怎么办呐？"

师父转身端坐在竹椅上，捋着花白的胡须，平静地看着他，说道："你放心，师父还没有到老得走不动的时候。二十年前，山上的道士给为师看过相，已经算出会收你这么个徒弟，现在你学成出山，为师总算有了传人。你走后，师父就上山修道，不必担心。"

韩锡隆拜别师父时，师父立下了一条门规：红拳传人当以惩恶扬善为己任，扶危济困绝不能滥杀无辜，更不能助纣为虐。

第 四 章

一

初春，山花烂漫。

韩锡隆像一个自由自在的鸟儿行走在山间。俗话说，君子报仇，十年不晚。他用了整整十年的时间磨快了手刃仇人的钢刀。

此时，这一长一短两把刀就背在他的身后。

他多么想马上回到家乡的北山，去了结埋藏多年的深仇大恨。

但是，他很快冷静了下来，他将要面对的是一群穷凶极恶的悍匪，不同于一般的街头打斗。得想点办法，莽莽撞撞肯定不行。

一路北行，偶尔会看见周围逃荒的饥民，今年渭北又遭遇大旱，收成不好，一些饥民被迫离开家乡讨生活。锡隆看着眼前的一切，突然间又想起了十年前的自己，鼻头一阵发酸。他多想杀掉这些土匪恶霸，还老百姓一个平平安安的世界。

三天后，韩锡隆来到了黑石寨附近的集镇，买了一架独轮车，又买了些小米，把刀藏在了车子下面，等到天黑时，推着独轮车往黑石寨走去。

按他的预想，现在粮食这么缺乏，土匪肯定会来拦路抢劫的，只有这样，才能混进黑石寨了。

果不其然，两个土匪提着砍刀晃晃悠悠向他走来。

一个土匪用刀指着他，呵斥道："站住，车上装的什么？"

"小米，刚从集镇上买来的小米，准备回家。"韩锡隆装着傻乎乎地答道。

"不知道这是黑石寨的地盘吗？你推到这儿就算是到家了，哼。"土匪蛮横地说道。

不等韩锡隆说话，另一土匪说道："走，把粮食推到寨子里去，快点！"

锡隆佯装要争辩几句，土匪已经把刀扬起来吓唬道："别废话，给老子推进去！"

说着，喊开了寨门。韩锡隆弯着腰低着头溜溜地进了黑石寨。眼瞅着到了没人的地方，他伸手只一下就结果了看护他的土匪。把小推车藏好后取出了快刀，身体贴着墙，向有火光的房间走去。

他四下摸索，没想到却误打误撞闯进了地牢。

地牢的看守做梦没有想到会有人进来，电光火石间，两个匪徒就被韩锡隆砍杀了。

地牢中关了几个肉票，旁边屋子里还关了几个快票。他从死去的土匪身上摸到钥匙，打开牢门，问了问大家的情况，叮嘱大家不要慌张，等他灭了土匪、上面安全后再来招呼他们出去。

众人哭成了一片。

正厅内，土匪头子姚大当家的还在和七八个土匪围着粗木长桌喝酒，吆五喝六的嘈杂声掩盖了院子里发生的一切。

此时，韩锡隆两手握着刀寻着行拳猜令的呼喊声已经杀到正厅门口，众土匪正喝得酒酣耳热，根本没有料到防卫森严的山寨会变成一个中心开花的战场。

韩锡隆一个箭步窜上了木桌，使出了自己苦练多年的独创刀法，一招"文王演卦"、紧跟着一招"燕子穿林"，"刷、刷"两个回身，干净利落地割断了四个土匪的喉咙。

其余的土匪被眼前一幕惊呆，抽身拿刀反抗，姚匪也拔出驳壳枪冲着韩锡隆还击。

毕竟姚匪喝了不少酒，脑袋昏昏沉沉，手里的枪没了准头，只是一通乱射。而其他的土匪也已喝得嘴歪眼斜、步履踉跄，手里虽然拿起了刀，但脚底下却站不稳，更别说同韩锡隆拼命了。

韩锡隆一见姚匪拔枪，灵活地跳下桌子躲到一把椅子后面，旋即腾空跳起同其他土匪缠斗在一起。姚匪担心打中自家兄弟，停住了手，只在远处左顾右盼地瞄空档。

"嚓嚓"几下，韩锡隆结果了其他土匪的性命，一对血红的眼睛紧盯着姚匪；姚匪刚要抬枪，他已经弓下身子，一招"靖王祭塔"，左手的短刀脱手而出，正中姚匪脖颈，姚匪当场毙命。

站哨的三名匪徒听到正厅的枪声，急急忙忙下了寨墙端着枪冲了进来。此时，正厅的打斗已经结束了，韩锡隆听得有人冲进来，连忙拾起刀，一个"凤凰出林"跃上房梁。

三个土匪冲进正厅，只见大当家的和众兄弟倒在地上，摸了几个兄弟的脖颈，均有一道深深的刀痕，弟兄们都死了，但是却不见"贼人"的踪影。利落的刀法令三个土匪大骇，战战兢兢地端着枪四下搜寻。

韩锡隆瞅准机会跃下房梁，"噌、噌"两刀，放倒了两个土匪。另一个见状，扣扳机射击，韩锡隆一个转身，闪到土匪旁边，寒光一闪，手起刀落，结束了土匪的性命。

韩锡隆割下姚匪的脑袋，找了一根绳子绑住头发，走出屋外，攀上寨墙，将姚匪的头颅挂在旗杆上，冲着家乡的方向三跪九叩。

此时，换班休息的土匪们被枪声惊醒，睡眼惺忪地端着枪、稀稀松松地拥到了正厅外，当他们看到旗杆上高悬的大当家头颅时，有几个人像泄了气的皮球，先是有人低声说："大当家死了！"紧跟着声音高了起来，带着哭腔喊道，"大当家死了！"

一众土匪面面相觑，没了主心骨。

有两个胆子大的土匪，定了定心神，端着枪，瞅着寨墙上方的韩锡隆呵斥道："什么人胆敢杀我们大当家！"说着，扣动扳机，冲韩锡隆放了两枪。

韩锡隆踮起脚尖左右迂回躲过子弹，踩着垛口飘下城墙，回转刀锋"啪啪"两下，打掉了这两个土匪手中的快枪，用刀尖指着其中一个土匪，正气凛凛说道："你们老大都死了，瞎咋呼什么？"

其他土匪见状，纷纷扔下手中的枪。有个别胆小的土匪小声说道："我们本来就是被裹挟上山入伙的，眼看到了锄地间苗的时节，大当家也不让下山。"

韩锡隆问道："你们都是周围的乡民吗？"

大家纷纷说道："我们都是。上山聚众入伙也是没办法的啊！"

"你们都上山多少年了？"韩锡隆用刀指着其中一个胆小的土匪问道。

"跟随大当家时间最长的铁杆们都被你杀了，我们这些都是这两年才入伙的，手里没有人命。"土匪小声回答道。

韩锡隆问道："你们大当家已经死了，你们想继续打家劫舍还是想回家？"

众土匪纷纷说道："想回家，谁不想回家啊！"

"想回家的,把枪在石头上摔烂!"韩锡隆说道。

遣散众土匪之后,韩锡隆回到了正厅,捡起姚匪的驳壳枪,掂了掂,翻箱倒柜四下里找寻,寻出些子弹,连同枪一块插在腰间。然后下到地牢招呼大家回家去。

此时,已近拂晓。众人在院子里齐齐跪倒、连连称谢后陆续离开。唯有一个姑娘一直跪着嘤嘤哭啼没有离去的意思。

韩锡隆十分纳闷,便走上前扶起她,上下打量。只见姑娘十六七岁的年纪,看穿着打扮就是出身大户人家,虽然满身泥土,蓬头垢面,模样长得倒是俊俏。此时,姑娘也止住了哭声,用手抹着眼泪。

"姑娘,大家都走了,你怎么不回家?"韩锡隆问道。

姑娘边抽泣边说道:"父母还在冯原,我也不是本地人,年幼害怕,不知道下山后要去哪儿。"

"土匪都被打死了,你可以下山慢慢找寻,干嘛还留在这儿?"韩锡隆说道。

姑娘又啜泣起来,说起了家里的遭遇:"我叫邓秀青,家在澄县的邓家堡,家境还算富裕。六年前,土匪头子谭老幺带人血洗了村庄,杀了二十多个人。前两年,他等风声平息后,改头换面又来到我家,霸占了我们的房产,逼得家里人没法生活,爹和娘带着我来投奔亲戚,没想到刚到冯原镇就被绑票了。父母还在冯原凑赎金呢。"说完号啕大哭,旋即长跪不起:"大哥,我看你是个好人,身上功夫了得,求你帮我们邓家堡二十多口子人报仇吧。"

韩锡隆的家人就是被土匪残害死的,听闻姑娘的遭遇,想想红拳先师们的侠义事迹,还有师父言犹在耳的教诲,他满口答应下来:"好,大哥帮你报仇,现在咱们就下山先去找你父母。"

韩锡隆从马厩挑选了四匹马,扶着姑娘骑上,自己也骑一匹,牵着另外两匹,叮叮当当一路奔东南而去。

二

天亮之后,两人已经来到了冯原镇,找到了邓秀青的亲戚,秀青的父母正在为高额的赎金犯难,一见秀青平安回来,三个人抱头痛哭。

韩锡隆简单地吃过午饭之后,也不说话,出门打马而去。

临近傍晚,他来到邓家堡。心想,白天无法动手,只有等到半夜再说。遂找了一家饭馆,拴好马后走了进去。

大厅内三三两两的客人正在吃饭,左上首靠窗子坐着一个虬须大汉,正在举碗狂饮。大汉的旁边放着一个包袱,关山刀的轮廓隐约可见。为了不引起旁人的注意,锡隆想找一个角落坐下,但虬须大汉似已看到他背后背着的关山刀,熟络地抬手叫道:"兄弟,哥哥在这呐,来来,快来坐。"

韩锡隆见躲不开,硬着头皮上前拱手,说道:"大哥好,兄弟只是路过,吃碗面就走,不敢打扰哥哥。"

虬须大汉待他说话时,已经布好碗筷,倒了满满一碗酒,低声说道:"先坐下,看看你的身上。"韩锡隆的衣服上沾了不少土匪的血迹,走得匆忙,洗了脸并没有换衣服。他警惕地扫视着周围,大家都在自顾自地热闹,并没有留意他,他连忙脱下外衣卷了起来,大汉从包袱里抓出一件夹袄递给他,他麻利地换上,低声说道:"谢谢哥哥了。"

大汉端起碗,说道:"喝酒。"韩锡隆本来不想喝酒,迫不得已,只得端起来抿了一下。

"小气,是不是晚上有事?"大汉发问。

他见心思被揭穿,赶忙说:"没有、没有,兄弟不会喝酒,让哥哥见笑了。"

大汉说:"那就多吃肉,吃了肉才有劲干活。"说完,夹了一筷子牛肉放进嘴里大嚼起来。

吃完饭,大汉邀请他到楼上房间休息。锡隆看看天色尚早,遂一同上楼。他原本对大汉是心存戒备的,但是大汉却像是磊磊落落的鲁提辖,对他一见如故,丝毫没有隔阂。

进房间后,大汉用水把胡须浸湿,对着镜子扯了下来,原来胡须是假的,用胶粘上去的。扯掉胡须后,却是一个四方大脸的汉子,即使没了胡须衬托,依然是英武刚毅。

两人在房间坐好后,互相报了姓名,大汉名叫王义安,比韩锡隆大五岁。不待锡隆主动问话,大汉先说了起来:"先父王狮儿,本是一名刀客,在周围几个县劫富济贫,小有些名气。宣统二年被前清政府杀害。我小的时候跟随先父学习拳脚,会做'狗娃炮'。父亲被害后,老娘带着我东躲西藏,前阵子才回到家乡。听说未来的老丈人家被土匪霸占,这次来邓家堡想寻他们,还没有找到,就想着瞅机会杀了那几个土匪,夺回老丈人家的房产。"

说完,用眼睛盯着韩锡隆,问道:"怎么样,兄弟,帮哥哥一块干吧。"

韩锡隆没想到还有这么巧的事情,就原原本本地把搭救邓秀青的过程说了一遍。王义安听罢立即起身跪倒感谢。

韩锡隆扶起这个初次见面却又惺惺相惜的大哥,说道:"我这次来就是要杀掉这帮子无恶不作的土匪，现在又多了个帮手，干起来轻松多了。"说完之后两人对视一笑，商量着只等土匪入睡后就动手。

谭老幺的实力比起黑石寨差远了。

当晚两人悄悄潜入邓宅，不消一会儿就灭了这帮为害一方的土匪。又找来了纸笔，写下了"谭匪已灭，速去领赏"八大字，天亮前赶到了县府，把这张字条贴到了墙上，然后悄然离去。

临近中午，两人来到了冯原镇，接秀青一家回乡。

事情都办完了，韩锡隆就想拜别义安大哥和秀青一家。但禁不住大家的盛情挽留，韩锡隆左右为难，悄悄把义安大哥拉进房间，说道："我这次回来，就是想凭一己之力再杀几个白水北山的土匪。如果住在邓家，时间一长担心给邓家惹上麻烦。"他说出了自己的顾虑。

义安却自有主意，说道："易容，我会易容之术，咱们出去时都粘上胡子，回到镇上就取下来，谁人还能辨出是咱俩做事。况且，你住在邓家还有我这个帮手不是。"

韩锡隆就此在邓家长住了下来。

两天之内接连剿灭了大小两股土匪势力的消息在渭北各县迅速传开，黑石寨获救的人更是将韩锡隆传得神乎其神。而白水北山其他土匪的霸气有所收敛，土匪们都感觉有一股前所未有的杀气正向他们慢慢逼近。

而对韩锡隆和王义安而言，当务之急是要学会怎么打枪，韩锡隆还要学会造狗娃炮。

两个人歇了几天，看看街面上已经平静，遂收拾好行头，计划先找一个没人住的山沟临时歇脚，练习打枪，试试狗娃炮的威力。因为只有一把枪，两人要轮流练习，韩锡隆想到王义安的拳脚功夫还是差点，枪法练成之后，就将枪赠送给了王义安。

麦收时节，正是北山土匪成群结伙下山抢掠的高峰时期。他俩昼伏夜出，专挑土匪下山的必经之路动手，短短的半个月时间，接连杀了北山十三干的各路土匪十多人，遣散被裹挟入伙的土匪二百多人。搅扰得各干土匪惶惶不可终日，干脆闭门不出，不敢再下山抢掠。

初秋，微风拂过邓家院外的大槐树，吹得树叶沙沙作响。算算时间，两人整整空等了一个夏天。韩锡隆一直在心里盘算，只能同这些土匪耗时间了，动似惊雷、静若老僧，只有沉得住气，才有可能斗过这群悍匪。

眼见得无匪可杀，各山寨又加强了防守，韩锡隆说道："义安哥，咱们还是先回去吧，等过上几个月，土匪松懈了再杀上山寨。"

"是啊，现在空耗着也没有用，反正土匪暂时不祸害乡民，咱们刚好回去歇息歇息，等他们放松后再来也不迟。"王义安答道。

经过了几个月漫长的等待，斗智结束了，到了斗勇的时候了，也到了该杀上山的时候。

两人此时已经计划好了下一步要剿杀的目标，那就是绰号"北山狼"的靳占奎。

他俩备足干粮，带齐家伙，骑上快马，一路奔北而去。

靳匪是众匪中比较有实力的一干，依靠山里的地形和火枪土炮，当地的民团根本没办法攻城破寨。县府曾经也想把靳匪一干骗出山寨，在平原地带消灭，无奈靳匪狡诈，根本不上当。民团只能眼睁睁看着众土匪日益壮大而无可奈何。

天一擦黑，两人来到圪台川，距北山狼的山寨五里下马，走梁过涧奔向了山寨。

草丛里，韩锡隆抬头望着寨墙，高大厚重、坚固结实。打眼看了看，估摸有三丈多高，即使有轻功也不可能跃上去。左右再看看，发现寨墙和大山之间有个拐角。盘算一下，应该可以借力攀登。

韩锡隆回头向王义安打了个手势，示意自己先上去，王义安点了点头。

韩锡隆背上绳索，深吸一口气，脚撑手爬轻巧地登上寨墙。趁两个守卫不注意，一个"燕子穿林"奔了过去，就势拔出两把钢刀，瞬间从两人中间穿过，两把刀同时抹过守卫的脖子，守卫齐刷刷栽倒在地。

解决了城墙上的守卫后，韩锡隆放下绳子把王义安拉了上来。

两人刚进寨子，就被暗处的守卫发觉，"啪"的一声，子弹从韩锡隆的耳边飞过。

王义安一把拉住他猫腰躲进黑影里，而放枪的土匪此时已经端枪冲了过来。王义安眼见土匪走近，抬手一枪，先撂倒一个再说。

这两声枪响，惊醒了房间内睡觉的众匪，他们衣冠不整纷纷端着枪吵吵嚷嚷地聚集过来。王义安不慌不忙，接连点着了狗娃炮，"嗵、嗵"地扔过去，炸伤了五六个土匪，巨大的爆炸声震得其他土匪慌忙弯腰躲避。

此时，北山狼靳占奎提着驳壳枪从正厅内冲了出来，嘴里骂骂咧咧地叫嚷道："敢偷袭老子，弟兄们给我打。"说着漫无目标地放了两枪。

王义安见是匪首，抬手就是一枪，正中靳匪的左臂，靳匪"哎呀"一声，躲到了梁柱后面。众匪见自己的大当家受伤，恶狠狠地冲了过来，都被王义安先后击中倒地。

另一边，韩锡隆也点起了狗娃炮，接二连三地扔到匪徒中，"轰、轰"的爆炸声将整个寨子炸得烟尘弥漫、瓦砾飞溅。虽然他们只有两个人，但这狗娃炮确实好使，对付这群乌合之众显得绰绰有余。

韩锡隆瞅准时机，在扔出去两个狗娃炮的同时，飞身跃起，三两下就窜到了正厅门口。靳占奎只觉得眼前寒光一闪，来不及反应，已经被韩锡隆割断了脖子，"蹬、蹬"后退了几步，窗棂上喷溅了一道长长的血印，两腿一软，倒地毙命。

韩锡隆麻利地捡起驳壳枪，同王义安两人一前一后向土匪射击。匪首已死，其他土匪登时没有了开始时那不可一世的气势。

天蒙蒙亮的时候，北山狼这一干顽固的土匪已经被两人全部剿杀。剩下被炸伤的土匪、被裹挟为匪的、因生计所迫为匪的纷纷扔掉枪，不再负隅顽抗，左搀右扶一瘸一拐聚集到正厅门前，投降了。

两人遣散了众匪，用剩下的狗娃炮炸毁了寨墙，扬长而去。

从此，北山再无北山狼。

另外十二干土匪听闻北山狼一夜之间被两个像天神般的虬须大汉所剿灭，大为震惊，不约而同地下山寻仇，想先下手为强，干掉这两个不知天高地厚的家伙。没想到一出山就被几个县的民团围堵。一月间，这十二干土匪陆续被歼灭，海晏河清，周围百姓终于不用再提心吊胆的生活了。

韩锡隆听到各县民团得胜的消息后，长出一口气。寻思着大仇已报，真到了该离开的时候了。

一天上午，吃过早饭后，韩锡隆叫过王义安，说道："大哥，这一年来，北山的土匪悉数被灭，兄弟我大仇已报，我想走出去看看，再干上几件为穷苦民众出气的事，也不枉学这一身功夫。"

王义安听罢顿觉依依不舍，他和韩锡隆兄弟两人萍水相逢，为了杀土匪、报家仇走到了一起。本想等他和秀青完婚后，再给韩锡隆说一门亲事，然后弟兄俩都在此安家，白天耕种，晚上比武，品酒饮茶，听风观雨，想想都觉得痛快至极。现在，兄弟要走了，他心里感到空落落的，不是滋味。

"还回来吗？"王义安问道，声音低沉，语气惆怅。

韩锡隆深吸一口气，说道："大哥，我也想安定下来，但，伸张正义是我红拳门人的精魂。再干上几年，然后去找师父，给他老人家养老送终。等所有的事情都完了，兄弟再回来找哥哥。"

王义安知道，按韩锡隆的性格肯定是不会再回来了，结识这样一个以侠义为怀、快意恩仇的兄弟真是三生有幸。但天下没有不散的筵席，兄弟再亲近也不可能终生相随，毕竟每个人都要走一条不同于别人而只属于自己的道路。更何况，韩锡隆是一个武功卓绝的大侠，即使把他留下来，没有了用武之地，那他这一身功夫不是可惜了。既然如此，还不如支持他趁年轻痛痛快快出去闯一闯。

下午吃饭时，王义安把韩锡隆要走的消息告诉了秀青父母，一家三口又齐声跪倒叩谢并再三挽留。

韩锡隆扶起三人，说道："大叔大婶，小侄自从十一岁父母离世，家的温暖对我而言已是可望而不可即。自从来到邓家堡，咱们这一大家子过得热热闹闹，小侄我生活得很是开心知足。但，毕竟还有好多民众被当地的土匪恶霸欺压，我很想闯荡江湖，多做些为国为民的事情，希望大叔大婶能够体谅并支持。"

秀青父母知道韩锡隆去意已决，遂不再挽留，只叮嘱王义安多准备些盘缠，并一再叮嘱韩锡隆，一定要回来。

第二天吃罢早饭，王义安送韩锡隆出门，俩人打马东行，一直送到乌泥河，韩锡隆下马拜谢，不肯再让王义安送了。

此时,已经走出邓家堡二十多里了。

兄弟俩抱头痛哭而别。

此后,韩锡隆凭借凌厉迅捷、变化诡异的刀法行侠渭北,做了不少杀富济贫的好事,杀了不少横行乡里的恶霸。往往是夜半动手,清晨离开,刀法干净利落,行踪飘忽不定,真面目很少有人得见。

因此,人送外号"冷面花狸"。

三

三年之后,冷面花狸韩锡隆打算收刀归隐,去华山寻找师父,侍奉师父终老。

这几年,他杀的土匪恶霸不少,剩下的几干大的土匪,城墙坚固、枪炮先进,都随着形势改弦易辙假意加入了靖国军。而这些所谓的军队,没有因为穿上了军装而改变风纪,反倒是变本加厉,肆无忌惮地掠夺百姓,韩锡隆拿他们没有丝毫办法。

实力悬殊太大了。

初春的竹峪流水潺潺,鸟语花香。青翠的竹子迎风摇曳,送来阵阵清香。

韩锡隆拴好马,走进了当年在这里练武、成长的院落。眼前的一切,完全和当年一样,竹屋还是当年的竹屋,竹墙还是当年的竹墙,但是,师父早已遁世远去了,院子内的杂草诉说着寂寞与无奈。

这里,已经很久没有人居住了。

师父再也没有回来过，还是去别处寻吧。

他打马出了峪口，往县城缓缓而行。

街道上的行人三三两两、来来往往，都自觉向城东聚集。他顺着人流往前走，只见街道两旁全都站满了行人，大家抻着脖子往远处张望。而远处，敲锣打鼓、鞭炮震天，像是一场热闹的欢迎集会。

他瞅见街边有家面馆，勒住缰绳，跳下马，心想，吃碗面再走吧，顺便看看发生了什么。

不多时，一支队伍由远及近穿街道而来。

为首的将军骑在高头大马上频频向两边的民众拱手致敬，身后的士兵个个精神抖擞，肩上都扛着长枪。

原来，前几日，陕西的靖国军阻击镇嵩军获得了华阴大捷，得胜归来，县上民众奔走相告，纷纷跑来庆祝。

韩锡隆觉得马上的这位将军面熟，好像在哪里见过。他仔细想了想，原来是"共学园聚义"看守大门的冯姓军官。十多年的时间，冯长官成长为了冯司令，骑在马上很是威武。

突然，街道内的小巷子里跑出来了两个小孩子，一前一后在追逐打闹，毫无顾忌地冲了过来。冯司令的战马受到惊吓，"咴"的一声暴叫，前腿腾空，马身子"倏"的一下竖了起来，眼看两个前腿就要踩到小孩。

韩锡隆暗暗叫了声不好，两腿一用劲，一个翻身来到了马前，两手一伸，一个"鸿钧揽袖"，抱起两个小孩转身放在了街边，随即跳起来，伸手一把抓住了马缰绳，拧着身子死命地拉住受惊的战马，强大的拉力使战马定在了原地。不光是两个小孩子没有受伤，马上的冯司令也安然无恙。

等马平静后,冯司令下马向韩锡隆道谢。韩锡隆提到了当年见冯司令的情景,冯司令哈哈大笑,对他这身武功赞不绝口,说道:"小兄弟,如不嫌弃,可愿意在靖国军效力?"

韩锡隆心想,仅凭一把关山刀闯天下的时代结束了,现在是火器为王的时代,不如趁这机会加入队伍,还能惩恶扬善,而且觉得冯司令人还不错,遂一口答应了下来,说道:"好,愿意跟随冯司令安定渭北,保一方民众平安。"

冯司令心喜,立即任命韩锡隆为侍卫排长,日夜不离左右。

大队人马一路西行,在频阳县驻扎,部属人马皆分扎在周围各县。

从此,冯司令开启了治理渭北八县的序幕。主要任务是征集粮饷、整治民风、参与地方政务,少有战事摩擦。久而久之,冯司令的威名在渭北各县人尽皆知,坊间尊称为"渭北王"。

不日,镇嵩军卷土重来,五万大军将省城围了个水泄不通。

冯司令的部队和镇嵩军隔渭水对峙,渡水强攻、临阵搏杀了十几轮,双方伤亡惨重,但都拼死抵抗,相互不能前进一步。

此时,省城已经弹尽粮绝,形势岌岌可危。冯司令的心里也是忧急如焚。

韩锡隆不止一次地向冯司令请命,想带领一支突击队,撕开对方一个口子,以此突破镇嵩军对省城的铁壁合围。但是,每一次冯司令的回答只有短短的四个字:固守、待援。

冯司令心里很清楚,省城的危机,看似是镇嵩军和靖国军之间的战斗,其实是国内两大势力的争夺。宁甘一带,遍布着镇嵩军的友军。加之,省内还有河西土匪的响应。这场战争,只有先消灭宁甘一带的敌军,镇嵩军的军心才能动摇,到时候,他们会不战自溃。

这样的局势，远在兰州的楚玉将军心里也是清楚的。

虽说他楚玉和靖国军分属两个阵营，渭北的冯司令自然也不认识，但在南方革命的大事上他们是一致的。他迫切地想同靖国军呼应起来，来个东西夹击，扫清省城之外的军阀势力，给镇嵩军来个釜底抽薪。千里之遥的路途，势单力薄的军队，并没有动摇他驱逐镇嵩军的信心。

他临时征调了两千娃娃兵，经过三个月的集训后，以迅雷之势挥戈东进，一战收临洮、再战定天水，扫除了外围的敌人。

镇嵩军孤立无援，退守河东。

由此，省内的这两支队伍合兵一处，对外称"国民联军"。

国民联军东出潼关响应北伐之后，楚玉将军镇守省城。而消灭关中的匪兵，清除北伐的后顾之忧，成为他走马上任的当务之急。

眼看夏季来临，丰收在望，盘踞在河西的巨匪麻振天依托坚固的城墙，一次次打败了国民联军的剿匪部队，战事一时陷入了僵局。

楚玉将军着急不着急不得而知，但远在频阳县的韩锡隆却忧心忡忡。

一日，冯司令正在处理军务，韩锡隆大踏步地推门而入："报告司令，河西战事胶着，我想带领一队人马驰援。"韩锡隆着急得已经忘了上下级身份，开门见山地说道。

桌子后的冯司令显得冷静沉着，不慌不忙，直起腰来靠在椅子上，沉默良久。

自从省城之围解除后，省上的斗争一刻也没有停止过，而他自己则始终牢牢把持着渭北八县的统治权。他的原则是，不介入内部争斗、不倾向任何派系。所以他的日子过得还算逍遥自在，不像其他将军那样，忽而耀武扬威，忽而挂印下野。

然而，本次派兵是出于支持北伐和剿灭河西巨匪两个目的，不同于为争地盘的打打杀杀。何况，去年就是河西巨匪麻振天勾结镇嵩军屠戮陕东还有渭北各县的，这是民众的仇，这个仇也在他的内心深处不停地往出拱，他早都想报这个仇啦。

派兵驰援是一定的，但又不能太多，以免楚玉将军误会他派人来是为了抢地盘。

经过反复斟酌，冯司令起身，严肃地命令道："给楚玉将军发电，'鉴于河西战事之重要，兹派敢死队二百名驰援，誓同麻匪血战到底。'此电。"

书记员迅速在纸上记录着。

随后，冯司令转过身对韩锡隆说道："给你二百精兵，明天动身赶往河西。既然出去打仗，就不能怕死，哪里最危险，你就带人攻哪里。记住，打仗要用脑子，不能一味蛮干，把队伍交给你，打完仗，你就要把队伍带回来！"

随后，冯司令委任韩锡隆为敢死队队长，带领一个加强连东去剿匪。

炮声隆隆，枪声嗖嗖。这和前几年韩锡隆消灭小股土匪的情形已经大不一样了。

麻匪据守的河西城，城墙高大坚固，城墙外还有一圈厚厚的土城，土城外围的要冲修有碉堡，最外的一圈挖有壕沟，壕沟外还有铁丝网。城内、土城、碉堡都有暗道连接，火力交叉形成拱卫。

麻匪外有山西的晋军为靠山，依靠晋军提供的武器支持，内有固若金汤的城墙。因此，气焰嚣张，有恃无恐。虽然只有五六千人马，但却不把攻打他的数万国民联军放在眼里。四个月下来，联军伤亡以万计。

韩锡隆带领敢死队报到之后，被分到河西城的北面，所领到的任务是挖隧道，土工作业在地下掘进。

敢死队员们拿着铁锹、洋镐头远眺河西城。三百米的距离内，大坑连着小坑，一片焦土。他们虽然没有参加前几个月的战斗，但看看战场的情景依然能想象来战斗的惨烈。

韩锡隆目测完距离后，将敢死队按八人一组分成小队，挥镐如雨，昼夜不歇。两天后，隧道已挖到了河西城下。突击队员撤出隧道后，爆破队员用棺材陆续抬来了三千公斤炸药，全部码放在隧道内城墙下的位置。

"呲"的一声，爆破员点燃了导火索，麻利地钻出隧道弯腰躲好。不大一会，巨大的轰鸣声将河西城墙掀开了一道三十多米长的豁口，紧接着，联军就是一阵猛烈的炮轰，随后，大家犹如下山的猛虎从豁口冲了进去。

河西城破了。

韩锡隆和他的敢死队员并没有冲进去。

他想，城墙破就等同于城破，率先冲进去，会被认为是抢功劳，为了避嫌，韩锡隆打算向楚玉将军报告后道别，带队返回频阳县。整装后，队伍向前敌司令部靠拢。

恰在此时，一小队土匪从城墙外的一条壕沟里钻了出来，没想到同韩锡隆直接撞了个正着，这队丧家之犬只顾逃窜，怎么会是敢死队的对手，半袋烟的功夫就解决了战斗。清点战场时发现，死的土匪里就有臭名昭著的土匪头子麻振天。

队员们抬着麻匪的尸体来到前敌司令部报告，并向楚玉将军辞行。面对这群生龙活虎的年轻战士，楚玉将军真有点舍不得。无奈，韩锡隆原本就是来支援的，留着不放也不是他的做派。遂安排上报嘉奖，亲自将韩锡隆等人送出了大门外。

韩锡隆一战成名升为营长。

这是一个天朗气清的中午，韩锡隆在频阳城北督察防务时，只见前面吵吵嚷嚷，几个县城的军警扭住一个十七八岁的学生，骂骂咧咧地走了过来。

韩锡隆跳下马，用马鞭指着一个军警问道："街有街痞，村有村霸，你们一个个不去抓，抓学生干嘛？"

领头的警长认识韩锡隆，上前答道："韩营长，我们不是在抓学生，而是在抓'共匪'。"

"'共匪'？'共匪'在山林里，手里有枪，你们抓的这个，明明就是个学生，他手里有枪吗？"韩锡隆不高兴，这些军警蛮横惯了，总是随意抓人。

警长说道："宁肯错抓，也绝不放过，凡是学生装扮的，都是嫌疑人。"

此时，学生模样的小伙子开口说道："长官，我就是个学生，刚进了县城就被他们抓起来了，这个地方太乱了。"

一句"太乱了"惹恼了韩锡隆。冯司令治理频阳多年，竟然还有人这样说，简直是在打冯司令的脸啊。他呵斥道："赶快放人！"

几个军警却不以为然，并没有听韩锡隆的。

韩锡隆扬起了手中的马鞭，一鞭子抽在警长肩上，怒气冲冲地命令道："马上把人放了！"

警长捂着肩膀,挥了挥手,其他的军警松开了这个学生。

　　放学生这件事在韩锡隆看来是件小事。不过,抓学生,可是省党部统一安排的一次"清党行动"。省党部认为,放学生就等于放"共匪",也就等于私通"共匪"。而且,韩锡隆作为冯司令的亲信,意味着冯司令也有"通共"的嫌疑。

　　为了不给冯司令惹麻烦,韩锡隆交出配枪辞职而去。本想着人走事了,但特务们却紧盯他不放,而杀掉特务只会引来更大的麻烦。因此,他一路往北想甩掉特务,不想身受重伤,倒在了龙背湾的河滩里。

第 五 章

一

韩锡隆在三木帮昏迷了五六天后才渐渐苏醒，他斜躺在热炕上，望着李大山和俊奇、俊林等一干搭救了自己性命的热血汉子，慢慢叙述着自己的过往经历。

大家被韩锡隆的悲惨遭遇和传奇经历深深吸引着，忽而沮丧、忽而落泪、忽而高兴。

还是李大山打破了沉闷的气氛，说道："韩兄弟，既然咱弟兄们有缘相识，那就在三木帮长住下来，一来安心养伤，二来教弟兄们些拳脚功夫，怎么样？"

俊奇也顺势说道："韩大哥，官兵们都以为你已经死了，你也不方便再抛头露面，不如就照李大哥的意思住下来，大家相互也有个照应。"

韩锡隆本不想给三木帮添更多的麻烦，但是看着这群渭北汉子真诚的眼神，想想自己已是死过一回的人了，还能去哪呢？干脆，隐姓埋名住下来算了。

正在犹豫不决之际，俊奇从贴身的兜里面取出一方玉佩，正是夏天在圪罗寺诵经的老道士留下的那块。他伸手递给韩锡隆看。

没错，这方玉佩正是韩锡隆的师父铁臂罗汉郭秃娃的深爱之物。

看到玉佩，想起师父，韩锡隆泣不成声，原来这一片黄土地和他师徒俩有着这么深厚的缘分，叹了一口气，说道："那就麻烦李大哥和众兄弟了。"

大家看韩锡隆答应住下来，心里格外高兴，三木帮也有了杀富济贫的英雄好汉了。俊林也凑上前主动拉着韩锡隆的手问起了关中红拳的流派。

冬日的暖阳透过窗棂照射在炕头上，屋里激荡着阵阵暖流。

李大山的妹妹在屋外一直关注着屋内的一切。

李大山的大姐李绮梅再嫁了洪大夫，而妹妹李绮兰老大不小了却仍然是单身。

李绮兰生得身材修长、眉清目秀，是难得一见的美人儿。可就是眼头高，性格火辣，周围十里八乡的年轻人没有她能瞧上眼的。

小时候，李绮兰常年在山里放羊赶羊，练得一手好软鞭，"啪、啪"鞭声清脆，有一鞭打四面的绝活。只要有媒婆上门提亲，都会被李绮兰乱鞭打出来，眼看着已经是二十五六岁的老姑娘了，还没有婆家，父母和大山也是着急不已。

韩锡隆重伤住进三木帮后，李绮兰对这个昏迷不醒的侠客有了兴趣，一天能跑三回来探望韩锡隆的伤势。有时候也帮着照顾，不来时还觉得心里慌慌的。时不常还拔出韩锡隆的关山刀看看，因为她也会点功夫，所以一直想搞清楚这位大哥到底是个什么样子的人物。

当她在屋外听了韩锡隆的经历后更加心生敬意，爱慕之心也愈甚。

此后，只要帮里的人出去巡逻或者外出，李绮兰都会主动担负起照顾韩锡隆的责任，端茶倒水，喂汤喂饭。

起初，韩锡隆对一个女儿家家的照顾自己一个大老爷们很不习惯，有几次劝说李绮兰回避。可是，她天生执拗，对自己喜欢的人很是上心,偏不走,还没话找话地东打听西问问。久而久之韩锡隆也习惯了,不再觉得尴尬。

一个多月之后,韩锡隆已经能够下地走动。沐浴着冬日的阳光,李绮兰陪着他在院子里活动,舒展筋骨。

他指着李绮兰腰上缠的软鞭问道:"兰儿妹子,你会耍软鞭啊?"

李绮兰"嗯"了一声解下软鞭,说道:"趁今天天气好,隆哥你给指点指点。"

说话间,俏丽的身影一闪,人已站到院子中间,右手执鞭将胳膊抡圆了回手一甩,"啪"的一下,鞭梢划过地面,霎时尘土四溅。

再扭身一甩,软鞭在半空中画了一个整齐的圆圈,猛然回手一收,软鞭又击打在地面上。整个动作干练整齐,破空之声不绝于耳。

不过,她毕竟没有经过高手指点,只是自己琢磨出了两三招,力道还是不够。就这,也是使尽了全力,粉脸涨得通红。

韩锡隆不自觉地笑了起来。当然,他认为,一个女孩子能有这点功夫已然是不错了。

可李绮兰却误认为韩锡隆哂笑他,脸上有些挂不住,"腾、腾"地走到韩锡隆面前,质问道:"隆哥,本来就是想让你给指点一下,看练得对不对,你笑啥?"说着,半嗔半怒地白了韩锡隆一眼。

韩锡隆收起笑容,说道:"我没有讥笑你的意思,你自己边琢磨边练,算是不错啦。不过,有些姿势不太对,发力有些不得法。"

李绮兰生气地拧到一边,说道:"我自己要是能练成还给你演练啥?正是这样,才让你指点嘛!"

"好、好、好。"韩锡隆见李绮兰真生气,赶紧接过话满口应道:"等我再恢复一阵子就教你。"

两个月出来，韩锡隆完全康复了，他把红拳一些练气、练力和腰马步伐归拢了归拢，根据李绮兰的身形和习惯总结出了一套鞭法，陆陆续续教给了绮兰。

俗话说，名师出高徒。

有人指点就是不一样，李绮兰进步飞快，一块砖头被她用鞭子卷起来抛在空中顺势一鞭就能劈成两半。而且，掌握了发力的方法后，不论是舞动多长时间，她都不觉得困乏，气息均匀，力道始终绵绵不绝。

腊月底，迎新年，清脆的鞭炮声响彻了渭北高原。二十三一大早，李大山就安排人通知俊奇、俊林兄弟俩上山热闹。

三木帮今年丰收了。

油坊、豆腐坊和驮队的净利有七百多块大洋，帮中这四五十名弟兄每人可分得十多块，剩下的计入来年。

自打民国以来，大年馑、小年馑不断，旱塬上的人家就更穷了，众弟兄吃糠咽菜维持生计，哪见过这么多钱，个个脸上乐开了花。

众弟兄落座之后，李大山说道："三年来，帮中弟兄各展所长，各施绝技，精打细算，广开财路，红火了三木帮，恰好又结识了韩锡隆这位名扬渭北的大侠，也给三木帮增添了几分江湖豪气。因此，今年决定杀猪宰羊，好好庆祝新年。"说着，端起酒碗："干。"

正厅内的欢笑声在空中久久飘荡。

菜是关中著名的八碟八碗，俗称"八仙蒸碗"，也可以说是陕西的"满汉全席"。光原材料就有猪肉、牛肉、羊肉、鸡肉、黄河鲤鱼和山里的竹笋菌菇等二十多种，经过煎炒烹炸卤煮炖烧腌拌烩爆等十多种手法精心制作完成。酒是自己酿造的纯粮食酒。关中制酒多以大麦、豌豆、小麦为酒曲，以高粱为原料，混合发酵，酒海储存，土窖暗藏而成，醇辣甘烈。大家只吃得热气腾腾，好不自在。

韩锡隆本是个外冷型的性格，不善于在这种热闹的场合穿梭，再加上受省党部特务追杀的缘故，只是自己闷头喝酒。而俊奇、俊林兄弟俩性格朴实稳重不事张扬，因此只和韩锡隆等几个熟悉的人边吃边寒暄。

大家一直吃到下午才散去。

二

正月里，俊奇给樊家楼和族中三爷拜年自不必说。三爷说道："俊奇啊，去年你带着俊林干了一年，兄弟俩变化都很大，除了踏实稳重以外，人也活道了不少。看着你们兄弟俩都出息了，我这当爷的高兴啊。眼看着快正月十五了，咱们村今年在关帝庙操办的关公赐福典礼就由你带着俊林一块主持吧。"

俊奇心里高兴是不言而喻的，俊林为能参与赐福活动也是喜不自胜。

社火是由上古时期祭祀天地演变来的。

在渭北高原，闹社火无疑是民众参与最为广泛的一种活动，社火中的重要历史人物往往是德高望重者，或者为全族做出重大贡献者，抑或是活动募捐最多者担任。而众多年轻人都想在正月十五闹社火的时候扮演武圣关公，那得有多威风啊。

正月十五当天，黄洋区各村寨都亮出了自己的绝活，舞狮子的、跑旱船的、抬芯子的，等等；当然少不了区上独有的走马社火。但是最引人注目的还是龙背湾的关公赐福活动。

关帝庙坐落在村北，原本庙堂林立、松柏参天，无奈六十多年前流民的一场大火，使得关帝庙毁于一旦。一同烧毁的还有沿路富裕人家的四合院。现在的关帝庙只剩下一个破败不堪的五开间大殿。

关公赐福就在大殿前的场院举行。周围四邻八乡的小男孩都被父母领到了这里，个个穿着新衣服，精神抖擞，依次站好，等待着赐福。

赐福活动，是一辈一辈的人们对美好生活的炽热企盼。通过赐福，对小一点的孩童，父母们希望无病无灾快乐成长；大一点的孩童，父母们希望脚踏实地兴家旺族；穷苦人家的父母希望孩子吃饱穿暖丰衣足食；富裕人家的父母希望孩子慧聪通达光耀门楣；大户人家的父母希望孩子勤俭持家财源永留。

总之，各个层级的人们怀着各自的祈愿，都希望得到关帝圣君的庇护。

"哐、哐，梆、梆"，一阵锣鼓敲起，俊林扮演黑脸的周仓作牵马状踩着锣声来到场院中间定场，紧接着，俊奇扮演红脸的关公手提木雕髹漆关刀也从后台来到了场院中间亮相，展示着关圣人著名的招牌动作"关圣提刀"。

只见俊奇面对着孩子们，右手举刀一个转身，第一招"鸿运当头"，一片金光掠过孩子们头顶，就势收刀；紧跟着第二招"再举青龙"，又是一道金光划过。随后舞动关刀，分别使出后三招，"递酒挑袍""白猿施刀""青龙探水"。

髹漆关刀先后五次掠过孩子们的头顶，一道金光接着一道金光，直看得人眼花缭乱。每挥一刀，俊奇口中就高喊："一刀赐福长命百岁，二刀赐福康泰平安，三刀赐福立业兴家，四刀赐福尽善好德，五刀赐福富贵永年。"合起来就是"赐五福,过五关"。

收刀之后,兄弟俩退场,众人面向关帝庙跪拜,祈求关圣显灵永保平安。

热热闹闹的正月就这样过去了。

俊奇算了算时间,开春之后就能挖第二口水窖了,现在的任务就是准备红胶泥。

红胶泥的原料是黄土高原的黄土层中所特有的红色黏土。因里面夹杂有或大或小的硬土块,在晾晒时必须先挑拣出来,然后再把红土捣成粉末状备用,这些红土见水成泥就是红胶泥,是挖水窖必不可少的材料。水窖挖好后,底部和内壁按间隔八寸,均匀地打出小空洞,将红胶泥揉成手腕粗四寸长的粗条,逐个塞进小孔洞,露出的部分用棒槌全力捶打延展,直到和窖壁成为一体。这就像给水窖增加了一层内胆,蓄上水之后不渗不漏可使用上百年。

天气转暖后,经历了一冬天的蛰伏,喜鹊、麻雀纷纷从各自的窝里飞了出来,叽叽喳喳地叫着,在龙背湾上空盘旋飞翔。还有一些勤快的燕子早早从南方飞了回来,这是北方民众最喜欢看到的飞鸟,因为它们大部分的时间都在捕食害虫,冬天无虫可捕,它们只能迁徙到南方,但燕子的家乡始终在北方。漆河边上的柳树也不顾依然寒冷的天气,陆陆续续冒出了绿芽。

春天来了。

俊奇兄弟俩依然是忙碌的。

第二口水窖刚挖下去不到二尺,土就塌陷了,露出了一个黑洞洞的大豁口。

俊林又赶紧叫俊奇:"哥,又挖出了一个洞。"地里的瓷窑太多了,俊奇已经习以为常。

但他蹲在洞口往里看时,里面黑乎乎的,什么也看不见,明显和以前挖出的瓷窑不一样。而且,这个洞口比前几次挖出的洞口看起来要深多了,这是他从洞里的回音判断出来的。可以肯定,这个洞不再是放置古瓷器的窑口。至于是什么,只能拴着绳子下去看看啦。

傍晚时分,兄弟俩提着马灯来到了地里。俊林拽着绳子把俊奇放了下去。下去后,俊奇拨亮马灯仔细打量着这个"地洞"。

"地洞"并不大,不足两米见方,距离地面也不深,大约五尺左右,"地洞"周围用青砖垒起,呈六角形,不过一角已经坍塌,里面空空荡荡,肯定不是放置各样瓷器的窑口。但是在坍塌的一角却有瓷器露出。

俊奇用手刨了刨,四个彩色龙头样的瓷器和一个球形的黑色瓷器完整的显露了出来。

俊奇向洞外喊道:"俊林,洞里有东西,我往外拿,你一件一件地接住,不要弄坏了。"

"好!"俊林答应了一声,蹲在洞口手往下伸,把瓷器一样一样地接上来,平平整整地铺在地里面。等到这五件瓷器全部拿出来后,俊林把他哥拽了上来。

等俊奇站定后,俊林说道:"哥,我看这瓷器和以前挖出来的不一样,砸不砸?"

俊林的疑问不无道理,俊奇也看出来了。这些瓷器明显区别于以前的那些瓷碗瓷碟、坛坛罐罐。

他拿起龙头模样的瓷器看了看,只见它龙角圆润、龙眼外凸、须发后飘、口含龙珠,约莫有五寸来高、五寸来宽、五寸来长。通身挂满了五彩斑斓的釉色；尤其是龙嘴里那青色的龙珠，在马灯的照耀下，亮光忽长忽短，显得更加古朴而神秘。

他轻轻地放下这件，又拿起了另外一件球形的瓷器仔细端详。这件瓷器通身施满黑釉，中圆下细，顶端修长，周边刻了一圈佛陀的图案。他一边擦拭着黑釉表面的泥巴，一边感叹，要是一般的手艺人，怎么能拉出来这圆的一个瓷球啊。

这几样子东西，既不能盛饭，也不能盛水，这么小的物件，更不可能盛放粮食，到底是干什么用的呢？他反复端详着，说道："很像是祭祀、供奉用的东西。贸然砸掉，恐怕不吉利啊。"

说着，他又想起了去年夏天游方的老道士留下的那句偈语：惊蛰三候夜，宝物现世间。由此多风雨，深藏保平安。

当时他还不明白这几句话是什么意思，而现在看着眼前的这五件瓷器，算算时间，兄弟俩似有所悟。

俊奇思来想去，说道："先把洞口埋起来，把这些瓷器也埋在地里面，明天装上车送去樊家楼，等育才哥从华阳县城回来后，让他看看再说。"

晚上回到家后，俊奇给母亲说道："娘，过年去樊家楼的时候，葵花爹娘说今年就把我们的婚事办了，彩礼只要两袋小米就行，我明天想先把小米送过去，至于啥时间结婚，等你们再商量。"

俊奇娘听了俊奇的提议万分欢喜，成家立业添丁续口是兴家之要。俊奇这几年明显长大了不少，不光勤劳肯干还想方设法帮助乡邻，早就该成家了。

"好、好、好，樊家楼的事你看着弄好。"俊奇娘高兴地答应着。

第二天天不亮，俊奇和俊林就推着独轮车，装上两袋子小米出了龙背湾。

他俩并没有直接去樊家楼,而是先到圪罗寺的地里,瞅瞅四下无人,刨出了瓷器,一件一件轻轻地装进袋子后,才往樊家楼慢慢走去。

当初春的阳光洒在樊家楼前的青石台阶上时,俊奇兄弟俩扛着两袋子小米大踏步地迈上了台阶。

樊老爷子本以为俊奇送来小米是作彩礼用的,但兄弟俩只给他打了声招呼,便穿过正院直奔牲口棚,轻轻放下米袋子后才折了回来。樊老爷子和葵花、文才是一脸茫然。

进客厅坐好后,俊奇看看没有外人,才向樊老爷子说出了原委。

樊老爷子一听,也觉得有必要尽快搞清楚龙头瓷器的来历,就打算让文才去华阳县城喊育才回来。但是,俊奇却想让俊林去一趟,至少能说得更清楚一些。

兄弟俩没有过多的逗留,临走时,俊奇再三叮嘱文才要看好这些东西,随后出了樊家楼,俊林直奔华阳县城而去。

中午时分,俊林来到了华阳县,但他却没有从北门直接进城,而是绕到了东门。原来,东门里有着县城赫赫有名的小吃"瓮瓮面"。据说,久常将军在华阳蛰伏时也常去光顾,一时名声大噪。

瓮瓮面是由郑家首创,因郑师傅身材矮胖像瓮一样,邻里戏称他做的面为瓮瓮面。又因其汤中多放盐和其他调料使面汤咸味厚重而得名咸汤面。

俊林来到东门,就是为吃上一口慕名已久的咸汤面,是谓:不吃咸汤面,不算来华阳嘛。

郑师傅虽称不上知名厨师,但他创造的咸汤面却深受县城老少的喜爱。

他选取当年新麦磨成的面粉，提前两个时辰和面，除了加入清水之外，还要掺入碱水和盐水，等面醒好之后，经过反复拉扯，扯成细如挂面的面条，下锅煮熟，过凉水备用。来客人时，郑师傅两手并用，手拿铁勺开始售卖。

一方雪白的老豆腐，一盆红红的油泼辣子，一笸箩青翠的韭菜末，一笸箩青中间白的葱末齐整整地摆放在一口黢黑的大铁锅旁，铁锅内咸汤翻滚香气诱人。

韭菜和葱是要提前切好的，而豆腐却不用刀切。郑师傅用手中的铁勺一片一片从整块豆腐上脍下来，直接放在锅中煮透，每碗咸汤面上仅盖一片豆腐，美其名曰：白云盖顶。

俊林吃完咸辣出头、筋韧爽口的面条，顿觉暖胃活血、爽快无比。抬头看了看时辰，估计学校该放学了。遂放下碗筷向学校方向走去。

县城的高等小学校坐落在县城西边的巷子里，松柏参天、幽深宁静。

学校大门口，陈文忠正在里面打扫飘落的柳絮。听见有脚步声，抬头打量着俊林，看年龄不像是学生，就问道："老哥，找人吗？"

老哥只是文忠礼貌问候人的口头语，俊林年龄其实和文忠差不多大，俊林信口答道："找樊育才，我是他亲戚。"

文忠一听是育才哥家的亲戚，不敢怠慢，放下扫帚，说道："跟我来，我领你去。"

两人一前一后穿过学生区，一折两拐后来到育才的宿舍。

育才听俊林说完龙头瓷器的情况，心里隐约有了轮廓。这些瓷器肯定不同于一般的民用瓷器，挖出的地方也应该是圪罗寺的地宫。要想知道龙头瓷器和黑釉球形罐的来历，必须先了解圪罗寺的来历。更多的信息得在古书里查找，不能贸然下结论。又想起来去年铜官县成立了图书馆，或许能找到线索也未可知。

想到这些，他心里似乎已经有了方向。说道："你先回，等我忙完了学校的事，回到樊家楼咱们再说。"

俊林知道古代的瓷器也不是一句话能说清楚的事，况且，育才哥是出了名的稳重，没有证据是不会轻易说话的，遂起身告别。

三

铜官县的图书馆附设在县教育局内，因为才成立不久，好多书籍都在胡乱堆放着，没有完全整理好。樊育才一头扎进故纸堆，主要从县志和佛学典籍中查找答案。

整整三天，终于在一本残破不堪的《四分律要记》中找到了只言片语的记载：于圪罗寺尊道宣法师之舍利以示清源公主礼佛至诚。随后又翻阅了历代的《县志》，另有新的发现。志载：唐陀罗尼经序碑，奉于黄洋旧城南圪罗寺，幢身刻佛顶尊胜陀罗尼经序，字似右军笔法。

看到这些，他如获至宝，仰天长吁一口气，再结合自己读过的《旧唐书》，一条粗略的轮廓已经形成。

原来，清源公主是唐穆宗的女儿，自幼体弱多病终生未嫁，或许这圪罗寺就是清源公主挂名出家以求祛除一切病痛、延年益寿的场所吧。传说，清源公主患有严重眼疾，圪罗寺的经幢上除刻有唐陀罗尼经序外，还刻有一些治疗眼疾的宫廷秘方。秘方是否管用已经不得而知，历代的战乱使更多的秘密和更多的古迹一起深埋于圪罗寺地下，只有石制的经幢在千年之后依然矗立，仿佛向后人昭示着曾经的繁荣鼎盛。

从铜官县城往南走的时候，一路上他思绪万千，历朝历代、帝王将相，所有为之奋斗的成果有多少深埋于地下，又有多少人们未知的世事湮没在历史长河中，后人不复得见、无处找寻，只有文化和美德代代传承，生生不息。

路过黄洋区老城街道时，他被一个团丁挡住了去路："育才哥，你这是从哪儿回来的啊？"团丁一脸堆笑地问道。

育才仔细端详，半天才认出原来是他们家的伙计史永华，就问道："你怎么在这，还穿上了这身衣服，怎么，当团丁啦？"

永华嘿嘿地笑着，摘下大檐帽，不好意思地挠着头，说道："去年和文才哥去了趟陕北，回来不是遭遇土匪了嘛。在俊奇哥和俊林兄弟的帮助下才打跑了土匪，保住了钱财。年底掌柜的论功行赏，给我和另一个叫有富的每个人各奖了一百块大洋。我家里无父无母，要钱也没啥用，就用这些钱买了个团丁。"

育才心想，当长工毕竟不是长久之计，永华这么年轻，脑筋又活，在镇上谋个差事，也好。但是团丁这个角色少不了要欺凌弱小、与民争利，就警告道："好好当你的差，不要去做那些横行乡里的事！"

永华又嘿嘿地笑道："育才哥，怎么会呢，我这也是谋一碗安生饭，和街上乡亲们的关系好着呢！"

育才本想多说几句，转念想了想，自打当上教书匠之后，整天啰啰唆唆，出口就是圣人哲语，学生们听烦了，自己也觉得古板僵化，今天遇到永华，还改不了教育人的口气，还是点到为止吧。就和永华寒暄了几句，继续赶路。

樊家楼客厅内，六个人十二只眼睛盯着四个龙头瓷器和一个黑釉罐，大家都闷不作声，只等着育才发话。

育才就将他上县城图书馆查到的资料给大家通俗地说了一遍，接着又说道："这四个龙头兽首和这个黑釉罐都是一千多年以前的东西，"他边说边比画，"这四个龙头应该是佛龛上的物件，佛龛就像小房子一样，一般安放在寺庙的大殿里，四个龙头各把一个角檐。这个黑釉罐可能是礼佛用的器皿吧，大家看看，这黑罐子的周围还有几尊小佛像呢。"

"哎，还真是啊。"葵花凑近看了看，边摸着罐子上佛像的图案边说道。

但是大家并没有接葵花的话，而是还有好多疑问。俊奇问道："育才哥，这些都是在地窖里发现的，你说的道宣法师的舍利子好像没有，只有这些东西。"

"你说的那个地方不是地窖而是地宫。"育才纠正道。随后又补充说道："在一千年以前的唐代，有些皇帝喜欢佛教，就敕令兴建寺庙，有些皇帝不喜欢佛教，就敕令拆除寺庙。唐代的一个皇帝，看到僧人占尽了土地和劳力资源，这样下去不利于发展生产，所以就颁布敕书，强令僧尼还俗，并且陆续拆毁了全国大部分寺庙，估计圪罗寺也没能幸免，道宣法师的舍利子和其他宝物，寺内僧人能随身带走的应该都带走了。像这些瓷器，虽然宝贵，但僧人不好带走，所以才埋在了地宫里。"

育才说完，直起身来，眼睛空空地注视着前方，像是回想一千年以前僧人仓皇逃离的场景。

大家听完之后，好像明白了一些。至少，这四个龙头瓷器和这个黑釉罐很宝贵。

俊林没头没脑地补充了一句："不管怎么说，归根到底这些也都是瓷器，按照我们村的规矩，挖出来就得打烂啊。"

"这个不能砸。要是砸了,咱们都成了千古罪人了。"育才厉声制止。

俊奇在旁边听着,一直也没有插话。他们村里的人们在干农活时,时不常地会挖出各类瓷器,但没有人知道这片土地上发生过什么,为什么会有这么多的瓷器。

地里的东西,阴气重,所以,不知道从哪辈子开始就留下了一个规矩,挖出的瓷器必须打烂,并且要把瓷器的碎片倒在村北边关帝庙后面。

至于育才哥说的圪罗寺,他只看到残存的残垣断壁和一棵仅有一半活得郁郁葱葱的柏树,村子里也没有留下只言片语的记录。他只听老辈人讲过,圪罗寺是个宝寺,但老辈人也不知道有这么多故事,听育才哥讲了这么多,才知道村子对面这个寺庙原来是公主挂名出家的场所。至于这些瓷器,很明显是皇家专用的,他脑海中似乎又想起了夏天老道士说的话:

"惊蛰三候夜,宝物现世间。由此多风雨,深藏保平安。"

这真是个神奇的预言。

而育才的心里也在盘算,中华万里疆土最朴实的当属庄稼人,像俊奇和俊林虽然普普通通却是实实在在,他们以农耕为本,心若赤子,丝毫没有看到这些皇家御用瓷器的价值,这五样子瓷器,随便一样拿到省城卖掉,就能换省城一座四合院,但是他俩从来没有往这方面想过,这真是太难能可贵了。

俊奇把夏天老道士神奇的预言向育才说了一遍,育才经过深思熟虑后,说道:"那就埋起来,哪里来的回哪里去!"

俊奇经过权衡,说道:"育才哥,我们本来要在地宫的位置挖水窖,现在看来，只有把水窖选在地宫旁边一丈开外的位置了。我的意思，地宫口距离地面只有两尺，如果把这些瓷器重新埋回地宫，怕是不安全。不如等我们把水窖打好后，把这些瓷器放进水窖里，这样更安全。"

"这样做更好，"育才说道，"只是，瓷器虽然在你们的水窖里，但绝不能把这些瓷器据为己有啊！"

"那肯定了，这些瓷器不是某个人家里的东西，再加上我们村也没有私藏宝贝这样的习惯。况且，育才哥你也要信得过我们兄弟俩的人品不是。"俊奇坚定地说道。

"那就好。"育才放心地说道。

这时，一直端坐一旁不停地抽着旱烟的樊老爷子"咳、咳"地清了清嗓子，把旱烟锅子"梆、梆"地在布鞋底子上磕了几下，直起身，带有总结性地说道："好了，瓷器的事也弄清楚了，就按俊奇说的办。在水窖挖好之前，文才负责保管瓷器。"顿了顿，然后又说，"俊奇啊，新的一年你有什么打算？"

俊奇想了想，然后说道："作为庄稼人，无外乎春种秋收，农闲时节到陕北贩盐、焦坪驮炭。再要有时间的话，江湖救急，邻里相帮。"

"就这些？"樊老爷子反问道。

"就这些。"俊奇应答道，"其实，我觉得三木帮那种大众开荒，分工搞副业，既种粮食又开豆腐坊和油坊的做法挺好，也想把本家这几十号兄弟集中起来学着三木帮，但是树大要分枝，即使是本族的人也不好管，所以，想想还是算了。"

樊老爷子其实是想问俊奇对他和葵花的婚事有什么打算，而俊奇一直在扯开荒种地的事情。索性扭头给俊林安排，说道："回去后给你娘说，你哥和葵花年龄也都老大不小了，最近就提亲，然后把婚事办了！"

俊林"嗯"了一声,但是眼睛瞅着他哥和葵花,像是征求他俩的看法。

葵花倒是没说什么,俊奇却坚持要给六十六块大洋的聘礼,如果只用前面送来的两袋子小米做聘礼,太轻率了。樊老爷子却坚持不要。

这时,育才说道:"非受币,不交亲。只是六十六块大洋的彩礼和卖女儿也没什么差别,况且我们家也没说要这么多啊。"

他转过头向樊老爷子说道:"爹,我的意思是彩礼定为三十块大洋合适,包括官礼金二十四块,再加押彩钱六块。这些一并按四成退还。葵花妹子出嫁时的嫁妆同退还数一样多,怎么样?"

樊老爷子连连点头,育才又冲俊奇说道:"就这么定了,最近就准备吧,我大概看了看日子,三月初八就挺好!"

就这样,葵花妹子被吹吹打打地迎进了龙背湾。三木帮的李大哥和韩大哥等人也来道喜,弟兄们免不了一番热闹。

第 六 章

一

春天,是万物复苏的时节,草长莺飞、蝶舞鹊鸣。

清晨,龙柳氏抬头看了看东方升起的红日,叫过葵花,两人在院子当中支起了绣架,准备刺绣。这就是葵花早就想亲眼看到的神秘的金彩纳纱绣。

金彩纳纱绣,盛行于唐代,为宫廷刺绣针法。盛唐以后多为秘传,绣品也多为佛教、道教中的仙人图案。

而这次龙柳氏绣的更为复杂宏大,名为西天王母蟠桃盛宴图。

这幅绣幛总长一丈二尺,累计绣有西方神仙一百零八位、凤凰、孔雀、仙鹤等神鸟三十六只,大象、麒麟、四不像等神兽十八头,宫殿、亭台楼阁九座,各色水果、酒壶器皿、桌椅用具无数以及武士、婢女、五彩祥云,等等。

龙柳氏去年已经用金线勾勒出了大体的轮廓。葵花展开看时,这幅绣幛虽然只是半成品,但她依然觉得熠熠生辉、光彩夺目。葵花心里暗暗称奇,问道:"娘,这么大的绣品,绣完得多长时间啊?"

龙柳氏放下手中的丝线笸箩,说道:"咱们这个金彩纳纱绣对光线有要求,只能在每年的春秋两季天气晴朗的早晨和下午开始绣。正午时分、冬夏两季、阴雨天就要停工,所以这幅绣幛得三年多才能完工。"

葵花听完,"哦"了一声,似有所悟,慢工才能出细活嘛。

她又转头看了看地上放着的两面铜镜,婆婆已经调整好了铜镜的角度,阳光通过铜镜不偏不倚地折射在绣幛上。为了防止铜镜黄色的光线干扰丝线的颜色,婆婆又在铜镜上盖上了白色的丝绢,光线立时变得柔和自然了许多。

"娘,必须得用镜子的反光吗?"葵花问道,她觉得这准备工作有点烦琐多余。

龙柳氏笑道:"你过来看看。"说着,拉着葵花的手,将手伸在绣幛的背面:"你看,在绣正面的时候,是用不着铜镜反光的。但是在绣背面的时候,没有反光,只能靠感觉下针,有了反光,是不是手和针的位置隔着绢也能看得清清楚楚啊。"

葵花手里拿着针在绣幛的正面和背面反复对比了几次,果然如此。心里明白了反光的用处,对金彩纳纱绣更加由衷赞叹。

龙柳氏望着葵花说道:"刚才这些只是准备工作,要真正学会,可得下一番苦功夫呢。所有的手艺都是吃苦换来的,没有一样能轻轻松松学成!"

自打葵花进门,龙柳氏已经视葵花为金彩纳纱绣的唯一传人。因此,支起绣架后,她不急着绣,而是给葵花讲起了刺绣的方法。

所谓金彩纳纱绣,主要区别于其他刺绣的是对金线的运用,使用较多的有平金、锁金、包金、套金和错金,其他的还有劈绒、挑花和戳纱等。绣起来一丝一线都马虎不得,一块指甲盖大小的地方要绣差不多两千针。

葵花听得眼睛瞪得溜圆,赞叹道:"那得多细的丝线、多细的针啊!"

龙柳氏说道："所以就要求绣制的人必须心平气和，手里的针慢慢悠悠。也正因为这样，绣品才精致，人们才喜欢。"

此后，葵花跟着婆婆一心一意学金彩纳纱绣，盼望着自己早一点学成。

而另一边，俊奇和俊林忙碌了大半个月，第二孔水窖已经挖好，并且都铺上了厚厚的红胶泥。当务之急是必须马上蓄水，不然，红胶泥干裂后就前功尽弃了。

"俊林，今天晚上你就去樊家楼把那些瓷器全都背回来，我从河里挑水开始给水窖蓄水。"俊奇从水窖里爬上来后，放下棒槌说道。"你拿回来后直接到地里来，咱们在蓄水之前把这些瓷器放进水窖里。"

俊林"嗯"了一声，也不多说，只等天黑去取瓷器。

此时的渭北高原，大股土匪已经被国民联军剿灭，但是小股残余土匪仍没有绝迹。他们有时候三三两两昼伏夜行，专做打家劫舍勾当，更多的是拦路剪径，抢劫过往客商和民众。

俊林此番独自去取瓷器，并没有料到会被炉山区立地寨的土匪盯上。他背着布袋刚走出樊家楼，就被土匪劫掠上山寨。

因俊林是从樊家楼出来的，土匪派人向樊家楼贴条子传话，拿一千大洋赎人。

客厅内，昏暗的油灯下，樊老爷子看着土匪留下的字条，眉头紧锁，心里大为震惊。方圆数十里的大小土匪山寨，他每年都安排人去拜山，奉送上大洋和粮食，多年来也算太平无事。这次土匪在樊家楼附近劫人，不是好兆头啊。

他一面安排长工去龙背湾给俊奇送信，一面让文才快马加鞭去华阳县城找育才商量。

第二天，育才和学生陈文忠匆匆赶了回来，俊奇和葵花也从龙背湾来到樊家楼，大家都想听听育才的主意。

育才心想，自古兵匪一家，报官不是首选。况且，这些瓷器也不能让当官的知道，要是被当官的知道龙背湾还有唐代的三彩瓷器，那平静的龙背湾还不得被一群贪官污吏毁掉啊。

经过反复权衡，他说道："爹，我的意思俊林还在土匪手上，所以不能报官。俊奇，你去联络三木帮的李大山和韩锡隆，请他们帮忙对付土匪。文忠，你们家不是在炉山区嘛，你对立地寨的路况熟悉，就负责带路。文才，你准备好大洋，亲自拿到立地寨赎人。"

文才说道："哥，我都拿大洋去赎人了，还有必要让李大哥和韩大哥偷袭立地寨吗？"

育才说道："很有必要。你先把人赎回来，让土匪以为绑票得逞了，起到麻痹土匪的作用。俊林不在他们手上，咱们攻打山寨也不用投鼠忌器。再加上这次土匪下山踩点，瞄的其实是咱们樊家，最好能一网打尽，不然咱们家族将永无宁日了。"

随后又说道："不光是樊家楼，周围的民众都得跟着遭殃。生逢乱世，钱挣得再多，也架不住土匪抢劫啊。所以，有句老话叫'宁做太平犬，不做乱世人'，这也是大家对太平盛世的渴求啊。"

这句话说到了大家的心坎里，想想这二十多年来的年馑、战乱、匪患，谁不渴望过太平日子？

随后，陈文忠跟随俊奇前去三木帮搬救兵。

李大山听闻俊林兄弟被土匪绑票，登时火冒三丈，着急忙慌地喊着众兄弟在场院集中。大家吵吵嚷嚷地准备着土枪、大刀，只等李大哥一声令下。

然而，韩锡隆却镇定自若，不慌不忙地叫住李大山，冲着众兄弟挥挥手，说道："弟兄们先散了，让我们再商量商量。"说着，把李大山拉进屋。

他先问了问陈文忠立地寨土匪的情况。

陈文忠说道："立地寨在炉山区东南方向，自古就有土匪聚集，但是人数不多。这次聚集山寨的土匪多数是前年混战时溃散的兵痞，大概有二三十人。占领山寨后，又裹挟了我们当地的民众男女大概有二百多口。平常大家在山上开荒种粮，一副顺民的模样。有时候偷偷下山绑票勒索钱粮，因裹挟有民众，又同区上的民团虚与委蛇，逐渐成了人人畏惧的悍匪。不过，他们并不绑炉山当地人，有时候还会救济周围村子的老弱妇孺，换取大家的支持。但是这都是假慈悲，为的是迷惑政府和民众。"

文忠顿了顿，说道："不过……"又看了看大家，并没有说下去。

"不过什么？"韩锡隆像是胸有成竹，因为他行伍出身，一身的功夫，端掉过大小数十个土匪山寨，并没有把这二三十号溃兵放在眼里。

文忠犹犹豫豫地说道："立地寨三面环山，只有正面的寨门可以出入，强攻恐怕无法进入。寨墙由黄土夯成，外裹石条，高有两丈有余，常人无法攀爬。若是偷袭，可能也无法成功。"

"没想到当地竟有这样险要所在。"韩锡隆听罢，心里对土匪防卫得如此严密也是啧啧赞叹。但是，有匪必剿也是他的毕生心愿，一股不服输的劲头陡然而生。细问道："山体同寨墙的连接处可有立足之处？"

文忠在心里仔仔细细地捋着立地寨的地形地貌，说道："寨墙呈东南走向，在东面的山体上有突出的石块可以立足，但这个石块离地面也有近一丈高。站在石块上，距离寨墙顶还有一丈多，没有一定的轻功，可能也是不行。"文忠的表情非常凝重，觉得偷袭立地寨难度太大了。

陈文忠的担心来自对韩锡隆的功夫不了解，但是韩锡隆心里已经有了八成的把握。因而说道："有这块石头做跳板就能成。明天晚上，我和李大哥、俊奇兄弟三个人一块去，文忠你带路。"

李大山没有打过土匪，不知道偷袭立地寨到底是艰难还是容易。但他认为，有这一帮子年轻人在，就没有干不成的事！加之还有韩锡隆，有什么可怕的呢？有了解决方案后，李大山示意一个兄弟带陈文忠下去休息，只等明晚动身。

韩锡隆想了想，又对李大山说道："李大哥，咱们帮里还有过年剩下的鞭炮吗？"

"还有不少呢，只是，你要鞭炮做什么？"李大山问道。

原来，韩锡隆早年和王义安行侠渭北时，王义安教会了韩锡隆造"狗娃炮"。没有"狗娃炮"，就凭几把铁片刀哪能杀掉那么多土匪啊！

韩锡隆简单地向李大山和俊奇说了造"狗娃炮"打立地寨的想法。大家一听，兴奋不已。这样一来，胜算就更大了。

"李大哥，你安排人把所有的鞭炮都搬到我屋里，俊奇，你先回龙背湾给龙大娘和葵花打声招呼，然后上来，咱们两个人晚上一块造'狗娃炮'。"

李绮兰听了韩锡隆的安排，也是摩拳擦掌跃跃欲试，冲李大山说道："哥，我也要去、我也要去。"

李大山深知这个妹妹的性格，肯定是拗不过，只得答应："今天大家先准备，等明天动身时再说。"随后又去院外安排马匹和干粮。

傍晚的时候，俊奇又回到了三木帮，和他一块来的还有他的媳妇葵花。

葵花也坚持要去救小叔子，夺回龙头瓷器。

二

立地寨，倚着炉山区蜿蜒起伏的山势，择峻峭处夯土垒墙而建。背靠石马山，西望宝瓶堡，寨中有老井一口，井眼三个，可供多人同时汲水；中间另有一小眼可避免下雨时雨水打湿井绳，其构思之精巧为世人称奇。

石马山下，生长着当地独有的野菜——龙柏芽。

据说，太上老君骑青牛入函谷关后，一路北行，见炉山土质奇异，不生五谷，对当地的老百姓心生怜悯，遂扔出自己的龙头拐杖，幻化出了野菜龙柏芽。

龙柏芽清热解毒、健脾养胃，有"救命草""长寿菜"之称。当地人也正是靠着这龙柏芽，度过了光绪年间、民国年间的大年馑。

立地寨同炉山区一样，自古就有民众居住，亦农亦商，精于烧造日用瓷器，作品粗犷、量多价廉，为关中农家所喜爱。

文忠的父亲和哥哥也同样只能烧造这些日用粗瓷，他之所以刻苦学习兰花绘画技艺，就是想对这些瓷器进行改良革新。

立地寨民众这种恬淡悠闲的生活在三年前被一群散兵游勇打破了。这些人在战场上溃败后一路西逃，被立地寨险要的山势所吸引，因此裹挟民众，长期盘踞。虽然没有伤害过当地的民众，但是，毕竟是与虎狼为伴，大家心里那种无形的压力，时常令人寝食难安。

为首的匪兵头目叫任子恒，河西人士，年少时横行乡里、无恶不作，依靠裙带关系摇身一变成了靖国军排长，腰里别了枪说话也就更加硬气，在驻地强买强卖横征暴敛，惹得民怨沸腾。

任匪虽然是一个小走卒，名声和手段远不如河西麻匪残忍，但两人为害一方却如出一辙。

自楚玉将军攻破河西城后，任匪转而收敛匪性改头换面举手投降。靖国军解散后他又加入了国民联军。谁承想，国民联军出潼关御敌时，他所带领的部队一战即溃，辗转来到立地寨。据寨而守，对外号称驻防，实则干些劫掠绑票的勾当。正因为披着国民联军的外衣，令镇上的民团头疼不已。

不过这次，任匪也活该碰上冤家对头。正应了那句古话，善恶到头终有报，只争来早与来迟！

为防止偷袭计划被土匪识破，第二天，文忠做向导，先引大家绕道炉山区他家里休息待命，然后和文才上山，携带大洋赎人。

炉山区人待人真诚、热情好客，加之，文忠离开家快一年了，多亏外面的这些好心人帮助。因此，陈老汉见到大家格外欣喜，陈文忠的大哥陈文正和二姐陈文洁也是忙里忙外地不停张罗。

陈大娘看着李绮兰和葵花，打心眼里喜欢，拉着她俩的手招呼着："炕上坐、炕上坐。"

再看炕上，放着陈家祖传的红木炕桌，花纹精美，深沉厚重。这个炕桌，陈家一般不轻易示人，今天来了贵客，陈文正才特意搬了出来，大枣、核桃放了满满一炕桌。

陈老汉望了望灰蒙蒙的天空，冲着女儿说道："文洁，你去院外的路边看看，文忠他们也该回来了。"

文洁应了一声，轻快地走出院落，顺着高低不平的台阶，走到了窑畔上。

这是一个像风一样的女子，聪颖敏捷，能替大人们分忧。打小在窑口上看到父亲和哥哥虔诚地向神像敬香，祈求能烧出整窑的上好瓷器。

每次开窑时，父亲和哥哥那期盼的眼神里包含着多么不让自己的心血化为泡影的希望啊。可是，每次出窑，次品还是那么多，父亲和哥哥的眼神瞬间由希望转为失望再转为不气馁，一年一年，永不懈怠，那得要多大的勇气啊。

一个多时辰之后，文洁看到几匹马转过前面的山梁，她心想：估计是回来了。

她麻利地跳下台阶迎了上去。

这次赎人行动是顺利的。文忠、文才两个人扶着俊林跟跟跄跄地总算回来了。俊林衣衫凌乱，头始终耷拉着，看似不省人事。

陈老汉见状，连忙叫文正帮忙，又吩咐女儿杀鸡熬汤，大家七手八脚地把俊林抬进屋，轻轻地放到炕上躺好。

俊奇和葵花两个人心里不停地骂着这群土匪，要钱就要钱，怎么能把人折磨成这样子啊。

文才给姐姐和姐夫说道："其实也没有鞭打折磨，只是这两天一直把俊林吊在房梁上，时间太长了，筋骨哪能受得了。不过总算平安回来了，休息十天半个月的就差不多了。"

俊林看起来伤势很重，但是脑子却清醒，声音微弱地一直叨叨说，没有把这些宝贝瓷器照看好，满脸的内疚和自责。

李大山上前安慰道："只要人没事就好，今天我们就打算偷袭土匪的山寨，夺回赎金和龙头瓷器，还立地寨民众太平。"

韩锡隆用手先后按了按俊林的手脚肩背，说道："没有伤着骨头，不打紧,好好休息吧,剩下的事情就交给我们了。"

天麻麻黑以后,李大山、韩锡隆、俊奇、陈文忠和李绮兰、葵花等六人,携带狗娃炮、攀绳还有各自武器等,悄悄潜到了立地寨的寨墙下。

韩锡隆借着寨墙上射下来的依稀光线抬眼向上望去,果然如文忠所说,整个寨墙工工整整地嵌在两山中间,高大坚固,显得气势夺人。寨墙同东山的连接处,正上方确有一块巨石突兀伸出一角,按他的轻功,一跃可到,不过,仅容纳一只脚立足。再向寨墙上看,两个背着长枪的大兵穿梭巡视,显得防备森严。

他想了想,心里大概有了分工。俊奇用飞镖射杀一个卫兵,另一个卫兵由韩锡隆同时用短刀隔空击杀。等大家都攀上寨墙后,绮兰和葵花两个人负责扔狗娃炮炸土匪,韩锡隆和李大山负责短兵搏杀。随后,俊奇负责寻找龙头瓷器和已经向山寨进贡的赎金。

明确了各自的分工后,韩锡隆示意大家后撤,由他和俊奇负责解决寨墙上的土匪。

只见他从地上捡起一块小石子,"梆"的一声打到寨墙外面,两个卫兵听见响动,不约而同跑过来探头向下张望。说时迟那时快,韩锡隆的短刀和俊奇的飞镖同时击出,正中两个卫兵脖颈,两人气绝倒地。

随后,韩锡隆背起攀绳"嗖"的一个"凤凰出林",脚尖已经点在一丈高的石头上,稍一换气,再次一跃,大家看时,他已经稳稳地落在寨墙顶上。随即,放下攀绳依次把众人拉了上来。

韩锡隆的轻功一气呵成,丝毫不见拖泥带水,把这些还没有见过他武功的人一个个惊得几乎叫出声来。

大家悄悄探出脑袋,顺着寨墙向里望去,只见黑乎乎一片民舍错错落落地分布在寨墙里面，夹杂有星星点点的火光，是匪是民根本无法分辨，总不能不分青红皂白连寨子里的庄稼人一起炸掉吧！

韩锡隆看到这些，倒吸一口凉气，立时没了主意。

文忠毕竟是炉山当地人，山寨里有他小时候的玩伴。他站在寨墙上，用手指指指点点的轻声地向韩锡隆介绍。离寨墙最近有火光的房子是匪兵休息的地方，远处高台上有火光的大房子是匪首任子恒的住所，住所后面黑压压的房子是库房，是放置农具、粮食、枪械的所在，旁边是牲口棚，喂马、喂牛用的。大概介绍了之后说道："我朋友靳栓栓家就在那个位置。"说着用手指了指匪兵房屋的对面。

韩锡隆略略沉思了片刻，说道："我和李大哥、俊奇先下去解决屋子里的匪兵；文忠，你和绮兰、葵花先在寨墙上等着，等我们解决完匪兵后，你们再下来，咱们去栓栓家。得让栓栓帮着稳定寨子里的民众，按我的一贯原则，最好不要伤及无辜。"

李绮兰闹着也要下去，但是被李大山和韩锡隆厉声制止了。

这群匪兵虽说是乌合之众，但毕竟久经沙场，警惕性也是极高的，即使仗着坚固的寨墙，依然每天过得谨小慎微。所以，除了寨墙上的哨兵外，寨子里也安插了暗哨。

这个暗哨让大家始料未及。

当三个人刚摸到墙根时，暗哨的冷枪"啪"地响了。韩锡隆在前边，眼见得暗处火光一闪，他本能地将长短两柄刀作圆弧状上划，一个"老君捧盘"护住前心。也该着韩锡隆命大，子弹不偏不倚打在刀刃上，火花四溅。与此同时，他低声叫到："蹲下。"紧随身后的李大山和俊奇两个人也被枪声惊出一身冷汗，赶紧贴着墙根蹲了下来。

"啪、啪"又是两枪，子弹贴着大家耳边划过，打在房角的砖墙上，砖头沫子四下飞溅。三个人被暗哨的冷枪压得抬不起头，急得没有了办法。

而城墙上的三个人见此情景也是着急万分。李绮兰顾不上韩锡隆的叮嘱，提着狗娃炮"噔、噔、噔"地跑下寨墙；文忠和葵花紧随其后，三个人点着狗娃炮一阵乱扔。狗娃炮稀稀疏疏落在寨墙内的空地上，轰轰隆隆炸响。一时间烟尘四起，干扰了暗哨的视线。

与此同时，房间内的匪兵听到了枪声，歪戴帽子斜穿衣，弓着背、端着枪，贼溜溜地陆续冲了出来。一场近身搏杀随之展开。

韩锡隆长短刀并用，"噌"地一下冲进人群，再次使出了自己的成名绝学"追影十二式"。霎时，四五个匪兵倒地，刀过之处鲜血喷涌。李大山持短木棒紧随其后，也同匪兵混战在一起。短兵相接，俊奇的飞镖派不上用场，匪兵的长枪也派不上用场。即使没了趁手的武器，俊奇却并不胆怯，照样扑了上去同一个匪兵扭打在起来。

陈文忠三人却没有加入混战，而是抄小路直奔暗哨而去，他们三个人很清楚，不解决掉暗哨，有多少人也不够挡子弹的啊。

三人快步摸近暗哨，葵花点着狗娃炮顺手扔了出去，剧烈的爆炸声震得暗哨所在房屋上的泥土扑扑簌簌往下掉。那个暗哨忍不住端枪冲了出来，李绮兰眼疾手快挥动长鞭，一个"嫦娥展袖"，鞭梢卷住了枪杆，再用力一扯，长枪已经被抛在半空中。暗哨转身想跑，李绮兰回手第二鞭已经缠住了脖子，用力一拽，暗哨旋转身躯倒地毙命。

再看看韩锡隆这边，混战也已经结束，韩锡隆挑选了一支长枪，"哗、哗"拉了两下枪栓，觉得还算趁手，遂把两把刀背在身后，手握长枪迎向李绮兰。双方会合在了一处互相对视，看看都没有受伤，大家心里轻松了些许，起身来到了寨子中央的高台下。

高台上方正是立地寨匪首任子恒的住所，前厅面阔五间，纵深两丈有余，也是这群兵匪议事的场所。前厅后面有正房，为三明两暗的砖窑，两边各有东西厢房三间，整个建筑布局严密、风格粗犷，突兀地立在高台上，隐隐然透漏出一股霸气。

众人拾级而上直逼前厅大门，而厅内是一片死寂。

按说，刚才的枪炮声必然惊起匪首，匪首应当冲出来和他们交火才是常理。难道任子恒醉酒酣睡，抑或是外出未归？

大家心里狐疑，脑子里纷纷揣测。

这时，在他们右后方有三个身影闪了出来，枪声大作，子弹呼啸着飞向韩锡隆等人。

原来，匪首任子恒十数年来恶贯满盈，虽然远逃到了炉山区，并且有山寨可守，但终日惶惶不安，极担心正规军的吞并。

近期他横征暴敛，是想多劫掠些钱财贿赂上面，以期再受重用，结束逃亡生涯。但寨内枪声一响，任匪自知罪恶难逃，本想带着两名亲信顺着暗道一走了之，溜出前厅后回头远观，发现攻破山寨的不是正规军，而是男男女女的几个乡民，顿时放下心来，转头进攻韩锡隆等人。

这一通乱枪令韩锡隆猝不及防，拉开枪栓还击，大家趁空档纷纷向大门移动。即便大家反应迅捷，葵花的右臂还是被流弹击中，鲜血立时涌了出来。她一个趔趄，身子摇摇欲坠，俊奇连忙扶着葵花猫腰窜进了前厅。

前厅外，只剩下韩锡隆一人和三名匪兵战斗。任匪见对方只有一个人会使枪，胆子壮了起来了，一边打一边围了上来，企图重新夺回山寨。

李大山借着前厅昏暗的烛光看了看葵花的伤势，拿出洪大夫的金创药膏,简单地包扎后说道:"不打紧,回头取出子弹再敷上几贴金创药膏就好了。"

俊奇心里五味杂陈。

一边心疼自己的媳妇,一边又埋怨自己为什么要让葵花和自己一起身临险境,不让她来不就没事了嘛。他也知道,流弹打中胳膊当然与性命无碍,只是,以后重活和细活怕是干不了了,他家的"金彩纳纱绣"此后怎么往下传啊!想到这些,心里生起了阵阵失落。

门外,三名匪兵还在负隅顽抗,经过五六轮的射击,匪兵们终于暴露了软肋,先后被韩锡隆撂倒。

至此,这个为害一方的毒瘤彻底被清除了。

韩锡隆进了前厅之后说道:"文忠你去找栓栓,让他给山寨里的乡民说明情况,让大家不要害怕。李大哥和俊奇兄弟去找龙头瓷器。绮兰你照顾好葵花。"

正说话间,几个夜晚帮着匪兵喂牲口的庄稼人探头探脑地在不远处抬头向里边张望。文忠打眼一看,正是他的朋友栓栓,大呼道:"栓栓,我是文忠,正要去找你呢。朋友被绑票我们来救人,不要害怕,我们只管打土匪,不伤害咱当地的人。"

栓栓一看,还真是文忠,和另外两个乡民一起跑了过来。两人高兴地把手相互搭在对方的肩膀上仔细打量着。

栓栓说道:"刚才那一阵乱枪真是把人打蒙了,我们还以为是土匪火拼呢。大家正在嘀咕说这生在乱世真是命贱如狗,还熬煎说这日子咋过呢,没想到是你们,真是为立地寨除大害了。"

说着几个人都笑了起来。

文忠说道:"以后就不用担心了,我们把这些匪兵都干掉了,大家又可以过太平日子了。"

"那就好，那就好。"几个乡民随声附和。

文忠接着说道："栓栓，你和这两个乡亲挨家挨户通知一下，让大家不要害怕，以后也不会有欺压民众、贴条绑票的事了。"

栓栓等人应了一声，然后分头走了。

就这一会工夫，李大山和俊奇已经打着火把从匪兵的库房把原本属于他们的龙头瓷器、黑釉球罐和一千块大洋拎了出来。

只是，俊奇眉头紧锁，脸色非常难看。

韩锡隆用眼神问李大山，怎么回事？

李大山说道："黑釉球罐倒是完好无缺，只是龙头瓷器三个已经被打碎了，只剩下了一个。"

难怪俊奇心情沉重，他们村子的宝贝摔碎了，搁谁谁不难受啊。韩锡隆走上前安慰地拍了拍俊奇的肩膀，在这个时候，说什么都显得多余。

三

虽说经历了两个时辰的激战，但是大家依然精神抖擞，俊奇扶着葵花坐在前厅的杂木椅子上，葵花的胳膊上敷了药后，精神好了很多，还不停地宽慰着俊奇。

陈文忠向韩锡隆介绍着立地寨的地形地貌、风土人情。李大山一只脚踩在椅子上，也在静静地听着。她妹妹李绮兰恭敬地站在一旁。

大战之后，几个人或坐或站，烛光映在每个人的脸上，大家的神态或凝重或肃穆，或轻松或踌躇，俨然一幅幅生动的雕像。

韩锡隆听完陈文忠的介绍，经过反复思量，冲李大山说道："李大哥，三木帮毕竟是你的地盘，我觉得立地寨不错，此后我想长期住在这儿，像你一样，带着寨中的年轻人，把大家组织起来，合理分工，开酒坊、豆腐坊、油坊，保一方安宁，富一方民众。"

李绮兰听罢，拍手叫好，拉着哥哥的衣袖，也想留下来和韩大哥共同经营立地寨。

按李大山直来直去的脾气，韩锡隆要离开三木帮，那不是打他脸嘛。三木帮全年收入也是不少，养活几个人不成问题。可转念一想，天下无不散之筵席，以韩锡隆纵横渭北的名头，蛰伏三木帮确实太屈才了。况且，她妹妹李绮兰心仪韩锡隆，成亲是早晚的事，总不能在三木帮结婚吧。立地寨这个居所他也非常满意，叹了一口气，说道："好吧，树大要分枝，刚好咱们俩一个在东边、一个在西边，也有个照应。一会等文忠兄弟给栓栓他们说说看，看寨中的弟兄们有没有意见。如果大家不愿意，咱们也不能强求啊。"

文忠听后立刻出门去找栓栓，介绍了三木帮是年馑时成立的抗灾自救组织，集体耕种土地，大搞副业，保一方安宁等方方面面的情况，又简单介绍了韩锡隆大哥扬名立万的事迹，希望立地寨能挽留并推举韩锡隆当家。

栓栓等人也亲历了李大山和韩锡隆他们对寨中匪兵的剿杀，他们想，有一个江湖高手驻扎立地寨，无形中也是对大家的一种保护，并没有什么不妥，本来就想挽留韩锡隆，还怕他不同意呢！

双方这么一沟通还真是鞭炮两头点——想（响）到一块了。

为更加稳妥起见，栓栓说道："文忠，王翰文也是咱们小时候的玩伴，你还有印象吗？"

文忠点了点头，问道："翰文能给咱们帮上忙吗？"

栓栓说道："翰文比咱们大几岁，咱们小时候只知道瞎玩，他却爱学习，也爱接触人，现在在区上的小学当事务员，他平常和区上的头脑多有接触。明天我打算和我爹还有寨子里的几个老人去找他，然后让他带着我们去找区长，韩大哥落户立地寨的事情想争取到区里的支持。"

文忠连连说："好，还是你想的周全。"

第二天，文忠带着大家到他家集中。陈大娘看见葵花受了伤也是心疼不已，一边张罗着做饭，一边嘴上不停地咒骂着这群无恶不作的匪兵。又嘱咐文正杀老母鸡给葵花和还在炕上躺着的俊林熬鸡汤。

吃罢早饭，大家各自散去。李大山带着俊奇和葵花先走，主要是考虑到葵花的枪伤必须得尽快处理，三个人打马回三木帮找洪大夫医治。

文才带着失而复得的一千大洋回樊家楼。

俊林的身体本无大碍，但是陈大娘热情挽留，想让俊林多修养一段时间。

俊林这两天也是被炉山区热火朝天的制瓷场面所吸引，心想，这几年跟着俊奇哥在龙背湾也挖出过不少瓷器，虽说和炉山区烧制的瓷器不一样，这两者之间是否有历史源流也不知道，加之龙头瓷器的弥足珍贵，使得他对烧制瓷器产生了浓厚的兴趣。所以他也想留下来多看看。

把想法给他哥说了后，俊奇说道："也好，烧制瓷器虽然辛苦，但也算是一门手艺，那我回去后给娘说一下，你时不常地也要回来啊。"

其实，俊奇认为，换个环境历练历练俊林也挺好的，至于以后在哪儿、能干什么，这些都不重要，重要的是得要有一股子劲，苦难是成长的老师，所谓"人不勤劳万事空"嘛。

三木帮里,俊奇趁着洪大夫给葵花治伤的当口,穿过塬上的三个村子一气向东北方走,一直走到了铁龙头山。他拨开了山上的荆棘,手脚并用,爬到了铁龙头山的"龙耳"位置,挖出深坑,掩埋了被匪兵无意中打碎的三件龙头瓷器。

在他看来,铁龙头山或许是这三件已经破碎的龙头瓷器最好的归宿吧。

下山之后,他扶着葵花慢慢悠悠地回了家。到了傍晚,他把完好无损的一件龙头瓷器和黑釉罐悄悄放进了圪罗寺旁的水窖里,长出了一口气,心里觉得踏实了许多。

干完这一切之后,他的耳边又回想起老道士的偈语:惊蛰三候夜,宝物现世间。由此多风雨,深藏保平安。

当夏日的阳光从炉山区背后的东河川升起时,这个以制瓷闻名的古镇已经早早苏醒,炊烟形成的薄雾笼罩着整个山谷。

"叮叮咚咚"的牛铃声掺杂着"吱吱呀呀"的车轮声偶尔碾过砖石铺就的狭窄街道,使得古镇更加的古朴而静谧。

窑畔上,勤劳的窑工们正在晾晒着瓷碗、瓷盆的半成品,正是他们,传承着著名的铜官八景之一"炉山不夜"。

数里外的立地寨,同样也是一派热火朝天的大干场面。寨中的老老少少一扫任匪驻扎期间的阴霾,自觉自愿地追随着韩锡隆,虽然大家对这个人不甚了解,但从他对付匪兵的气势看,这个人不能小看。

韩锡隆和李绮兰初来乍到,自然是对寨中老者尊重、幼童关爱,他们相信,凭借自身的努力会带领大家安居乐业,过上好日子的。

他俩领着栓栓等寨中的年轻人查看地形后,规划出了属于立地寨人们的梦想:至少能开垦出二百亩荒地,然后再修建两个涝池蓄水用于灌溉，再陆续兴建油坊和豆腐坊，不愁寨中的日子不红火。

这两个涝池的建成，等于为立地寨配上了眼镜片子，完善了风水，这才有了立地寨是"一副登高望远的大眼镜"的说法。

韩锡隆又回想起寨墙外山崖上的那块石头，真要感谢这块石头，没有这个"小小的立足之地"，哪能轻易夺取山寨，换来这个大的立足之地啊。

遂挽起袖子，拿起洋镐，和栓栓等人一块来到寨外，他想把这块石头挖出来，作为寨中的风水石矗在寨角。

经过几天几夜的开挖，石头终于挖了出来。没想到，那伸出一角的石头，竟然大得出奇，且石质坚硬无比，形状十分规整。

当石头顺着山崖溜下来后，大家纷纷赶来围观。

只见巨石长一丈有余、宽约八尺、厚达两尺，是一个相对规整的长方体。原本突出山崖的部分呈现深黑色，而通体为灰白色，石头表面疙里疙瘩、布满了不规则的圆球，使得整块石头像一个高浮雕。

石头上的这些圆球或大或小、串串连连，细细一看，竟然组合出了一条逼真的龙图腾，龙尾恰是那露出的一角。另有一些突起的圆球和石带错错落落、斑斑点点分布在龙图腾周围，仔细辨认，像是身穿盔甲、手持铁锏、伏妖降魔的武士。还有一些圆球抽象的组合成了衣带飘然的飞天仙女。即使零星分布的圆球，其所在的位置也像是经过巧妙安排一般，增一个则显凌乱、减一个则显苍白，整面石头的图案深邃神秘、浑然天成。

大家一遍一遍指指点点地辨别着石头上的图案，不由得伸出大拇指啧啧称奇，议论着炉山区的地形，把这些归功于风水命理，都认为是大自然赐予他们的绝好礼物。

完后，有人提议，这么宝贵的石头放在外面实在可惜，不如再费些周折搬进寨里，安放在前厅，作为立地寨镇寨的靠山石。

说干就干，韩锡隆和众乡民又排上滚木，牛拉人拽，整整用了两天多的时间才把石头运进了前厅，立在当家人的交椅背后。

"给石头起个名字吧。"大家不约而同地向韩锡隆说道。

"是啊，这块石头集天地灵秀之气，不媚不俗，常观之令人杂念全无，豪侠之气倍增，理应有个响当当的名字。"韩锡隆思索片刻，说道："就叫'炉山龙纹珍珠石'吧。"

"好！""好！"人群中爆发出阵阵叫好声。

此后，这块神石真就成了立地寨的镇寨之宝。若有外地土匪攻打山寨，石头会在夜间"轰轰"作响，向大家发出预警，而阴雨天到来时，石头背后会滴滴答答的渗出水珠，提醒人们收集雨水浇地或者做好排涝工作。

俊林在陈大娘的挽留下索性长期住了下来。

他白天跟随陈大伯和文正哥炼泥拉胚、拉柴运炭，晚上蹲在窑炉前学着观察温度。

文忠也没有返回华阳县城，跟着育才哥学了一年的兰花绘画是到了练手的时候了。不过，真要把绘画功夫从纸上的表现完全展示在陶瓷的素坯上，文忠还是欠点火候。反而他把绘画兰花的技巧讲给哥哥文正听了之后，文正领悟得倒是很快，胎上画花得心应手。这主要依赖于文正常年在窑炉跟前打转转，熟知泥土的秉性，加之家里借贷之后，文正迫于生计，一直在闭门苦练剔花、刻花功夫，因此触类旁通，对泥胎绘画掌握得极快。

傍晚的时候，俊林和文正三兄妹或站、或坐、或圪蹴在窑畔上，大家望着炉山区星星点点的炉火感慨万千。

一个炉火就是一个窑场，上百个窑场就有上百方炉火。这些炉火从山沟向山顶绵延，错错落落布满了整个炉山。元宝形的炉山，一到夜晚，远观就变成了一个插满蜡烛的巨大灯台。这座灯台，不仅在晚间照亮了整个山野，也是炉山人精于制器、昼夜不歇的真实写照。

"烧制陶瓷的泥土是这里所特有的资源，因而使得炉山区以制瓷而兴，靠山吃山嘛，但与你们龙背湾村挖出的古瓷差距还不小呢。"文正向俊林介绍着炉山区的情况，同时也对这些日用瓷器的档次进行着客观的评价。

俊林说道："区上烧制的瓷器的确粗糙得很，但是价格低廉，平常人家都能买得起，这也是制瓷人的贡献啊。如果，瓷器品质好了，那价格也就高了，乡民买不起，这也不是你们制瓷人两难的事。"

俊林说得有几分道理。

龙背湾挖出来的瓷器虽然精美，但是已经成为文物，不能为民众所用，炉山区的瓷器虽然线条简单，却是家家户户不能缺少的日常用品。所以，炉山瓷器实用得多。当然，按照制瓷人的理解，这些花纹粗犷的瓷器实在是难登大雅之堂。能领悟到制瓷真谛，技艺更上一层楼才是这些艺人们的毕生追求啊。

因此，文忠接过话来，说道："精品的制作靠的是在原有技艺上的不断提升。千百年来，炉山区的制瓷人也在不停地摸索，但始终无法突破实质，朝代的变换带来的只是瓷器画风的改变。看着瓷器怪新颖的，其实是换汤不换药。我跟着育才哥学了一年，主要探讨的也是一个'变'字。不变，永远只是一个重复着基本劳动的手艺人。"

"炉山瓷说到底还是个粗俗的力气活，真正离工艺品还差一大截子呢。山上的几家瓷坊表面上不吭气,谁家不是憋着一股子劲,暗暗在背后下功夫,都想超过其他人走在前头。"文洁的话倒是客观而直接,并不时用手指着坐落在镇上的几家瓷坊。

俊林通过对炉山瓷和龙背湾瓷的对比,发现这两样瓷器在制坯和上釉以及烧制方面肯定存在着极大的不同,也正因为这些不同,才使他对制瓷产生了浓厚的兴趣。同时,炉山区人的质朴勤劳让他感动,这里家家户户不约而同地传承着这门古老的手艺,卖着能让普通老百姓都用得起的粗瓷大碗,年复一年、日复一日,起早贪黑的这种执着劲,真是不容易啊!

文正也认为,真正要把先人留下的制瓷技艺发扬光大,肯定是不能原地踏步的。

但是,至于文忠刚才提到的"变"字,大家也都不知道怎么才能做到,但一种不服输的念头,已经在这群年轻的制瓷人脑海中翻腾。

在此后数十年间,倾注心血最多的当属陈文正,他的付出也取得了令人骄傲的成绩。瓷坊规模不断扩大,烧制出的瓷器精美耐用,在当地很受欢迎。白水县的友人慕名而来,邀请他前往白水县立窑开场,两年后名声大振。

文忠得到讯息后,牵着毛驴驮着大嫂,带着俊林和文洁等人赶去白水认亲。此后文忠返回故地,其余人等在异乡开枝散叶精心制瓷。

陈文正成为白水县百年来的制瓷大家。

第 七 章

一

夏日的傍晚，炉山区被一片晚霞映得通红。阳光透过云层照射着白墙红砖、垒墙的罐罐、乱石铺就的街道以及光着膀子出窑的窑工，一切显得自然和谐与世无争，有谁能想到这个地方也曾是兵家必争、战乱频发之地，反倒更像是没有困顿之忧的桃花源。

然而，生逢乱世哪有什么无忧无虑的居所！天黑下来之后，只见一个黑影踉踉跄跄从山梁上连滚带爬地撞进了炉山区。

窑畔上，正在谈天说地文正和文忠、俊林，几乎同时瞅见远方的高处像是有人影滑了下来。来不及多想，文正招呼着大家一起奔了过去。

黄土崖低洼处的草丛里，蜷缩着刚才慌不择路的逃命人。三个人趁着月色深一脚浅一脚地把这个人背到了土崖上方的平台处。

只见这个逃命人约莫有五十来岁，胡子拉碴，骨节粗大，衣衫褴褛，皮肤被煤炭染成了墨色，黑乎乎的，大腿、臂膀被荆棘划破，正淌着血，光脚片子没有穿鞋，一看就是个常年干苦力的老农。或许是摔得重了，三个人怎么叫都叫不醒。

无奈之下，大家轮流背着这个受了重伤的苦命人来到立地寨求救。

立地寨的前厅内灯火通明。

李绮兰学着姐夫洪大夫的样儿不慌不忙地清理伤者的伤口，另有两个寨中兄弟打来热水擦拭着伤者满身的黑泥。

韩锡隆、陈文正等人分别坐在椅子上，大家对这个"不速之客"到底是因何受伤、在哪受伤纷纷猜测。

还是栓栓眼尖，当把伤者脸上的污泥清理干净后，他一眼认出这是他的一个远房亲戚。他三两步冲上前来握着伤者的一只手喊道："王叔、王叔。"伤者双目紧闭没有回应。

栓栓扭头向韩锡隆等人介绍道："这老人是我的一个表姑父，家住在炉山区北四十里外的赵家塔，前些年听说在福星煤矿挖炭，没想到会沦落成这样。"说着说着他竟然哽咽起来，前厅内的气氛也变得压抑而沉重。

韩锡隆上前拉过栓栓的手，安抚道："先救人吧，等人醒了问问情况，看咱们能不能帮忙做点什么。"

后半夜的时候，立地寨的镇寨石壁"嘤嘤嗡嗡"地响了起来，预警着有外来入侵者的突然造访。韩锡隆向大家使了个眼色，抄起长枪冲出厅外，快步登上了寨墙。

寨墙外，四个窑警模样的年轻人背着快抢，提着砍刀，踩着皎洁的月光，一路策马找寻而来。

等他们到了距离寨墙五十步的时候，韩锡隆在寨墙上扣动了扳机，"啪"的一枪，子弹正打在前面一名窑警的马蹄下，这匹马惊得前蹄扬起"嘶、嘶"地叫着，四蹄乱踏，不自觉的"哒、哒"往后退了几步。

马上的几个人稍稍迟疑了片刻，像是在商量着什么，其中一个人打马向前，冲着寨墙上喊话："我们是福星煤矿的，有一个矿工逃了出来，我们在前面的山梁上看见他进了立地寨，想请当家的放还。"

"刚才进寨的是我们寨中的兄弟，没有看见什么矿工，你们请回吧。"韩锡隆在寨墙上冷冷地答道。

寨墙外的人说道："我们往日和立地寨井水不犯河水,最好不要因这些小事坏了两家的感情吧。福星煤矿也有数十支枪,我们的赵老太爷同省上、县上多有来往,要是这样,对谁都不好。"

说完话,马上的四个人把刀别在了后背,抽出快枪"咔、咔"拉起枪栓,像是在示威。

福星煤矿自开采以来,上通官府、下结土匪,二百年来为祸一方。因此,这几个窑警说话的口气与其说是商量,倒不如说是恐吓更恰当些,气焰十分嚣张。

韩锡隆被这番话拱得心中的怒火"噌、噌"往上冒,再看看这几个人拉着枪栓张牙舞爪的架势,更是怒不可遏。他原本想开枪吓唬吓唬这几个人,让他们知难而退,没想到这些人习惯了欺压乡民,不但没有退缩的意思,甚至还霸道地认为:谁人敢挡我!

瞧着寨墙外这四个人跋扈的神情,韩锡隆拉动枪栓,"啪",又是一枪。这一枪,打中了山崖上方的一块石头,石头受子弹的撞击后斜着飞向了这几个窑警,不偏不倚,角度掌握得刚刚好。

其中一小块石头正中一名窑警的脸颊,"哎呀"一声,他用手捂着脸,血已经从指头缝中流了出来。

惊诧间,立地寨大门"吱吱呀呀"打开,韩锡隆拎着枪带着寨中的兄弟呼呼啦啦冲了出来。不再废话,大家用枪指着马上的人,把他们围在当中间,七嘴八舌地呵斥道:"下来!下来!"

四个人见状,气焰折去了大半,不情愿地翻身下马,几个寨中的兄弟快步上前,伸手夺过了大刀和快枪转身交给其他兄弟,又从腰间拽出麻绳,将这四个人利索地捆了起来。

为首的窑警已然没了刚才那副不可一世的模样，冲着韩锡隆低声说道："大哥，兄弟们也是混口饭吃，拿人家的月饷听人家的号令，如果不把人抓回去，我们弟兄几个也不免有皮肉之苦啊。"

　　韩锡隆并不接话，把手一挥，说道："关进牲口棚，看紧了！"他心想，你们几个也算是混饭吃的主儿？平日里骑着高头大马，给福星煤矿充当打手，靠着压榨矿工获取不义之财，砍刀上沾染了多少穷苦人的血？要不是为着立地寨乡民的安宁，早把你们敲头了，哼！

　　临近第二天中午，伤者王大叔才慢慢苏醒过来。栓栓急忙喊来韩锡隆等人，王大叔躺在炕上，有气无力地向大家诉说着自己的遭遇。

　　三年前，王大叔的小孩因患重病无钱医治，为筹钱，借遍了亲朋好友，无奈之下，又只身前往福星煤矿借钱。当地流传着一句俗语："没奈何、下炭窠。"如果能有办法，又怎么会欠下了这令人万劫不复的高利贷啊。王大叔说道："本来只借了十块大洋，我心里盘算着，下上一年的炭窠，应该足够还了。没想到，年底算账，除去我已经还的四十块大洋外，还欠矿上一百多块。"苦难折磨得王大叔眼睛里没了泪水，惊恐深深地印在他的脑海，浑身不停地颤抖着。

　　唉！这吃人不吐骨头的高利贷。

　　韩锡隆问道："你家住在赵家塔，而矿主也姓赵，你们应该是老乡啊，难道他一点也不念乡情？"

　　王大叔叹了一口气，说道："唉，矿主赵家是东面频阳县人，不是咱们当地人。他们家祖上就是当地有名的大地主，有钱人家，在二百年前就来到咱们这儿开矿，靠着盘剥矿工挣了不少黑心钱。其实我也知道这是个黑心矿，家里急等钱用，也是没办法啊。"

　　古往今来，世人无利而不往，为求暴利而穷极手段，人性的贪婪野蛮，在巨大的利益诱惑面前显露无遗。位于鳌背村东南面的福星煤矿也不例外。

在莽莽群山的最深处，矿工们没日没夜佝偻着羸弱的身躯，背着柳条筐爬行在狭窄潮湿的井巷，用自己的生命为赵家赚取耀眼的金钱，撑起了赵家挥金如土的生活。经过几百年的开采，这里的山都被煤粉染成了黑色，而矿主的心更黑。

栓栓问道："大叔，那咱们矿工就没有联合起来反抗赵家吗？"

"怎么没反抗过？听人说，前面也反抗过不少回呢。我们这一拨子人也推举过说事人给赵家谈条件，要是不答应大家就都不干活。"王大叔说道。

"那后来呢？"在场的人几乎同时问道。

"唉，不顶用。我们闹得凶了，矿主口头上会答应大家的条件，事后，就把几个挑头的拾掇了。他们养的有窑警，手里有刀、有枪，还有狼狗，专门对付不听话的。闹一次他们打一次，一次比一次打得狠，所以其他人就不闹了。"王大叔的口气中充满了听天由命的辛酸和无奈。

旧社会，面对西方列强、军阀割据和地方恶霸，数以万计的国人和王大叔一样，没有思想，没有灵魂，眼睛浑浊，看不到身后。这些人不分地域南北，不分男女老幼，对生活始终是冷漠的面孔，对权贵始终是谄媚的表情。他们不知道什么叫尊严，更不知道，怎样活，才能活得有尊严！

"福星煤矿不仅在当地臭名远扬，即使是炉山区，听说过的福星赵家压榨穷苦人的事例也不少。"栓栓说道。同时他又跟韩大哥提醒道："我们当地人一般都不谈这个话题，害怕惹上祸事。韩大哥，你打算怎么处置那几个福星煤矿的窑警？"

栓栓主要是担心韩锡隆斗不过福星赵家，立地寨刚打下来的太平生活会因此又变得动荡起来。

韩锡隆刚才一直仔细听着王大叔说话，对福星煤矿残忍的手段恨得是咬牙切齿。同时，他认为，赵家离乡百里来挖煤，目的就是为了钱，不会无休止地和当地人缠斗，所以他有把握对付福星赵家。

"明天我和绮兰去一趟，弟兄们放心，十多年来我一直在乱刀丛中讨生活，什么阵仗没见过，还怕区区一个山里矿主。"韩锡隆说道。

他把握十足的底气和眼睛里闪烁的自信源自惩恶扬善的决心和为穷苦人一伸冤屈的凛凛正气。

二

阴云密布的群山间。

福星煤矿的矿工们，身背装满煤炭的柳条筐，手脚并用，拖着沉重的身躯，艰难地从黑洞洞的矿口爬了出来。

他们满头的煤屑，手脚乌黑，身上的粗布衣服被煤炭染成黑色，经过汗水浸泡板结成了壳状，硬框框地套在身上。还有些矿工干脆没穿上衣，煤筐子像一座小山压在瘦弱的背上，呼吸之间，一条条肋骨清晰可见。

人群中，夹杂着两个十二三岁的孩童，他们大大的眼睛空洞而呆滞，长长的脑袋顶在瘦骨嶙峋的肩膀上，背后背着高高的煤筐子，摇摇晃晃缓缓前行。

远方的半坡上，两个持枪的护矿窑警挺着腰板，横眉立目，眼睛交又扫视着这群矿工,弯腰驼背的矿工在他们的眼里像是一群苟延残喘的蝼蚁,稍有懈怠,呵斥声随即而来。

煤场子的空地上还有两名窑警,一只手拿着皮鞭,另一只手牵着狼狗,不时来回地巡视。他们气势汹汹,狼狗长长的舌头吐在外面,"呼呼呼"地喘着粗气,时而喉咙里发出低鸣,令人不寒而栗。如果有矿工停下或摔倒,窑警会立刻上前施以惩戒,粗俗的叫骂声和甩皮鞭的"啪啪"声随即而来。

对那些走得慢的矿工,他们会狠狠地给上三鞭子;对走得快的矿工,他们也会给上三鞭子;而对走得不快不慢的矿工,他们还会给上三鞭子。这就是矿工们常说的,"紧三鞭、慢三鞭、不紧不慢又三鞭"。

为了增强皮鞭的杀伤力,他们会在鞭梢嵌进去三五枚铜钱。这不,一名矿工稍微走得慢了点,监工的皮鞭已经扫到了他的大腿上,裤子上立马渗出了一道血印。

这些矿工对眼前的生活已经麻木,他们背完一筐,又木然地转身回到矿口,弯腰走到井下,再背下一筐。半人多高的矿井,在地底下倾斜延伸,像一条吃人的"怪兽",矿工们一个个在井口"消失",又背满煤炭从这个"怪兽"嘴里走出来,日复一日,没有尽头。

离这个井口不远处,另有一口竖井,这是福星煤矿出煤的主井。

粗壮杂木支起高高的井架杵在竖井的上方,井架上悬有一尊铁铸的铃铛,铃铛连接着长长的麻绳一直通往井下。这尊铃铛是为井上、井下提供联络用的。

井架后方三十步之外,一个丈二大的绞盘套着四匹健壮的骡子,正静静等待着井下的信号。每隔半个时辰,铃铛就被井下的矿工拉响,预示着煤炭已经装满筐了。听到铃铛响,负责绞盘的矿工,赶着骡子拉动绞盘。绞盘也是由杂木制成，被沉重的煤炭抻得吱吱呀呀作响。四匹骡子转动无数圈后，一大筐煤炭才能被拉上来。

在一千步以外的井底下，挖煤的矿工又是另外一番景象。

矿工们按年龄和经验丰富的程度自觉地推举一名六十多岁的老矿工为头目，尊称为"牛哥"。牛哥边干活边指导着新来的年轻人："挖煤时要脱光衣服，这样干起来轻松畅快。"又分别指着周围的两个分支巷道，说道："这两个巷道一个是换班吃饭的地方，另一个是解手的地方，不要弄混了。"接着指着其他几条巷道，郑重地说道："这几个巷道是早年间已经挖空废弃的，有些里面已经渗满了水，还有几个里面已经垮塌，千万不能进去。"

牛哥并不是当地人，因十几年前与邻村人发生口角进而演变成了斗殴，误伤人命，一路逃奔到这里，隐藏在井下。

两盏昏暗的煤油灯点亮了整个采掘面。一丈多高的采掘面上方，七八个年轻人手里握着短把洋镐上下挥舞，煤块扑扑簌簌往下滑落。每挖二三十下他们就得变换位置，直到把整个采掘面上的煤挖完为止。

就这样，不停地重复着、掘进着。

在这个狭小的地下空间里，只有牛哥像个乐天知命的人儿，永远不知疲倦地指挥着大家。吃饭的时候他还会和大家开开玩笑，短暂的快乐支撑起疲倦的身躯，刺激着大家快点结束这非人的"下炭窑"生涯。

在换班休息的时候，大家也会嘟囔抱怨矿主的苛刻："牛哥，赵家每天只给四斤杂粮当工钱，这也太少了吧。"一个年轻的矿工边啃窝头边说道。

"就是！""就是！""太啬皮了！"周围的人也跟着七嘴八舌的咋呼起来。

牛哥吸溜了一口稀稀的米汤，说道："谁家不是遇到难事，没办法才下井挖煤的，毕竟挣得比其他行当多些嘛。"

"挣得倒算是不少，你看看，咱们这下的是什么苦么！"一个年轻的矿工说道。

牛哥看大家反应这么激烈，就不顺着话题往下说了。他长长地叹了一口气，向大家介绍前几年的情况："我在井下干了十来年了，看着一批又一批年轻人来了又走了，大家也都对赵家给的工钱不满意。这些人也闹过，想让赵家加钱，都没有闹成功。有些挑头的，还被赵家打得遍体鳞伤扔了出去，活没活着都不知道。还有些运气差的，没干几天，井下就塌方了，砸死的人也不在少数。我看呐，你们还是好好干吧，能活着走出去就烧高香喽。"

说完后，牛哥又补充了一句，说道："只给赵家闹事又有什么用？他们有的是钱打点县上和省上的关系，而这些钱的来源，还不是压榨咱们这些矿工得来的。"

"这个该死的世道！"

古来就有"遍身罗绮者，不是养蚕人"的说法，富人家买得起绫罗绸缎，但他们却不用缫丝织锦，穷人家种桑养蚕，却只能穿粗布麻衣。靠着巧取豪夺和坑蒙拐骗起身发家者往往称霸一方、为富不仁，各级官府也都对这些地方上的富户另眼相看、偏心相向，哪还有人去管穷苦人的死活呢？

大家饭还没吃完，只听到采掘面方向传来"梆、梆"煤层撕裂的声音。

牛哥大喊一声："不好。"放下碗筷就冲了过去，其他人也呼呼啦啦紧跟着跑了过去。

牛哥判断的没错，井下挖煤，最怕冒顶和透水，而刚才的声音就是冒顶的预兆。牛哥一面大喊让还在挖煤的兄弟们往外跑，一面挥手让后面的兄弟不要跟进来。正在采掘面上挖煤的兄弟听到牛哥的叫喊后扔下洋镐就往外跑。即便反应这么快，还是有三个兄弟被掉下来的石块砸伤。

牛哥见状，冲过随时有可能垮塌的巷道，把手伸向恐惧无助、面临生死的这些苦难兄弟。在又拉又推地送出来两个人之后，巷道上方的大石块夹杂着砂石"呼"地掉落，烟尘弥漫，巷道被封上了。

巷道的一端，这群经历生死的苦难兄弟大喊着牛哥，而另一端，死一样的沉寂，没有一点声响。

井下的窑警在出事的时候，一见情况不妙，早就躲进了一个狭小的巷道，先保证自己的安全。惊险过后，又不知从哪冒了出来，厉声斥责这群还在嗷嗷痛哭的矿工，让大家赶紧清理巷道，重新支护架，要是耽误了进度就克扣工钱，这次的损失还要让大家分摊。蛮横的态度丝毫没有顾及这些矿工的感情和里面两个人的死活。

一名矿工默默地拿起洋镐挖了起来，大家也都止住了哭泣，加入清理巷道的队伍当中。大家心里只有一个愿望：早点挖通巷道，说不定牛哥还活着。这是支撑大家的唯一信念了。

距离井口两里地外的赵家大院，门前花红柳绿，树上的知了发出"嘶嘶"鸣叫，镂空的门楼两端各挂一个大红宫灯，喜庆中透着祥和，与福星煤矿的黑山黑水形成了鲜明对比。要不是门前有两个荷枪巡逻的窑警，有谁能知道这就是赵家驻矿的当家人赵狗子的住所啊。

狗子喜欢养狗。

他在碰到闹事矿工的时候，都会让人押着矿工来到门前的空地上，亲自从厨房中端出棒骨和肉扔到大狼狗面前。狼狗会立刻扑上前去大口的生吞，然后叼起棒骨，啃得"嘎吱、嘎吱"作响。

在他看来，吓唬矿工最好的办法不是棍棒和皮鞭，这群胡乱撕咬的狼狗，会令刚才还昂昂然不屈服的矿工顿时低下梗梗的头颅，收起对抗的眼神，乖乖地回到矿场干活。

此刻的狗子正敞开衣襟和县上的富户豪赌，脸上的横肉一跳一跳，赌桌上面胡乱堆放着田产地契和高高摞起的大洋。

大门外面传来了快马的嘶鸣，一名矿上的窑警跳下马，"腾、腾、腾"地快步直冲赵狗子赌博的窑洞，小声在赵狗子耳边嘀咕："井下又死了两个，怎么办？"

赵狗子正在兴头上，被打扰后火冒三丈，"啪"地一拍桌子，说道："死了就死了，一年矿上还不死个几十号人啦！去，拉到老地方处理。"窑警转身正要离开时，赵狗子又问道："昨天出去找寻逃跑矿工的弟兄们还没回来？"

窑警转过身来摇了摇头，说道："没见回来。"

赵狗子恶狠狠地骂了一句脏话，说道："养了这群窝囊废，连个人都抓不住。"然后又抬手向窑警说道："赶快去处理！"

窑警连滚带爬地跑了出去。

赵狗子口中说的老地方处理，其实就是叫窑警们赶着板车把矿工的尸体拉到距离煤矿一里外的地方扔掉，这个地方名叫"肋子缝"。

"肋子缝"是两山之间因地震形成的一个小裂隙，宽不足二尺，深不见底，是福星煤矿处理死难矿工的地方。他们把尸体扔进去就完了，还省了芦席钱。而对于有些虽然没有死，但伤势过重，赵家不愿花钱医治的矿工，赵狗子也会让窑警们把这些人扔进"肋子缝"，矿工家人来闹事也不顶用,活不见人、死不见尸嘛,怎么能说是矿上的责任呢。而这个私自处理矿工尸体的所在,只有赵家的历代当家人和几个死心塌地为赵家卖命的窑警知道,二百多年来没有被人察觉,赵家的巨额财富之下堆积着千百具穷苦人的累累白骨。

每当夜晚,山谷中的大风掠过"肋子缝",呜呜咽咽的声音能传出去数里远。有时候,风声里还夹杂有重伤者的哀嚎声、撕心裂肺的惨叫声,这些声音被呼呼的大风卷上天空,久久在山间回荡,令人不寒而栗。

三

清晨,"叮叮当当"的銮铃响彻了山谷,两匹快马一前一后奔驰在炉山区前往福星煤矿的山路上。

马上的一男一女正是韩锡隆和李绮兰,此次去福星赵家,就是要为穷苦人讨说法。

瞅瞅快到井口时,韩锡隆在百步之外拉响了枪栓,"啪、啪"两枪,矿井口旁边的两条恶犬应声倒毙。"啪、啪"又是两枪,子弹从半山腰两名窑警的耳旁划过。

多年来,这些窑警欺软怕硬,总是拿着枪瞎咋呼,并没有真正放过枪,更别说准头了。窑警被韩锡隆打马而来的气势、干净利落的枪法吓破了胆,哆哆嗦嗦地端着枪、弓着腰,眼神完全没了往日对矿工的跋扈,只有惊魂失魄。

韩锡隆勒马缓步上前,勾了勾手,四个窑警耸着肩膀贼溜溜地跑到韩锡隆跟前，半低着脑袋瓜等着训话。

韩锡隆冷冷地问道："炉山区立地寨听说过没有？"

四名窑警点了点头，异口同声地答道："听说过、听说过。"

其中一个壮着胆子问道："您就是名扬渭北的大刀客，'冷面花狸'韩锡隆吧。"

"你们既然知道，那下面的事就好办多啦。"韩锡隆在马上依旧冷冷的表情，说道："把枪都交上来吧。"

两名窑警双手把枪高高地举过头顶递了过去。李绮兰上前，先后拿过两条枪放进早已准备好的粗布口袋。

韩锡隆用马鞭指着刚才回话的窑警，说道："你，前面带路，去找你们的主子——赵狗子。"

"嗯！嗯！"这名窑警痛快地答应着，转身从不远处的树桩上解下一匹马，三个人一前一后离开了煤矿。

此时，井口边上围满了矿工。大家远远望着韩锡隆这边，不时小声议论着，终于有人为他们出气了。

不一会儿，三个人来到赵家大院。

韩锡隆离老远"啪、啪"打了两枪，大门口上方的宫灯应声而落。当两条恶犬从门里扑出时，韩锡隆也毫不犹豫地当场射杀。"啪、啪"的枪声不绝于耳，杀气逼人，从气势上完全震慑住了赵家。

韩锡隆等三人缓步登上台阶，用枪指着两个窑警，勾了勾手，他俩乖乖地举着枪递了过来，被李绮兰一一收走。

赵狗子听到枪响，不耐烦地从窑洞里跑了出来，正要破口大骂，没想到同韩锡隆差点撞个满怀，黑洞洞的枪口已经顶在了他的脑门上。

视财如命的人，有谁会拿自己的性命开玩笑，赵狗子也不例外。

带路来的窑警小声在赵狗子耳畔嘀咕着，赵狗子一听，额头上的汗珠子"噗、噗"地渗了出来。龇牙咧嘴地向韩锡隆打招呼："韩大哥、韩大侠，有啥吩咐您安排人来说一声就好了，怎么还亲自来了。"

赵狗子说话磕磕巴巴，再加上皮笑肉不笑的表情，完全丧失了往日的威风。他心里明白，好汉不吃眼前亏，这枪都顶到头上了，只能认栽呗。就他手下的这八条破枪，四条枪已经被现场缴了，另外四个人带着枪还不知道去哪了。说不定也被眼前这个韩锡隆给缴了吧，那还硬气什么呢？

赵狗子直接服软了。

韩锡隆用枪一直逼着赵狗子后退，进了窑洞后，转身坐在太师椅上。

为了从精神上彻底打垮赵狗子，"咔嗒"一声，他迅速地拉动了枪栓，看架势要打死赵狗子。

赵狗子吓得跪倒在地上，两腿发软，不停地打着哆嗦，裤子立马湿了："韩大爷好说、韩大爷好说。"赵狗子语无伦次地哀求道。

韩锡隆见赵狗子被吓唬得差不多了，收回了枪，面无表情地问道："知道我们来找你为了啥事么？"

赵狗子瘫坐在地上，不停地用手背抹着额头上的汗，翻着白眼说道："真的不知道，我们没欺负过立地寨的人，连炉山区的人都没有欺负过。"

"离福星煤矿不远有一个村子叫赵家塔，王长锁老汉你该听说过吧！"

赵狗子摇了摇头，使劲回忆着，就是想不起来了。还是那名窑警在旁边戳了戳他，提醒道："是前天从我们矿上跑走的那个人。"

赵狗子一听这才点了点头，说道："不知道王老汉和韩大侠熟识，要是他早说，欠的钱就不用还了，也不用韩大侠大老远的亲自来说。"赵狗子说完，自嘲地笑了笑。

韩锡隆依旧冷冷的表情："我这次来也不是为王老汉一个人的事，矿工们都很苦，工钱怎么那么少？"

赵狗子苦着脸说道："都是原先定下来的。"然后又带有讨好性质地说道："我本来就计划涨工钱的。"

韩锡隆毕竟不是劫富济贫的山大王，听赵狗子这么说，已达到了这次来的目的。但是为了震慑住赵狗子，看了看，说道："你这墙上挂的五花麻绳是不是绑矿工用的？"说着，站起身来取下麻绳，扔给一直站在旁边的窑警："平时怎么绑矿工的，现在就怎么绑你老板。"

赵狗子拧次（方言：拖延时间）着，嬉皮笑脸地哀求："韩大侠，有啥条件尽管说，这、这、不好吧。"

"那好，我给你说个畔畔。"韩锡隆说了心里已经想好的条件，说完之后，要求赵狗子重复一遍。

赵狗子复述道："井下工人每天六斤杂粮，下井时间由四个月一换变为一个月一换。井上工人每天三斤杂粮。受伤的，赵家负责看病；亡故的，赵家补偿三十块大洋。遇到灾年，粮贵钱贱，一律按约定支取粮食，不再折成大洋，变相克扣工人。不再放高利贷，矿工们干活来去自由。"

赵狗子说完，又打开柜子从一个匣子里拿出王老汉的借条，给韩锡隆看了后，当场撕掉，说道："王家不再欠福星煤矿的钱了。韩大侠，你看这样行么。"

韩锡隆"哼"了一声，给李绮兰递了个眼色，站起来准备离开。

赵狗子顺从地跟在后面,客套地说道:"吃了饭再走吧。"

韩锡隆没有接话,边出门边严厉地说道:"我最痛恨为富不仁,你最好放老实点!"

说完后,懒得再看赵狗子一眼。下了台阶,跨上马扬长而去。

赵狗子耸着肩膀,两手下垂,恭恭敬敬地站在一旁,直到韩锡隆和李绮兰走远,才恍恍惚惚地擦了擦脸上的冷汗。

不过,这次韩锡隆挑头为福星煤矿矿工争取加薪的结果并没有维持几年。当韩锡隆离开立地寨以后,赵家又恢复了往日狰狞的面容,继续压榨这群可怜的矿工。

四

当晚霞再一次把炉山区照耀得一片金黄时,永兴恒瓷行大掌柜等一干人在路口远眺,焦急地盼望着。

永兴恒是区上最大的瓷行,有工人七八十余,骡马百十来匹,窑场三座。存货量也是山上最多的,并且在本省和临省有货行二十余家,为炉山区的首富。

永兴恒瓷行的少东家郭德海打小被父亲送去省城念书,到今年已经完成了学业,即将学成归来。此时,郭掌柜领着老伴等人在路口迎接的正是家里这个独子。上次回来还是两年前,两年没见着儿子了,一家人急迫的心情可想而知。

远方,一驾马车不疾不徐悠悠而来。"回来了!回来了!"人群阵阵骚动,众人的目光紧紧盯着这驾渐行渐近的马车。

"吁"的一声，马车在众人面前停了下来。一个二十出头，身材高大，一身学生装束的小伙子拎着箱子跳下马车。郭大娘赶忙上前一把拉住这个日也盼、夜也盼、孤身在外的心头肉，泪流不已。

傍晚，永兴恒上院的堂屋内，德海向父母讲述着这几年自己在省城的学习情况，两个老人不住地点头，脸上洋溢着心满意足的笑容。

"爹、娘，我这次回来想给自己说门亲。"德海话锋一转，说道。

"哦？"郭掌柜有些诧异。给孩子说亲向来都是父母的事，需要请媒对八字，自己给自己说亲倒是头一回听说。郭大娘一听倒是挺高兴，说道："孩子，看上哪家姑娘，娘寻人给你说去。"

"不用了，明天我自己去说。"德海充满信心地说道。

郭大娘急切地追问道："那你倒是给你爹和娘说说，是谁家的姑娘嘛。"

"是陈家瓷坊的陈文洁。"德海回答道。

两年前，德海回乡探亲，站在自家瓷窑的脑畔上，看着陈家父子耙泥、拉胚、挂釉、装窑，而文洁也是帮着里外的忙活。

文洁质朴清纯，大大的眼睛清澈明亮，浑身透着与生俱来的美丽与干练。这与他在省城见到描眉画眼名利场上的姑娘们截然相反。看到的第一眼，他就觉得陈文洁是自己终身伴侣的不二人选。

不光是因为陈文洁长得漂亮，更重要的是这个女孩子身上那股勤快朴实劲，犹如春风拂面，深深地打动了他。

第二天一大早，郭德海穿戴整齐去市集上打酒割肉，拎上从省城带回来的糕点，大踏步地向陈家走去。英姿勃发的身影，把新一代有识青年的特点展露无遗。

寒暄之后，郭德海说明了来意，陈大伯和陈大娘认为，女儿快十八岁了，着实到了谈婚论嫁的年纪。放眼区上，郭家也是数一数二的大户。况且，德海这孩子也争气，能让文洁嫁给德海，这当然是女儿的最好归宿了。

但是，二老也很清楚，这个女儿打小就执拗，有自己的想法，虽说婚姻大事由父母之命、媒妁之言而定，可具体到文洁，还是得看她的意思。

因此，陈大伯说道："我们没有什么意见，你既然来了，就到窑上找文洁亲自跟她说吧。"

郭家少爷学成还乡的消息早已经在区上传开了，陈家兄妹知道郭德海回来并不觉得意外。意外的是郭德海能在回来后不久就到陈家的窑上来，而且是为了陈文洁。

两个年轻男女在窑畔上迎风站着，德海的眼睛里充满了期盼，兴奋地伸出双手，递给了陈文洁一个精美的首饰盒："给，送给你的，打开看看。"

陈文洁接过盒子打开来一看，原来是一只洁白无瑕的白玉手镯。郭德海说道："这个镯子是羊脂白玉做的，我在省城省吃俭用了两年，才攒够了钱，就是想把它送给你。"德海瞬间涨红了脸，腼腆地说道："带上看看，我觉得这个镯子和你很相配。"

陈文洁明白了郭德海的心意，想都没想，"啪"的一声，扣上盒子递了回去，说道："德海哥，太贵重了，我不能收。况且，我一天到晚忙着干活也没法戴啊。"

"我刚才给陈大伯和陈大娘都说了，我这次回来就是一件事，自己给自己说媒，这个镯子就是信物。上次我回来看见你在窑口上忙来忙去很辛苦。我想好了，咱们成亲后，就去省城开洋行，你再也不用干这么重的活了。"德海一见文洁没有收礼的意思，情急间，磕磕巴巴地说道。

文洁认为，女人的一生，不外乎为钱而嫁、为情而嫁和为想法而嫁。而这个所谓的"为想法而嫁"，就是看两人能不能携手为一件事共同努力。

炉山区千百年来的瓷火诞生了永兴恒，培育出了有学问的郭德海，但郭德海不愿意留在这片土地上，他有更广阔的天地，他家的财富也能支撑起他的这个想法。

而文洁自己，打小就看着父母哥嫂还有弟弟为了家里的衣食住行操劳，她想留在这个地方，和哥哥弟弟一道，当然还有俊林，他们都在为过上好日子而努力。她没办法抛弃祖先留下来的这些坛坛罐罐，也忘不了祖祖辈辈祭祀的窑神"德应侯"。虽说她和郭德海一样都是炉山人，但是他们又不一样，能走出去固然是好事，但留下来不见得是坏事。

打定主意后，文洁婉言谢绝了郭德海。当然，文洁和俊林结婚，那也是多年以后的事情了。

看着郭德海失魂落魄离开的背影，陈文洁的心里突然觉得很难受，她只希望德海哥明白，她拒绝他，不是因为他不好。

第 八 章

一

这年夏天,漆河之水暴涨,有些地方水高数丈,堰塞成湖,累月不退。

平时温顺的漆河此刻像一头发怒的野兽,携带着混沌的黄泥,裹挟着门板、桌凳和树木,冲过龙背湾,汹涌南下,冲毁了下游的良田一万余亩,冲走了数十个村庄的四百余头牲畜,冲垮了三百余间低洼处的窑洞茅舍,上千人流离失所。大水过处,已经收成在望的庄稼毁之殆尽。

铜官、华阳两县虽组织人力自救,奈何物资有限,根本无法满足人们的需要。

樊家楼在河滩的四十亩土地也变成了烂泥塘,夏收无望。

大水过后,看着改道后的漆河,樊育才心疼不已。经过思量,心想,何不趁着这个机会,导水引流、兴修水利,把这次水患变成为造福两岸民众的一个机会呢。不过,要让两岸千户村民都动起来,加入垒坝筑渠的行列,还是得找当地有名望的乡贤振臂呼吁,不然,一盘散沙怎么成事呀。

育才在心里一遍一遍捋着沿河两岸村庄里德高望重者的名号。"对,只有马先生!"他考虑了又考虑,坚定了自己的判断,"对,就去南堡找马先生。"

马先生青年时就读于池阳县的宏道学堂，学识广博、温和敦厚，是早期"三民主义"的忠心追随者，久有"为民众穷其身心"之志。奈何陕西官场尔虞我诈、你争我夺，马先生难以立足，遂挂印辞官，怀着无奈激愤之心返乡蛰居。

久常将军从陕北南下驻防华阳时，曾慕名登门拜访，委以马先生铜官知事重任。后因官场倾轧，各路诸侯轮流登场，军阀们只争地盘、罔顾民生，他再次心灰意冷，返归故里。此后，一心兴办学校、教化乡邻，有"德政昭彰"之美誉。

当育才踩过一路的泥泞，跟跟跄跄地来到马先生家时，见院子里围满了人。

育才挤在人堆里，伸着脖子往中间瞧，心里嘀咕："到底出了什么事了？"

只见一个妇人蹲在地上，以手掩面嘤嘤哭泣，马先生一身布衣长衫，面色凝重地站在房檐下的台阶上。

这时，马先生开口说道："七嫂，别哭了，你的五个儿子也都到齐了，就让我先说吧。"

妇人的小儿子民富听了后，赶忙扶起妇人，轻轻拍打着母亲的后背。

"民治，你是老大，本来应当带头孝敬老人，但是你既不接你娘回你家住，又不给养老钱，还像个大哥的样子吗？"马先生严厉地责问着其中一个人。

育才听了马先生的发问，心里这才明白，原来是因孝敬老人引发的兄弟纠纷。

此时，老大民治理直气壮地站在一旁，梗着脖子，眼睛望着昏暗的天空。听见马先生说他,他立马回应道:"马叔,我作为家里的长子,小时候就跟着爹娘种地。等这些兄弟们出生后,还要帮着照顾,这么多年付出的,比其他兄弟们多多了。现在,兄弟们都成家立业了,理应要多照顾我娘才对。"

"照顾老人向来都是几个儿子均摊,怎么就成了长幼有别了?"马先生继续责问,周围的乡邻也纷纷指责民治。民治低下头不吭气了。

紧接着马先生又叫过来老三民权,也是一番责问。民权不照顾老人,主要是对大哥有意见,他说道:"自从老四民生结婚后,大哥就闹着要分家,大家尊重大哥的意见,就都同意了。没想到,大哥却把家里的好地都分给了自己。大哥当时说得好听,为了给其他兄弟补偿,我们四个兄弟每家照顾娘三个月,合起来也就是一年,那他就照顾娘一整年。但是,分家之后老大就变了脸,没有照顾过老娘一天。"

民治听老三这样子说,心虚地在原地直跳脚,说道:"娘在老四家住的时候,把硬货都给了老四,我凭什么多照顾?"

不待老四说话,老五民富说道:"爹和娘一辈子攒的钱都给咱兄弟们结婚用了,到我结婚,下完聘礼,房子都盖不起来,哪还有什么钱?"

"就是!就是!"其他几个兄弟七嘴八舌地附和着老五。

老二是个老好人,从头到尾一句话都没说。

其实,民治说这话的时候,连他自己都不信。他也知道,老娘早就没有钱了。

此刻,马先生心里明白,一切都是老大在胡搅蛮缠。他走到老人面前,说道:"七嫂,几个儿子轮流服侍照顾你,你还愿意吗?"

"老伴才走了两年多,家里就闹成这个样子,住过来住过去也不安生,我就想和老五生活,让小儿子照顾我。马先生,你看着调解吧。"

妇人无奈地说道。

马先生转身回到台阶上站好，威严地指着老人另外四个儿子，说道："你们四个过来。"老大民治、老二民族、老三民权、老四民生都低着头凑到了马先生周围。

马先生朗声说道："'人之行，莫大于孝'。侍奉双亲是一个人最大的责任，现在家里就剩老母亲一个人了，更应该尽尽孝道。既然你娘决定和老五一块生活，出力的事就由老五承担，你们四人负责出钱。"

四个人低着头不吭气，表示认同马先生所说。

马先生用眼睛扫视了大家一遍，接着说道："你们四家每年各出一百斤小麦，或者一百五十斤杂粮。"

老大没有意见，另外三兄弟互相看了一眼，老三抬起头说道："大哥把家里的好地都分给他自己，我们几个兄弟对分地还有意见。"

马先生斟酌了片刻，说道："不论是塬上的地，还是河川里的地，一律平分成五个半等份，兄弟五人各占一份，你娘占半份。这半份地由老五耕种，老人终老以后，这半份地再平分到五个人名下。"

几个兄弟听了，认为马先生处置得很公平，都愿意接受。老大也没有什么说的。这主要是因为老大占有的大部分地都在河川，全都遭了大水。重新分配后，他也用不着一个人修复河川里被大水冲垮的土地，落得个轻松自在。

育才目睹了马先生处置这件事的过程，心想，其实，这样的分配方案人人都能想到，关键是主事的人必须得要有威望才行，换作其他人，这个老大民治肯定不服啊。

又感慨道，这五个兄弟的名字，嘿嘿，起得还挺有意思。

众人闹哄哄的陆续散去，家里只剩马先生和他的两个得意门生。马先生看着育才脸生，问道："哦，有啥事吗？"

育才上前，两手下垂，恭恭敬敬地鞠了一躬，说道："马先生好，我是县城小学堂的教员樊育才，家住北堡樊家楼。"

马先生一听是老师，高兴地说道："哎呀，路这么泥泞怎么来啦？"说着，拉住育才的手就往堂屋走，"请进、请进。"

马先生的学生也前后跟进屋内。

一壶半开不开的水，一杯颜色淡得不能再淡的茶，育才上下打量着独守清贫却气定神闲的马先生。

马先生在给育才送上茶水之后，返身坐在杂木做的太师椅上，始终笑脸盈盈地看着育才，开口说道："樊先生，洪涝刚过就登门，有事吗？"

育才说道："马先生自卸任铜官知事以来，清贫自守，兴办学堂，以造福桑梓为己任，令我们这些后辈汗颜啊。"

育才说的是实话，但也是恭维的话，个性刚直的马先生，不待他说完已是面露愠色。

马先生一旁站立的学生说道："先生自光绪末年加入同盟会，宣统二年回乡筹备革命，张勋复辟时随军东出潼关征讨，算起来已经有二十多年了，若不是厌极了溜须拍马，不善于粉饰太平，何至于辞官归乡？"

另一个学生也说道："先生年轻时即投身革命，几经沉浮无有半点世故圆滑，若只为个人名利，年岁尚比池阳的于先生略长，又岂无高位可谋？"

马先生向两位学生摆了摆手，示意不要再说下去了，然后说道："好啦好啦，恭维的话樊先生就不要再说了，马某人听不惯，还是直接说正事吧。"

育才又起身向马先生鞠了一躬,算是对刚才失当的话语致歉,然后坐下来说道:"马先生,这次我慕名前来,是想和先生商议一件事。"

育才望了一眼马先生,马先生示意他说下去。

育才接着道:"今年夏天洪涝严重,冲毁沿河两岸田地房舍无数。我今天早晨过来的时候,看到好多人已经无家可归了,还有些人家无田可种,甚至还有些人家准备拖儿带女出门乞讨呢。而今,县上的人力、财力有限,我想是否由马先生出面,动员沿河两岸乡民自救,兴修水利,水渠可做泄洪灌溉之用,这样才是长久之计啊。看马先生的意思如何?"

育才说着,望着马先生。

育才和马先生的想法不谋而合。

马先生自返乡以来,始终以活己为人、顺天应地作为修身的最高信条。这次大水过后,马先生不止一次地站在南堡子的城楼上,望着满河川的黄泥浆,看着在泥地里打滚的牲畜,耳畔听着乡民因绝收的声声哀嚎,心里翻江倒海。

他痛恨自己人单力薄,恨不得化身一个救万民于水火的大罗神仙,大手一挥,把眼前的黄泥滩变成郁郁葱葱的聚宝盆,乡民安居乐业,再无天灾人祸。但,九层之台起于累土,世间哪有这么简单的事情啊。一切成果都要靠双手一点一滴去创造。乡民的福祉,也要靠众人齐心协力慢慢促就。而眼前的难关,更需要众人迎难而上去攻克。

他看看天色尚早,说道:"咱们还是沿河岸走走,上下查看以后,再定吧。"说着,站起身,带着育才和两个学生出了门。

二

四个人出了南堡子,步履艰难地沿着河川一路向北。

大水虽已退去,但放眼十二里河川,留下的是一片沼泽。

河堤上,一搂粗的垂柳被大水冲得同向倾斜,粗大的树根裸露在外,显得悲哀荒凉。幸运的是,这一排柳树后的房舍安然无恙,真是有赖于先人早前栽下的这一排柳树,它们根深叶茂,挡住了洪水。院墙上,一只公鸡昂首而立,不时欢快地叫着,像是在炫耀着这份独有的幸运。而其他地方碗口粗的柳树彻底被大水冲倒,横七竖八地叉在河道里,要不是仅有的树根拉扯着,这些树早就被洪水冲走了。

不远处的深泥潭里,传来声声秦川黄牛的低吼;不知哪家的黄牛被大水冲到这个低洼处,黄牛的主人恐怕已经无暇找寻了。

远处的村庄里,孩童的啼哭声此起彼伏。孩子们哪见过这么大的灾难啊!

跟随马先生的两个学生,年龄和育才相仿,一个姓侯,名天祥,马先生筹建县立二小后,负责教务事宜。另一个姓刘,名自省,也在马先生筹建的乡村小学堂任教。

四个人蹒跚前行,育才不时给马先生比画着。有时候,马先生也会打断育才,根据地势和河道的流向,说出更加可行的设想。

不知不觉,一行人来到河川的一处高地,大家都随着马先生的脚步停了下来。

天祥说道:"先生,抗震救灾古来就是官府的事情,咱们这样做会不会显得越俎代庖了?"

"这次受灾面积这么大,县上哪能考虑得周全。况且,按以往的惯例,村镇受灾后,省上、县上拨付的救灾款项,都成了各级眼中的肥肉,即使一个小小的科长,也要雁过拔毛,镇村管事,哪个都要得好处,到了灾民手上就所剩无几了。"马先生边驻足喘息,边说道。

育才接着说道:"国人的苦难,主要来自各路军阀永无休止的战争和各级官僚贪得无厌的盘剥。面对这些,我们是无能为力的。唯一能做的,就是组织灾民兴修水利,杜绝水患。"

看着眼前沟壑纵横的斑驳土地,大家一时陷入沉思。

傍晚时分,一行四人饥肠辘辘地回到马先生家。

一进门,马先生就唤内人做饭。大家分别找到细竹棍,戳去脚底厚厚的黄泥,然后用劲跺脚,各自长长地出了一口气,腿脚也觉得轻松了许多。

昏暗的煤油灯下,四个人围坐一团,规划着垒坝筑渠的方向、宽度,计算着要经过哪些村庄、所用的土方量、估算着能上劳的人数以及所用的钱粮开销等。

当然,最大的问题还是钱。

第二天,育才和马先生的两个学生先分头去沿河九个村子的二十多个富裕人家筹款。随后又逐门逐户做思想工作,动员大家无论穷富,都能投入到修水渠、泄洪水的运动中来,有钱的出钱、没钱的出力。

对于款项的缺口部分,马先生再一次来到了县城的南巷子,去找侯先生筹措。南巷子侯家依然像前些年资助马先生筹建县城孤儿院时一样,慨然应了下来,并请马先生放手去弄:"只要是用于民众,缺多少钱,侯家就补多少钱!"

马先生被侯先生的义举所感动，就在侯先生居住的斗室铺开宣纸，饱蘸浓墨，捻管悬腕，奋笔疾书了一首七言律诗，盛赞侯先生慷慨解囊、扶危济困的高风亮节：

名似云烟金如土，清闲一世亦知足。
醉心碑石传古法，潜研孔孟戒气浮。
笑看世人多自利，我辈仗义已高峰。
每每慨然民生事，囊绝锱铢造浮屠。

整整半个月的时间，这片被洪水侵蚀的土地经过炎炎烈日的炙烤，已经度过了最艰难的时期，沟壑纵横的条条豁口似乎期待着人们的拯救。

这段时间里，马先生师生三人和育才马不停蹄地穿梭在沿河两岸的九个村庄，一遍一遍地给士绅大户们介绍着修水渠的方案，挨家挨户给河川里有土地的灾民打气鼓劲。

六月初五这天，十二里河川的两千户灾民，齐刷刷地投身到了抗灾自救、兴修水渠的运动中。

马先生借着学校放假，也召集来了二十多个先生帮忙。这些先生被安排在各个村庄，负责组织村中妇孺蒸馍熬汤，给大生产的劳力准备饭食。

此刻，河川里已经人喊马叫，热火朝天地大干起来了。

马先生带着育才每天沿河岸巡视，希望这项工程早点结束。但是，两天后，问题却出来了。虽然大家天天上工，却各自为战，只顾着修自家的农田，并没有按马先生的意思修水渠。马先生看着看着，慢慢皱起了眉头。

育才当然也看出了蹊跷，说道："马先生，这样自顾自得不行啊。

如果不修水渠，今年平整好的土地来年遇到水患，又会被洪水冲毁的呀。"

马先生也深吸一口气，说道："是啊，要想杜绝水患，就得借这个机会修水渠。走，咱们再挨村去说。"

这次兴建水利的款项由马先生筹集，马先生当然有绝对的发言权。他挨村劝导，讲明利害关系，大家听了以后，羞愧不已，纷纷说道："听马先生的，我们肯定不想大水毁田的事情再发生了。"

问题归问题，马先生并没有一味地责怪大家，因为他自从闹辛亥以来就很清楚，乡民本来就是一盘散沙，各自顾各自并不奇怪，主要还是要组织引导好大家才对。

为了让大家在干活时有个参照，马先生安排人找来了一辆独轮车，拉满了石灰，由南到北划线，并且给大家叮咛："白线以内是水渠的位置，水渠整体宽八尺、深五尺。各村要把水渠先挖出来，等整个水渠贯通后，再平整土地。"

大家再一次听了马先生的讲解，都提起了劲，村与村、户与户，抛弃了狭隘的理解，就冲年年都有一个好收成这个愿景，劲头十足地干了起来。

有规划、有目标，才能鼓舞人气、振奋人心嘛。

这是渭北高原亘古未有的一次由民间发起的农田水利运动。沿龙背湾以下九个村庄三千多名村民在马先生的带动下，地域不分南北、上劳不分老幼，但凡在河川里有土地的灾民，全部投身到了清淤泥、修水渠的抗灾自救中来。

有套着牲口赶着架子车往返运土的，有只身跳进水渠挥舞着镢头挖土的，也有高挽着裤腿打着赤脚在河里搬运鹅卵石的，十二里河川一时间尘土弥漫、骡马嘶鸣。

按照马先生在地上的标注,水渠沿沟壑蜿蜒向南,总共分为三段。第一段长约四里,位置偏西;第二段长约五里,位置偏东;这两段中间的连接处需要另修水渠,走向略呈东南。经过几天的思考,马先生已经给这三段水渠起好了名字,分别叫:汇济渠、同济渠和桥渠。

此后的数天里,每天不停地来回巡视,成了马先生的必修课。

一个锅台前,一位负责本村供给的先生,望见走过来的马先生和育才,连忙放下手中的活计,上前打招呼。看着整洁的案板、雪白的馒头、新鲜的菜蔬,马先生不住地点头,说道:"大灾过后,谈不上让大家吃好,保证不挨饿就行。"

当他看到一个怀孕足有八九个月的青年妇女在锅台前忙碌时,上前问道:"大侄女,你这可能快生了吧,这么劳累行吗?要不行,就回家修养吧。"

女人放下擀面杖,说道:"没事,不累。古代就有穆桂英上阵杀敌,这点活干起来不算啥。"这位妇女直率却又不搭调的话语,惹得大家哈哈大笑。妇女非常认真地说道:"就是不累嘛。马先生,要不我给你来一段穆桂英听听。"

不等马先生答应,她已经豪迈地唱了起来:"我挂帅老祖母于心不忍,怎奈是御外患朝中无人。大宋朝有危难杨家出兵,我杨家本是那世代忠臣。为国家马革裹尸是本分,救黎民那能够惜命顾身?孙媳我虽然是身怀有孕,定叫那白天佐落魄丧魂。破辽兵救洪州威名再振,敲金钟奏凯歌转回家门。"

唱腔谈不上敞亮激昂,但是在灾难面前不服输的这股子劲儿,却深深感染着大家,马先生等人连声称好。

一行人打过招呼再往前走，绿树掩映的土窑内传来丝丝婴儿的啼哭声，或许是哭的时间太长了，这哭声小的像猫叫。马先生听到哭声，不自觉地向窑洞望去，普普通通的两孔土窑洞，院落干净整洁，黄土夯成的围墙已经被前阵子的雨水浸塌。"有人在吗？"马先生问了一句。

大家侧耳等待屋内应答，但除了墙角土堆里几声"嘘嘘嘘"蛐蛐的鸣叫声，窑洞内并没有人应声。

"有人在吗？"马先生和育才又不约而同地问。

回答他们的只有微风掠过树梢发出的沙沙声。窑洞内的婴孩哭得更加有气无力了。

这么小的孩子难道没有大人照顾吗？两人心里充满了疑惑。走到了窑洞跟前，育才试着推了推门，窑洞的门虚掩着并没有上锁，两人互相看了一眼，先后走进了窑洞。

窑洞内的土炕上，一片破草席卷成筒状，微弱的婴孩啼哭声从席筒内传出来，越发让人觉得可怜心疼。

马先生揭开草席，只见这个婴孩，皮肤还是皱巴巴的粉红色，估计生下来不过两三天的时间。

"肯定是饿的。"马先生转头给育才说道："我在这照看着，你到河堤上喊喊。"

育才刚走出院子，远远就看见村子中间的小路上一个中年妇女风风火火地走了过来。这是一个普普通通的农妇，头戴一顶破草帽，两条长腿迈得飞快，呼呼地似脚下生风，浑身上下透着一股子利索劲儿，眨眼间已经来到育才跟前。

育才指着窑洞问道："这是你的娃儿啊？"

"是啊，我回来喂奶。"农妇边回应边快步往院子里走，脚下并没有停留。

育才在后面撵了上来:"你咋不照看娃,胡跑啥呐?"

"我家在河川有三亩多地,我和当家的忙着修水渠呢。"农妇答道,说着,已经进到窑里,一双手抱起了都快哭断气的孩子,背过两人撩起衣襟喂奶。

两人见状退到窑洞外。马先生隔着门扇问道:"这孩子有几天啊?"

"三天。"农妇边哄着孩子边回答道。

"只三天就下地干活了,不坐月子行嘛?"马先生觉得奇怪。

"怎么不行?地里也离不开啊。"农妇回道。

马先生和育才给农妇打了个招呼离开了院子,边走边嘀咕,还有生完孩子不坐月子的女人,真是个奇人啊。

是的,在这片土地上永远生存着乐观豁达、勇于抗争、不屈不挠的一群人。这些人和拿着拦羊铲、哼着酸曲,在沙尘漫天的陕北高原劳作了上千年的人们一样;和北出山海关,为了讨生计,在东北的冰天雪地里深耕黑土地的人们一样;和西出嘉峪关,沿着漫漫黄沙,将华夏成就带出国门的人们一样。他们的精神昭示着没有什么困难可以压倒这个民族,他们的祖先从逆境中走来,他们始终在逆境中前行。虽然总也遇不到风调雨顺、政通人和,虽然多数人会逆来顺受、沉默寡言,但是,向前奔的信念人人都有,永远也不会破灭。

马先生一行人顺着河堤继续查看。远方的官路上,人喊马鸣,俊奇跳下车,冲着育才和马先生不停地招手。

"是我妹夫。"育才招了招手,向马先生介绍说。

他看着俊奇身后带着一群人,拉着两个铁轮大车,说道:"可能是来送粮食的吧。"说着,和马先生寻了个河水较浅的地方,踩着石块,

过河上岸。

这次发大水，虽然三木帮和立地寨也遭受到了暴雨的袭击，但因这两个地方处在黄土塬上，常年干旱少雨，这次雨水正好弥补了旱塬缺水的不足，塬上新修的几个涝池全都蓄满了水，再也不愁没水浇地了。

关键是，这次发大水并没有影响到那里的夏收。

所以，麦子收割晒干后，三木帮、立地寨不约而同地下山给俊奇送粮食。俊奇家所在的龙背湾村也没有遭灾，收成也不错。俊奇坚决不要送来的粮食。

在他的提议下，李大山、韩锡隆、俊奇等人一块赶着两个铁轮大车，一路南行，来找育才。大家要把这些麦子送给最需要的人。

众人和马先生一一见面后，马先生对大家的义举钦佩不已。

早年间，马先生随军东出潼关征讨张勋时，途经陕西东府，就耳闻韩锡隆的师傅——铁臂罗汉郭秃娃的江湖名号，他的侠义行为声名远播。没想到他的关门弟子韩锡隆虽然年轻，却也是正气凛然，令人仰望。

三木帮的李大山虽然没有听过，而三木帮这个组建于十八年年馑的村民抗灾自救组织，却没少听周围的人提及。

俊奇，渭北一个普普通通的庄稼汉子，面对危难挺身而出的这股子劲和不是自己挣来的坚辞不受的倔强，也令他叹服。

素以省内辛亥元老自居的马先生此刻感慨万千，在乡民遇到天灾人祸的时候，竟有这么多不相干的人自告奋勇、慷慨解囊，这些人并不以功劳者自居，从不觉得自己贡献有多大。在他们看来：不就是搭把手的事嘛。

大家正沐浴着河川里吹来的阵阵凉风谈笑风生的时候，由北向南一匹快马疾驰而来，马上的人离老远就高喊："李大哥！李大哥！"

李大山抬眼望去，心里纳闷，寻思道：我清早才离开的，会有什么事情呢？

思虑间，来人已到眼前，正是三木帮的陈国武兄弟。国武兄弟生得体型高大健壮，浓眉大眼，英气逼人。

国武是塬上人，他们家并不是塬上的大姓。当年他独自在外漂泊了六七年，等衣衫褴褛地回到塬上的时候，父母亲已经离世。李大山的父亲二话不说收留了他，此后这三四年间，他一直追随着李大山，是三木帮的顶梁柱，也算是"二把手"吧。

李大山问道："国武，怎么这么急，有什么要紧事吗？"

国武跳下马来，分别冲大家点点头打过招呼。然后对李大山说道："县上来人了，打算让你当铜官县西区民团的团长呢。人还在帮里坐着，等你回去后，就宣读委任状。"

李大山硬气地回应道："咱们兄弟和政府打什么交道？前几年，塬上几个村子上千户人青黄不接，饿得头晕眼花，也没见过政府的人，更别说救助一口粮食、一把米了，现在想起咱们来了，想委任哪个就委任哪个，我还不想接呢。"

这时，马先生说道："大山兄弟，不要动气，能够让县政府委任是好事嘛，这样才能理直气壮顺理成章地为乡民们办事啊。依我看，还是客客气气地接待好县上的人，高高兴兴地接受委任为好啊。"

"是啊！是啊！"韩锡隆和俊奇也异口同声地说道。

三

秋天，当人们耙地摇耧、耕种小麦的时候，省城通往炉山区的官路上，一名青年男子身着长衫，手提皮箱，行色匆匆地踏尘而来。傍晚的斜阳将男子的身影投射到黄土崖的崖壁上，随着步履的起伏，身影跳跃而修长。

普通民众无法知道，这个面容清秀、身材高瘦，虽然经历了一整天的长途跋涉，依然目光坚毅的男子，并不是什么学成归来的莘莘学子，更不是苟安乱世的迂腐书匠，而是誓要砸烂旧世界、让穷苦人当家做主的"共匪"。

夜幕降临以后，男子驻足在炉山区的高家大院门前。"终于回来了。"他望着夜空中高家老宅的吊脚飞檐说道。

在大门外矗立良久之后，看看四下无人，这名男子便轻提长衫下摆，快步走上台阶，伸手叩响了门环。"梆、梆""梆、梆"两下一组，总共敲了四下，这是他两年前离开时，给看门的族中五哥留下的暗号。

此刻，五哥并没有安睡。

自从家里出了共党后，隔上三两个月，区上或县上的团丁就要搜查高家大院，不分白天晚上。有时候还是后半夜搜查，大家睡得迷迷瞪瞪的，就会被团丁"咣、咣、咣"用枪托砸门的声音惊醒。

但是说来也奇怪，自从上次他兄弟高云汉离开后，就再也没有回来过，团丁每次来都会无功而返。

今夜，当他听到敲门的暗号后，心里暗自惊喜：云汉兄弟回来了。

一骨碌下了炕,光脚片子就跑了出去,轻轻地打开门栓。

"真是云汉兄弟!"五哥声音由小渐大,抑制不住内心的高兴。云汉连忙用手捂住五哥的嘴,把他一推,两人进了院子,大门轻轻地关上了。

进了五哥的房间,高云汉说道:"我这次是悄悄回来的,明天就要走,你不要给二伯说,我去跨院看看爹娘。"说着,转身就要走。

五哥一把拉住他,说道:"你还在弄以前的事啊!民团都来家里找了你好多回了。人家手里有枪,就你这瘦瘦弱弱的身板。"说着,五哥扶着云汉的肩膀重重的晃了两下:"不要命啦!"

"不是我要不要命的事,是我们要革他们的命!"云汉坚定地说道。

五哥一看说不到一块,摆了摆手,说道:"你还是先过去看四叔四婶吧。"说完,无奈地坐在炕头。他心想,这个兄弟是魔怔了,谁强谁弱这不是明摆的事嘛!

云汉摸黑悄悄走进西跨院,轻轻穿过他媳妇住的东厢房,走到他父母住的正房门前,顿了顿,深吸了一口气,也不敲门,直接推门走了进去。

房间里,云汉爹妈正在为这个整天只知道"浑跑"的儿子犯愁。

自从族里出资把云汉送到外省上学之后,这个看似文文弱弱的儿子越发不安分起来。每年假期回来,也不干农活,更不用说去自家瓷窑上帮忙了,整天就和区上的年轻人聚在一起,时而义愤填膺,时而嘀嘀咕咕,要是问起他来,他只说是宣传新思想,四叔和四婶听得就更糊涂了,民国都多少年了,怎么还有新思想?

两个老人正在有一搭没一搭说话之际,一直念叨的儿子回来了,端端正正地站在老两口面前。

"爹、娘，我回来了。"云汉放下箱子轻声说道。

云汉娘看着云汉，心神恍惚，觉得这个儿子许久未见却又好像一直没有离开。她颤颤巍巍地走到云汉面前，说道："好娃哩，你跟着他们胡跑啥嘛！"说着，抽泣起来。

"儿啊，你知道你上次走了后，家里遭了多少罪啊。民团有好几次都是三更半夜冲到家里找你，那些兵娃子气势汹汹的，蛮横不讲道理，把整个家族都整苦了。"云汉爹无奈地说道。

听见爹娘的埋怨，云汉一时语塞。

他怎么能让种了一辈子地、捏了一辈子瓷器的父母来理解他的理想、他的追求呢？这些，也不是简简单单几句话就能说清楚的，更何况，多年养成的保密习惯和组织纪律的要求，也不允许他透露更多的情况。

面对爹娘，他只能宽慰道："我们宣传的是咱们穷人的主张，是要让穷人坐江山、说了算的。咱们国家还是穷苦人多啊！"

云汉爹说道："你把咱们家的事弄好就行了，管国家的事干啥嘛！即便你不愿意接手家族的生意，县上来人也说了，只要你弃暗投明，马上给你在县上安排差事。如果你还不满意，去省上工作也行，这不好吗？"

"前些年，受你鼓捣的王翰文现在就在镇上的小学工作，他也经常资助穷苦人，也没有像你这样子连家也不要了，父母也不要了，甚至连媳妇也不要了吧。听娘的话，别再瞎跑了，谋一份正正当当的差事，你想帮穷人就帮吧，至少，大家不用再为你担惊受怕了。"云汉娘苦口婆心、近乎哀求地说道。

高云汉是没有办法说服爹娘的。

出于传统意义上的仁义道德去帮助穷人和他们与生俱来的使命就是推翻剥削阶层、为劳苦大众谋幸福是绝对不能等同的。

砸烂旧制度、建立没有人压迫人的新制度是一个彻底革命者的毕生追求,即使牺牲性命也在所不惜。至于"弃暗投明",那更是笑话,变节者将永远被人们所唾弃,更何况是要让他主动向反动当局举手投降呢。

一时间,三个人都不说话了,房子里一片沉静。

这时,正房门外传来轻轻的敲门声:"娘、娘,我听见里面说话,是不是云汉回来了?"云汉的媳妇毓秀在门外怯怯地问道。

"哦!"云汉娘答应了一声打开了房门。毓秀款款进门,一眼看见了分别两年多的云汉,竟然呆呆地立在那里,泪眼婆娑。

面对媳妇,云汉是愧疚的。

自打他从苏州毕业后,父母为了拴住他,自作主张把毓秀娶进了门。云汉知道,自己从事的事业是顾不上考虑儿女情长、婚姻家庭的。但他却不好向父母说明,待婚礼举行完后,他就毅然决然地一走了之。没想到,因此却害了毓秀。

毓秀是善良的,并没有因云汉的不辞而别恼怒怨恨。依然像其他家的媳妇一样,侍奉公婆,洒扫庭院。有时候会呆呆地坐在炕头,等待着云汉。

多少个夜晚,她会被民团的砸门声惊醒,这时,她才意识到她的丈夫干的是大事,要不然,政府怎么会不顾一切地抓人呢?有时候,她觉得庆幸,民团能上门抓人,证明云汉还活着,那她还有什么好担心的呢?

而此刻,面对阔别已久的丈夫,毓秀泣不成声。

临近子夜,一阵急促的砸门声惊醒了已经安睡的五哥。五哥快步走向大门,嘴里喊着:"来了、来了,大晚上的,谁啊?"

大门外焦急地答道:"五哥,我是王翰文。"

老五是熟悉王翰文的,前些年整天和云汉泡在一块,在老五看来,翰文和云汉都是一路人。

打开大门之后,王翰文开门见山地问道:"五哥,是不是云汉哥刚回来?"

翰文一看五哥犹犹豫豫、吞吞吐吐的样子,着急地一跺脚,说道:"半夜我解手,悄悄瞅见民团在区上集结,马上就来要抓人。我是来给云汉哥报信的。"

五哥一听,连忙关紧了大门,一把拉过翰文往西跨院奔去。

隔着东厢房的窗子,翰文喊醒了云汉,就在云汉穿衣服之际,正房的灯也亮了,四叔和四婶听到响动,已经披好衣服,下了炕,打开了房门,翰文和老五分别向四叔和四婶打了声招呼,随后和云汉一起进了正房。

翰文说道:"云汉哥,民团今晚来抓你呢,快跑吧!"

四叔和四婶一听也慌了,催促云汉:"从西北角翻墙跑吧,可千万别让他们抓住啊!"

云汉一听也是心头一紧,但多年的磨砺练就了他临危不乱的意志。

他沉稳地打开皮箱,取出一个油纸包,油纸包里有两样东西,一样是他在西安、苏州学习的同学录,一样是一张"金兰帖"。同学录中收录的,都是坚定信念的热血青年的名字。这个"金兰帖",并非江湖中歃血为盟的结拜誓言,而是同学当中,家里离得最近的三个人互相约定的见证,生者认逝者父母为父母并要永久照顾逝者的妻儿!

云汉边拿出油纸包，边说道："爹、娘，这两样东西要保管好，等我们成事之后，再拿出来，一定会用得着的！"

　　站在旁边的翰文已经等不及了，这是同民团在争分夺秒抢时间、生死攸关的时刻啊。情急之下，他一把夺过油纸包，"呼啦"一下扔进炕洞里，拉着云汉奔出了正房。

　　东厢房外，毓秀也已经穿好了衣服，怅然站在台阶上，云汉和毓秀对视了一眼，来不及说话，就被翰文拉走了。她的眼睛一直注视着云汉，却没有半点幽怨。微风不时卷起她衣服的下摆，更显得瘦弱与孤寂。

　　两人刚翻过墙头，大门外便传来嘈杂的声音。"开门、开门"的叫门声和枪托"哐、哐"的砸门声随之传来。

　　五哥在大门里的拐角处慢慢悠悠地问道："谁啊，这么晚了，弄啥哩？"

　　回应五哥的依旧是一阵枪托砸门声。

　　估摸着云汉兄弟两人已经走远，五哥这才装模作样地打着哈欠走到大门口，拉长音说道："来啦、来啦，别敲啦。"

　　"怎么这么磨蹭！"为首的团总厉声喝问，一把推开他就往里冲。

　　这些团丁多次来高家大院搜人，已经是熟门熟路了。他们自觉地分成几组，挨房间找寻，一时间搅得高家大院鸡犬不宁。不多时，各小组陆续向团总报告，没有搜到"共匪"高云汉。

　　团总恶狠狠地骂了一句，"啪、啪"扇了五哥两个耳光，问道："人跑哪去啦？说！"

　　五哥一脸无辜地说道："人一直就没回来么。"

　　"我们的情报难道会有假，早就有人看见他回来了，你说不说！"

团总边说边给旁边的团丁使了个眼色。

团丁上前就是两枪托,正砸在五哥的左胯骨上,边砸边呵斥道:"你说不说?你说不说?"

五哥难过地"嗯"了一声,痛苦地倒在地上,但还是咬着牙说道:"没回来、没回来。"两手缓慢地捂住腰,浑身蜷缩成一团,气息也越来越弱了。

团总一看,这两枪托可能把人打得太重了,他不愿意节外生枝,遂喊了一声:"收队!"这一队人马才不得不悻悻地离开高家大院。

第 九 章

一

翰文拉着云汉一路狂奔，一下竟跑出去了五里多地，直到周围彻底安静下来，两人才放慢了脚步。

翰文边扭头看着黑暗中的群山，边问道："云汉哥，出来后你下一步打算去哪啊？"

"打算先回池阳的农村，那里有咱们的根据地，然后再去省城。"翰文毕竟救了自己的性命，所以云汉也没有什么好隐瞒的。

云汉接着又说道："和我一块走吧，咱们一起干！"

翰文摇了摇头，说道："云汉哥，你们高家是大户，族里在区上有瓷坊，在东河川有土地，四叔四婶不愁活路。我和你不一样，我爹和我娘就指着我挣钱活命呢。"

云汉想想也对，要不是家里拖累，翰文早就和他一起干革命了，遂不再勉强。

翰文也不想让云汉失望，又接着说道："你们不是讲革命火种吗？我就是你们留在炉山的火种。如果有一天你们的人来到区上，我一定会砍柴、喂马、当好向导的！"

云汉看着眼前这个只有二十岁的毛头小伙子，欣慰地笑了。是啊，翰文用这样的方式难道不是支持革命吗？

就这样,两人深一脚、浅一脚地向前走着。他们计划抄近路赶到运瓷小路上,再顺着运瓷小路一路南下。现在运瓷小路离他们还有两个山头,翰文眼尖,看见前方山头的低洼处有一闪一闪的火光。在黑暗的深夜里,火光显得非常明显。

"云汉哥,你看,前面有人抽烟,会不会是民团派人在运瓷小路上设卡抓你呢?"翰文边说,边指给云汉看。

两人停住了脚步。云汉思索道:"大路已经走不成了,现在看来,运瓷小路也是走不成了。实在不行就顺着山涧滑下去吧。"

翰文说道:"山崖那么高,即使顺利滑下去,浑身也得受伤,要不,去立地寨躲两天吧。"

"立地寨?那不是土匪窝吗?"云汉在外面两年多,还不知道立地寨发生的变化。

翰文拉着云汉,边走边声情并茂地介绍着韩锡隆的侠义行为,虽然有好多事他也只是听栓栓说的,但他描述的绘声绘色,云汉听得仿佛就在自己眼前发生的一样,令人热血沸腾。

立地寨的前厅内,韩锡隆上下打量着眼前这个刚刚绝地逃亡后的"共匪"。

高云汉虽然身材瘦弱,衣服被荆棘挂破,翻墙爬坡跑了十余里山路,但却没有显露出半点疲惫之情,眼神依然清澈明亮、坚毅锐利。就像前年他在冯司令驻防的频阳县放跑的那个年轻人一样。这些人身上都有勇往直前、义无反顾的那种劲,即使身经百战的韩锡隆见了,也不由得心生敬佩。

"我有两个问题,想问问云汉兄弟。"韩锡隆看到高云汉比自己还能小上几岁,伸手示意让他坐下,然后开口说道。

"韩大哥请说。"高云汉说道。

"高家在炉山区也是除了永兴恒之外数一数二的大户,家里一直供你读书成才,你为什么会干共产党?这可是要掉脑袋的啊!"韩锡隆先问了第一个问题。

高云汉不假思索地答道:"正因为家里有钱,我出去读书后,再反过来看整个社会,越发觉得面目可憎。打几个比方吧,家里有钱的,这些钱都是长工们挣来的,却让掌柜的一家人花钱享受,这公平吗?这就是人剥削人。再比如,家里是富户,就必须得孝敬官府和土匪,即使这样,也不排除被土匪'连锅端',落得个家破人亡,这就是人吃人。"

高云汉越说越激昂,声音不由得提高了。可转念一想,初次到立地寨,这种调门显得不合适。因此,清了清嗓子,又低声说道:"我们就是要消灭种种的不公平,真正让穷苦人说了算!"

韩锡隆以前也听说过马克思、共产党、穷人当家作主等说法和主张。他认为高云汉说的道理是没错的,只是要想把整个国家都翻个过、变个样儿,简直太难啦。所以,他又问了第二个问题:"云汉兄弟,你不害怕吗?"

"从来没想过害怕或不害怕这个问题。只是把救国救民当成自己与生俱来的一种责任吧。九·一八事变以后,我还在苏州上学,当时就组织学生去南京见蒋介石请愿。南京政府当面答应得很好,但是一直想剿灭我们,他们哪有工夫打日本啊。事后,我们就被特务盯上,我跑了。躲了三个月,等风平浪静了,换个地方继续干。"高云汉说道。

韩锡隆问道:"那你就留在我这儿,不是一样可以干吗?"

"立地寨有韩大哥庇护,要我是多余的。况且,你们这里偏安一隅,也只能守一时一地之安宁。不如,韩大哥也参加革命,跟我们一起干吧。"高云汉提议道。

一个山大王参加革命,韩锡隆没有想过。

以前他韩锡隆是个独来独往的刀客,随后又参加了靖国军,如果再参加共产党,这个跨度太大了,他接受不了。再说,寨子里的弟兄们,还有绮兰也都需要他。略加思索之后,他拒绝了高云汉。

"云汉兄弟,以后有用得着哥哥我的,尽管开口,叫人捎话也行,你们的组织,我还是不参加了吧。"沉思了片刻,又开口说道:"明天离开之后,你还是去'三木帮'看看,那是我舅哥的地盘,早前也听说过那一带有你们的人活动,说不定我舅哥想参加革命呢。"

说完,看看天色快亮了,向栓栓安排道:"带着云汉兄弟和翰文兄弟先去休息吧。"又对翰文说道:"翰文,天亮之后你再回区上,我们负责护送云汉兄弟离开,你放心好啦。"

吃过早饭后,韩锡隆和李绮兰已经想好了护送高云汉下山的方案。他俩让和高云汉体型相仿的兄弟找来一身粗布衣服,学者穿的布鞋和农民穿的布鞋也不一样,连同衣服都得换下来。在白皙的脸庞涂抹上黄灰色的泥土,三七分的头发也得弄得灰蓬蓬的。

等高云汉收拾好之后,两人端详了端详,还行,估计能够蒙混过关吧。皮箱是不能再用了,庄稼汉出门,还是背着包袱合适些。

院子里,栓栓已经安排人将炉山瓷器装满在三个独轮车上,计划一行六人以贩运瓷器的名义护送高云汉顺着运瓷小路下山。

为了保险起见,韩锡隆数给了栓栓十块大洋,嘱咐道:"如果盘查得紧,就孝敬民团以保平安。如果不行,就搅乱盘查站,无论如何,也要保证云汉兄弟离开!"

高云汉一直站在旁边听着,等韩锡隆说完之后,呵呵笑道:"韩大哥古道热肠，只是这个方法似有不妥啊！"

韩锡隆"哦"了一声，问道："云汉兄弟有更好的办法？"

高云汉分析道："韩大哥，咱们这三车炉山瓷器，最多值六块大洋。如果给盘查站十块大洋的话，反倒会惹他们生疑。北山是咱们立地寨地势最高的地方，不如安排一名兄弟上北山瞭望，可以看到十里外的罗咀。如果我们半个时辰还不能走到罗咀的话，你就安排人放上两枪，吸引盘查站的团丁，我们就能顺利下山了。"

高云汉边说，韩锡隆边思索，听完后连连点头："这个办法更合理些，就这么办！"

这时，李绮兰伸手将一个粗布包袱递给高云汉，说道："云汉兄弟，一个人出门在外要当心啊。"

云汉谢过之后，背起包袱和栓栓等六人推起小车吱吱呀呀地出了门，踏上了运瓷小路，缓缓向盘查站走去。

韩锡隆和李绮兰目送着他们走远，轻轻叹息了一声，收回了目光。韩锡隆向一名背枪的小伙子使了个眼色，这个小伙子利索地向北山爬去。

秋播之后，炉山区的贩户们趁着农闲，都装上瓷器行脚贩运。

运瓷小路上，三三两两的聚集着挑担推车的乡民们。栓栓所带着的三辆独轮车很快就汇进了这支运瓷队伍，他熟络地向各个瓷坊的乡亲们打着招呼，询问着他们的目的地，一行人有说有笑，很快就来到了盘查站。

"站住！"为首的团总扯着尖利的嗓音，颐指气使地喊道。

看着前面的行人站住后，后面的行人还在慢慢向前拥着，他嘴里骂骂咧咧地呵斥道："全都给老子站好，后面的几个，把草帽摘下来！"

他嘴里骂着脏话，两手插在腰上，晃了晃圆圆的大脑袋。

听到他的命令，两名荷枪实弹的团丁紧忙赶上前来，一个粗鲁地踩着独轮车的车辕，爬上车搜查水瓮和水缸。另一个弯腰搜查独轮车的车厢底部，这几处地方都可能是藏人的地方。

团总两只手仍然插在腰上，迈着方步挤在人群里，斜着眼仔细端详着每个人。虽然他手里没有高云汉的画像，但是两只眼睛警觉地扫视着每个路过的行人，想从这些贩户对他的威严所做出的反应是不是自然，而嗅出些蛛丝马迹来。

关中"剿共"的总策划是双手沾满共产党员鲜血的新任国民党陕西书记长宋宪永，他是"中统"的中坚分子，极端仇视工农革命运动。此人于年初挟屠杀中共绥德县委书记之戾气就任书记长，频频制造白色恐怖，采取划区设卡、切割合围、广布密探、高额悬红等策略，深得当局器重。因此，各地的盘查站，一改往日松松散散的习气，都想挖出"共运分子"，铺就自己高官厚禄的升迁台阶。

眼见着团总离高云汉等人越来越近，靳栓栓离老远就爽快地干笑起来，上前紧走几步，主动同团总打招呼："这不是北区的赵团总嘛，什么要紧事，惊动您老人家亲自上炉山啦！"

赵团总见是栓栓，"哦"了一声，冷冷地问道："你们也下山吗？"

"是啊，这不是农闲嘛，贩些瓷器赚点钱，再采买些货物用。"栓栓嘻嘻哈哈地回应道。

赵团总是认识靳栓栓的，当然也是看在袁大头份上才认识的。

这半年来，为了同各方处理好关系，韩锡隆早早就安排栓栓，带上大洋打点了北区民团，赵团总没少捞好处。北区民团虽说不隶属铜官县，但这个民团却扼守着炉山区通往华阳县的咽喉，制瓷人一般都是通过运瓷小道将瓷器贩运到池阳一带的。所以，炉山区的人少不了同华阳北区民团打交道。

虽然栓栓上前同赵团总打着哈哈，想转移赵团总的视线，但赵团总也不是一个窝囊废，他的眼睛一遍一遍地巡视着跟随栓栓的每一个人，目光最终还是停留在了灰头土脸的高云汉身上。

气氛顿时紧张了起来。

"啪、啪"，正当赵团总准备开口盘问高云汉的时候，立地寨北山传来两声清脆的枪响。

赵团总闻声抬头向山上张望，靳栓栓借机凑到赵团总面前，口气急迫地问道："赵团总，枪声好像是我们立地寨方向传来的，到底出什么事啦？"

赵团总听到枪响，心里也是一惊，暗想：难道"共匪"还在山上？遂扯着嗓子招呼盘查站的所有团丁："都跟老子上山，放走了'共匪'高云汉，老子要你们好看。"

望着赵团总臃肿的背影，靳栓栓和高云汉提到嗓子眼的心终于放了下来，几个人长长地出了一口气，轻松地互相看了一眼，推起独轮车，轻快地向山下走去。

二

赵团总带着团丁冲进立地寨后，咋咋呼呼地喝道："哪里打枪？哪里打枪？"

一名立地寨的乡民背着枪跑过来说道："北山上放哨的兄弟好像看

到一个可疑的人，就在山上放了两枪。"说着，指着山上一名持枪的兄弟给赵团总看。

赵团总大喊道："哎，山上的兄弟，看见什么啦？"

"好像有一个穿着灰布长衫的年轻人顺小路跑到后山去了，我就放了两枪。只是太远了，没打中。"山上的人回应道。

赵团总一听，此人应该是"共匪"高云汉吧，瞬间来了精神，挥动着驳壳枪大叫道："弟兄们，都给老子往山上冲，抓住高云汉，老子重重有赏啊！"说着，带头向北山冲去。

听到赵团总的声音渐渐远去，韩锡隆踱着方步走出了立地寨前厅，眯着眼睛，望着赵团总等人的背影，一脸的不屑。

赵团总等人爬上北山顶后，呼哧呼哧喘着粗气，上气不接下气地问道："哎，放哨的，人在哪呢？"

"穿长衫的人一直顺着沟对面的小路跑，不在立地寨的地盘上，我放了两枪，人没有停，估计已经跑到东河川了。"立地寨的兄弟回答道。

赵团总骂了几句脏话，说道："害老子白跑一趟，可把老子累坏了。"说着，转身想坐在地上歇一歇。

"啪"，韩锡隆在立地寨的院子里，手持长枪，瞄准山上的团丁，冷不防打来一枪，团丁头上戴着的大檐帽应声就飞了出去，吓得这名团丁手脚直打哆嗦，端着枪竟然不知所措。

赵团总没抓到高云汉本来就火大，又看到韩锡隆竟敢在院子里朝他们放枪，更是来气，在山上大喊道："韩锡隆，老子手里也有枪，别想着耍二杆子老子就怕你！"

韩锡隆依然冷冷地看着赵团总，也不说话，抬手又是一枪，赵团总的大檐帽"嗖"的一声，也飞了出去。

赵团总眼睛瞪得通红，喊道："韩锡隆，你疯啦！"

韩锡隆冲着赵团总招了招手，示意他们下山。赵团总心里也是憋气，边往山寨里走边喊："等着，等老子下来收拾你！"

赵团总下到寨子里之后，韩锡隆把枪扔给了一名乡民，向赵团总拱了拱手，说道："赵团总，请，咱们俩在前厅详谈，其他弟兄们就不要进来了。"说着，拉起赵团总的手，并排进了前厅，喊来李绮兰："绮兰，见过赵团总。"

绮兰很客气地向赵团总打了声招呼，韩锡隆又向绮兰安排："去，取些大洋出来，赵团总是贵人，不轻易来，既然来了，也是咱们的荣幸，不能让赵团总白来啊。"

赵团总一脸的诧异，说道："韩锡隆，怎么说老哥我也比你大十多岁，你这一会阴一会阳的，唱的哪一出啊？莫不是高云汉躲到了你这儿，你想给他求情？"

韩锡隆这么多年依然不苟言笑，听了赵团总的质问，口气却是和缓了许多，说道："你说的高云汉我从来没见过。我来炉山区的时间短，听都没听过这个人。只是，刚才你进来时说是抓'共匪'，在这件事上老哥你能不能听兄弟一句劝。"说完，他眼神平静地看着赵团总。

赵团总"哦"了一声说道："有'共匪'当然是要坚决剿灭啦，难道等他们坐大成势吗？"

"民团民团，根子还是农民，现在拿起枪杆子了，任务也只是保护族人和四邻八乡的百姓。至于'剿共'，那是国军的事情。"韩锡隆说道。

赵团总不以为然，说道："县府给我们配发的又不是烧火棍，我们既要剿土匪，维持地方安宁，也要剿'共匪'，替县府分忧嘛。"

韩锡隆说道："理倒是这个理，只是听说共产党在南方闹得很凶啊，要是有一天共产党占了上风，赵团总你该怎么办？"

韩锡隆说的，赵团总不是没想过，真要到了那么一天，那他岂不是完蛋啦。他暗暗下过决心，到那时最多引颈就戮，谁让自己吃上这碗饭了呢！

韩锡隆看到赵团总不吭气，知道自己的话起了作用。接着说道："共产党也不是一个人的共产党，而是一大群人。我原来在冯司令驻地时，冯司令也不惹这些人，睁一只眼闭一只眼，能过得去就行。共产党、国民党，斗来斗去，终归都是党争，按冯司令的意思，他不想介入党争，更何况赵团总啊。"

赵团总听韩锡隆说完，脑子里猛地一震，再也无法安坐，"刷"得一下站起来，来回踱着方步，反复思索韩锡隆刚才的话。

是啊，万一共产党打过来可咋办呀？冯司令是何等的聪明，他掌管着渭北八县的武装尚且不主动招惹共产党，何况他区区一个县属的北区团总呢。算啦，为了抓高云汉，家也搜了，设卡拦了，带兵追了，他算是尽力了。以后，凡涉及"剿共"的事，还是装聋作哑、稀里糊涂处之，给自己留条后路吧！

想到这些，赵团总两手整了整武装带，说道："谢谢韩兄弟提醒，老哥这就回去了。唉，以后再遇到这类事情，只能明剿暗放，两头落好了。"说完，连连苦笑。

此时，高云汉在靳栓栓的护送下，已经安全地走到炉山脚下。他回头望着连绵不绝的炉山，心里五味杂陈。

二伯、父母渐渐年迈，家族里就供出他一个读书人，叔伯兄弟是对他寄予厚望的。本来他也想继承祖业、光耀门楣，无奈国家多难，外有日本侵占东三省，觊觎华夏万里河山；内有反动派肃清围剿，大搞独裁统治。形势如此紧迫，他绝不能置身事外，要坚决地投身革命洪流。

"苟利国家以生死，岂因祸福避趋之"，等到胜利之后，再回来掌管家业，侍奉双亲吧。想着想着，心里一阵酸楚。他猛吸了一下鼻子，回头向栓栓说道："走吧。"

大家被高云汉的悲情所感染，本来一群有说有笑的年轻人突然间都沉默了起来。

靳栓栓为了打破这种压抑的气氛，指着对面山上说道："云汉哥，绮兰嫂子的娘家就在对面山上，她哥在前几个月被县政府委任了团总，是个性情直率的人，你去他那里待上一段时间咋样？"

高云汉渐渐从对家乡亲人眷恋惆怅的情绪中走了出来，朗声问道："对面山上就是韩大哥提及的'三木帮'吗？"

"是啊，以前是叫'三木帮'，现在改成铜官西区民团了。"靳栓栓回答道。

"好，去看看吧。"高云汉爽快地说道。

他心想，那就趁这个机会上山，去做"三木帮"的工作，争取这些穷苦人能为我党所用。走到哪里就把工作做到哪里，发动群众闹革命也是他的一个重要任务，这样的好机会又怎么能错过呢？

和靳栓栓在岔路口分手后，高云汉只身一人，大踏步走向"三木帮"。

一个时辰之后，高大的寨墙映入了他的眼帘。

寨子门前的空地上，杂草不生、干净整洁。门洞的上首位置，高挂着一条巨大的木质牌匾，牌匾上竖刻着七个描金大字——"铜官县西区民团"。因为才接受了县政府的委任，牌匾上系着的红绸被面依然鲜艳夺目。

"这位大哥，找谁啊？"寨墙上方守卫的团丁问道。

高云汉仰头回答道："立地寨来的，找李团总。"

寨门吱吱呀呀打开后，团丁将高云汉引进了客厅。

李大山上下不停地打量着高云汉，怎么看都觉得眼前这个年轻人不像是立地寨的一个庄稼人，问道："立地寨我去过，这位兄弟不像是个庄稼人啊！这次来我们西区民团，有事吗？"

高云汉很大方地坐在杂木方椅上，喝了一口茶，缓缓说道："我是不住在立地寨，但是住在炉山区上，前几天去立地寨看望了韩大哥和绮兰嫂子，听大家伙儿说，李大哥把塬上的几个村子经营得不错，所以想来看看。"

李大山"哈哈"地笑了，说道："塬上的人家衣食还算富足，这主要是大家伙齐心协力的结果，我的功劳没有多大。"他边说边摆手。

高云汉说道："李大哥太谦虚了，庄户人家是散漫的，只有把大家组织起来，作用才能发挥到最大。"

李大山打断了他的恭维，继续问道："扯远了，高兄弟瘦瘦弱弱的身板，让人觉着不像是挥镐弄锄的庄稼人，你还没说干啥来的啊？"

高云汉心里思量，看这阵势，瞒肯定是瞒不住了。索性就把韩锡隆如何搭救自己的过程简单地陈述了一遍，并说明了自己的身份。

李大山听完后，吃惊不小。

几个月前，县政府的人走的时候特别提醒他们西区民团，要严防"共匪"的渗透。他当时不以为然，认为塬上天高皇帝远的，怎么会来共产党呢。还信心满满地向县政府打了包票：来一个抓一个，来一群灭一群。

眼前这个小伙子挑明了自己的身份，此人看上去一身正气、儒雅坚定，这个"共匪"怎么也不像县政府所说的吃人肉喝人血的红毛鬼啊。

加之，高云汉又是妹子和妹夫介绍过来的，怎么好三五句话就打发走呢。

思来想去，李大山说道："高先生，要是不嫌我们这地方小，就在塬上常住下来，也不用干农活，就教塬上的弟兄们读书识字吧。"

面对李大山真诚的挽留，高云汉想，这个西区民团有这样直爽透亮的领头人，带出的队伍肯定也不错，应该值得争取。

他想想，不如趁这个时机住下来，利用识字班的机会，多宣传土地革命政策，尽量使这支队伍能为我党所用，把革命的火种播种到下去。现在路上盘查得很紧，上路也不方便，同渭北同志见面的时间只能往后推了。

所以他爽快地应承下来。

三

秋雨，一场接一场的秋雨。

俗话说，一场秋雨一场凉，季节在不知不觉中由深秋转到了初冬。

依然是一身布衣打扮的高云汉撑着一把油纸伞，孑然而立，站在三木帮的寨墙上。仰望着灰蒙蒙的天空，除了雨点打落在油纸伞上发出"噼噼啪啪"的声响外，整个塬上一片沉寂。

这样彤云密布的天气犹如眼下的时局，使他产生了深深的思索，越是黑暗的地方，越是需要光明的到来。

革命者注定是孤独的。自从举起拳头宣读入党誓词的那一刻起，"严守党的秘密"作为党员的一个基本信条，已经深深地镌刻在他的灵魂深处。无论走到哪里，他必须得承受起这份固有的孤独。即便是发动群众，也要反复甄别、潜移默化，待时机成熟时才能悄悄传播党的主张。

多数时间，他会帮着乡民们除草拉粪干农活。他认为，寓马列信仰于平凡生活，把传播真理同农民渴求光明结合起来，才是积极的、负责任的。

但是，他又感受不到孤独。革命者永远不是一个人在孤军奋战，这是一个庞大坚韧的群体，散落于社会的各个层面，他们每个人都在动员着生活困顿潦倒的劳苦大众，动员着对这个吃人社会无比愤慨却又无力回天的底层民众起来反抗。

他时常在想，信仰和主义，只有扎根在最低的社会层面，成长在社会的普通阶层，才能产生强烈的、广泛的、深刻的影响。烛光再小，一盏，足以照亮整间房屋；土地再硬，种子，也终会随着时令破土而出。

不知从何时起，山谷中悄然升腾起了淡淡的雾霭，不远处的山林间雾气显得更大。这些雾霭，一团一团飘忽在树丛中，像是天上的白云片片坠落，像是点着的柴草冒出的股股白烟。远方的山，隐去了，眼前的路，也隐去了，一垄一垄的麦田变得模糊。

可是，这又能如何呢？看不清远方，那就努力睁大眼睛仔细辨析，脚下更要稳健前行了，轻率冒进，是要吃大亏的。

雾虽大，志弥坚。

"高先生！高先生！"院子里，陈国武喊道。

"哦。"高云汉从思绪中转回来，抬了抬手，冲着国武打招呼。

"高先生,寨墙上风大雨急,还是回屋吧。"国武关切地说道。

这时,他才发觉自己的鞋早就被雨水打湿了,站得时间太长了,脚底板有些发麻。他活动了活动身躯,走下了台阶。

当高云汉正准备抬腿下寨墙时,突然瞥见南塬方向三四里外,一个人影跟跟跄跄地奔了过来,手里似乎还拄着一杆枪。正准备仔细看时,人影摇晃了几下,栽倒在地上。

难道会是自己人吗?他心里嘀咕着,紧走几步,嘴里招呼着国武:"我刚看见南塬上有人晕倒了,这雨下得这么大,咱们去看看。"

国武"嗯"了一声,转身从马厩牵出两匹马来,高云汉也顾不上打伞,两人翻身上马,向南塬奔去。

自从西区民团组建以来,陈国武实质上从事着训练、巡防、筹措粮饷、开会、剿匪等县政府安排的各项事务。当然,最重要的任务还是"剿共"。自从高云汉上塬以来,在"剿共"这个问题上,国武完全听从他的意见,看似声势浩大实则虚与委蛇。这两个多月以来,国武无疑成为和高云汉最有共鸣的一个人。

这一切,李大山是看在眼里的,但为了多条退路,他只能视若不见。生逢乱世,有参与革命斗争奉献热血的,也有明哲保身作壁上观的。而他和韩锡隆一样,不愿意搅到党争里去,他的愿望很朴素现实,把三村一寨经营好就行了。

黑乎乎的脸庞,血肉模糊的大腿和肩膀,一身破旧的粗布衣衫裹着一坨一坨的黄泥,两只破布鞋软嗒嗒地散落在草丛中,一杆破枪却死死地攥在伤者手中,这正是出身"农协"的游击队员所特有的装束。

国武先跳下马,将伤者翻了过来,摸了摸伤者的气息,冲着云汉说道:"高先生,这人伤得太重,可能不行了。"

高云汉下马之后，蹲在一旁，仔细地端详着伤者，他惊奇地发现，这正是他要去池阳接头的战友刘大有。

"大有！大有！"云汉摇晃着伤者的肩膀，不停地大声呼唤着。

许久，刘大有睁开眼睛，恍恍惚惚地看着灰蒙蒙的天空，视线落在了高云汉脸上，有气无力地说道："云汉兄，池阳就别去了，全完了，完了。去、去频阳的临时接头点吧。"

高云汉没有接刘大有的话，而是紧搂着他，不停地追问："几百人的队伍，几万人的根据地，为什么？为什么？"

刘大有的喉咙不停地蠕动着，断断续续地说道："别去了、别去了！"声音渐渐微弱了下去。

刘大有已经牺牲了，云汉却不忍心放手，在他心里，有多少谜团需要解开啊，但又有谁能给他说清呢？这时，又一阵秋雨袭来，冰冷的雨水打在他的脸上，他的眼睛逐渐模糊，分不清是泪水还是雨水。

国武拿来了草席、铁锹和撅头，两人谁也不说话，闷着头干了起来。

就地掩埋了战友之后，高云汉喃喃地说道："大有的家在频阳，生不能还乡，只能远望家乡了。"

俩人黯然地回到三木帮不久，高云汉就病倒了，许是受凉，许是心病，他自己也说不清楚。

他在热炕上躺了半个月，也想了半个月。

革命，哪有不死人的道理呢？他在入党时，也是随时准备牺牲的。毕竟，他们追求的，是数千年以来破天荒的事业，他们要打破的，正是这些反动军阀和土豪劣绅所顽固维护的私欲。你要组织劳苦大众平分这些人的私产，进而夺取反动军阀的权力，这些人肯定得跟你玩命抵抗啊。他们玩命，穷人也得玩命，这就有了斗争，这种斗争是你死我活的，不是坐下来谈谈就能平息了事的。斗争，就意味着牺牲。云汉没怕过，他要是怕，早就回家乡当少掌柜了；这些穷苦人更没怕过，本来已经一无所有了，还有什么好怕的呢？

多少年了，他看着战友一个个倒下，也看着更多的战友面对同志的鲜血和尸体顽强前行。退缩，是弱者身上的标志，强者身上只有前进。回头或者停滞，不属于真正的革命者。

年初，他回到省城的这段时间，明显感觉到了省内的各方军阀势力互相倾轧，这是党的事业发展的好兆头啊。想到这些，他的内心豁然开朗，病也好去了大半。他暗暗思量：是到了离开的时候了。

下了炕，高云汉仔仔细细剃干净了胡须，打算去跟李大山道别。进客厅后，对李大山说道："李大哥，过几天我想去趟频阳，然后去省城。"

"这场秋雨之后，大冷天跟着就来了，地也上冻了，等不到开春吗？"李大山挽留道。

"是啊，你看这天气，高先生，缓缓再走吧。"国武说道。

"在咱们山上能待上两三个月我已经很知足了，寨子里的兄弟们对我也很好。只是，我还有很多事情要处理，不能一味地在山上享清福啊。"云汉轻松诙谐地说道。

"云汉兄弟，这几个月来你不光教会了弟兄们识字、算账，更重要的是教会了大家礼仪尊重和家国情怀，和以前生冷蹭倔的山里娃真是天差地别，哥哥我舍不得啊。"李大山略带遗憾地说道。

"作为普通的山里人，能知道这些也就够了，等到我手头的事都处理好了，我一定回来，和大家一块读书、干农活。只是，现在还不行。人，不能只为自己活着啊。"高云汉意味深长地说道。

"好吧,既然云汉兄弟去意已决,国武,"李大山吩咐道,"到马厩里挑一匹健壮乖巧的马儿,好让云汉兄弟快快赶路。再到账上支取一百块大洋,作为云汉兄弟这几个月教书识字的酬劳。"国武"哎"了一声,转头出去准备。

高云汉心想,骑着高头大马去频阳,实在是太扎眼,要是被省党部的特务们盯上,麻烦可就大了。连忙说道:"李大哥,马儿就不骑了,我习惯了一个人赶路。塬上这么多村子,穷苦人家也不少,他们更需要帮助,钱,我也不能拿。"

李大山看到高云汉态度坚决,就不再勉强,岔开话题说道:"你嫂子正在给你准备过冬的棉衣和棉鞋呢,这两天就能做好,等做好后你再动身吧。"

当高云汉形单影只地离开三木帮时,天空中,零零星星地飘起了雪花。

他顺着南塬的小路小心前行,不时抬头仰望着彤云密布的天空,灰黑色的云块一大片一大片的,布满了整个天空,密密实实地压在头顶上方。北山的山坳里,一股接一股的大风肆无忌惮地吹过来,因被崖边的枯树阻挡而发出瘆人的哀嚎。此时,整个南塬已经被漫天的大雪覆盖,他只有走走停停,凭借着一层低于一层的黄土崖做参照,仔细辨别着南下的路。

不过,他的内心却是轻松的,这么大的雪,沿途关卡应该是撤了,那些养尊处优的团丁怎么会守候在狂风大雪天呢。这些人也绝对想不到,正是有这冰天雪地的庇护,他们想要抓捕了几个月的"共匪",就这么轻易地离开了。

就这样,高云汉步履艰难却坚定有力地继续前行。大半天的时间,才走出了二十多里地。

天空变得更加灰暗了,眼见天就快黑下来,得找个地方歇歇脚,养足精神明天好赶路。于是,他四处张望,看能不能找到一户人家。

沟的对面有一片村庄,只是山大沟深,距离太远了。再往路东面的背风处张望,片片炊烟升腾在半空中,像是有人家,他搓了搓干冷的双手走了过去。

这是在向阳且背风的农田边搭起的一个小窝棚,房顶铺着北方农村常见的麦秸,顶上压了几块不大的石头瓦片,围墙是裹着黄泥巴的荆条,被风一吹,吱吱作响,泡桐做的薄门板简单地固定在手腕粗的木棒上,松松垮垮的斜掩着。

"有人吗?"高云汉拍着门板问道。

一股风贴着地皮吹了过来,卷起了地上散落的雪花,半空中扬起了白色的雪沫。

第 十 章

一

薄门板打开了，门里面站着同高云汉年纪相仿的一个小伙子，一边盯着他看，一边嘟囔着："这么大的雪，怎么还有人到这荒山沟里来啊。"

"小兄弟，我是赶路的，雪太大了，眼看着天快黑了，到你这歇一晚上，明天就走。"高云汉说着，往里面瞄了一眼，门里的右手边是用几块土坯围起的一个小火坑，火坑里，横七竖八的粗木棒烧得通红，许是他冻得时间太久了，站到门口，立马就感到一股热气扑面而来。

"进来吧，我还以为是王大善人派人来送钱来呢。"小伙子像是对高云汉说，又像是自言自语。

"哦？"高云汉脸上带有诧异的表情，脱下身上的棉衣，边在火上烤着边问道："咱们这儿有大善人吗？"

"有啊，南面河川里的王大善人嘛，整个华阳县城的人都知道。"小伙子答道，接着又问道："怎么，你不是当地人吗？"

"不是，我来走亲戚的，路过这里。不过，我从来不相信有什么救世主、大善人的。"云汉说道。

小伙子看着高云汉脸上狐疑的表情，就如数家珍的讲述起王大善人救济穷苦人的种种事迹。

等小伙子说完后，高云汉问道："那他这半个河川的土地田产都是怎么来的？难道就没有巧取豪夺、逼死人命的事吗？"

小伙子的神情黯然了下来。是啊，王家之所以叫王半川，就是因为他们家世代勾结官匪，欺压周围乡邻，趁着接连二三的大小年馑，逼迫乡民贱卖耕地，逼得许多人都背井离乡杳无音信。有些气性大的乡民，上门理论，被王家豢养的狗腿子打死打残的也不在少数。

"可是，整个半边河川已经是王家的农田了，作为平头百姓又能说什么呢？王家能让我耕种这二三十亩水田就已经不错了，至少一家老小杂粮窝头还能吃饱啊。"小伙子说道。

"这么说你是佃户喽。"高云汉道。

"我不知道什么是佃户，家里的地都在旱塬上，一年到头没有多少收成，就跑到这儿租种王家的土地。"小伙子说道。

高云汉"哦"了一声，又问道："那你家住哪？怎么称呼你？"

小伙子说道："我叫董忠盈，你就叫我盈吧，"接着问道，"你呢？"

"你就叫我高大哥吧，"高云汉说道，"你名字起得好，有盈余圆满的意思，那就希望你能年年丰收吧。"

说完这话，看看四周破破烂烂的家当，两人不由自主地笑了起来。这样的生活怎么能和丰收沾上边呢？

火堆里的柴草一闪一闪，火苗忽高忽低，一股烤熟了的洋芋那种焦煳香面的味道从火坑旁边的土堆里发散了出来，直往两人鼻孔里钻。

盈麻利地捡起一根细木棍，在火堆旁边的细土里扒拉了扒拉，几个已经烤熟的洋芋骨碌碌滚了出来，有些地方已经烤焦，混合着黄土，像一个个小黑球。

盈拿起一个，吹了吹上面的细土，伸手递给了高云汉，自己也拿起一个。

两人左手倒右手地拿着，边抠着洋芋上的黑皮，边小口地吃着。吃完一个，盈又递过来一个，两人互相看了一眼，都被对方黑乎乎的嘴逗乐了。

云汉有一搭没一搭地问道："你租王家的耕地，租子是多少？"

"每亩地能到小麦产量的五成左右吧。"盈说道。

"那也不少啊。"云汉说道。

"是不少，如果单靠种麦子，除去交完租，肯定不够一大家子人吃饭的，不过可以兼种杂粮，玉米啦、洋芋啦，总的算下来，还行吧。"盈说道。

"遇到灾年，减产或颗粒无收怎么办？"高云汉又问道。

"那就只能靠给主家干其他的活还账了。"盈无奈地说道。

"照你这么说，王家给你们定的是'铁板租'了，遇到灾年是不减的。"高云汉说道。

盈说道："我也不知道什么叫'铁板租'，反正租子是说好的。"

高云汉又问道："你刚才说王家要给你送钱来？"

"是啊，今年大部分地方都遭了水灾，我种的这一片耕地还好，丰收了，所以交完租子后，王家把多余的麦子也买走了，只是定的价太低了，还拖了好几个月没给钱，让我等到腊月头上。要不然，大冬天的，谁会待在这鬼地方。"盈说道。

"为什么地是王家的？为什么你只能租种？你辛苦一年，混着杂粮最多只能吃饱，而王家不用干活，却每天大米白面、大鱼大肉，这些你想过没？"高云汉问道。

"自己挣不来钱么，买不来河川里的好地么。"盈说道。

"那你想过没有,要是有一天,你种的这些地归你了,打出来的粮食都是你自己的,也不用交租子。"云汉的话还没有说完,盈抢着说道:"想得美,几千年来都是种地交租子,还想把人家的地占过来,唉,穷人,认命吧。"

高云汉深深地叹了一口气,心想,作为一个普通的庄稼人,大多数人都把这样的生活归结为"命",认为自己天生不是富贵命,是劳劳碌碌的穷苦命。他们从来没有想到过平等这个概念,更不知道什么是剥削。中山先生也效仿古代农民起义者提出"平均地权""耕者有其田",但是,毕竟是资产阶级运动,它们所依靠的力量归根到底还是资本家和地主,怎么可能实现普通民众的愿望呢?建立资产阶级政权后,地主还是地主、佃户还是佃户,起初响亮的口号,最终还不是流于形式吗?国民政府出台的那些修修补补的政策,不过是在地主和佃户之间找一个平衡点罢了。

第二天一大早,高云汉告别了董忠盈,背着包袱继续赶路。

盈从柴门外顺手捡起了一根木棍,比画了比画,当拐杖拄正合适,随手递给了他。

临近中午时分,高云汉已经站在了昔日池阳根据地的最高处。

放眼看去,满目疮痍。昔日红红火火的根据地变得悄无声息,就连此前渭北民团先后六次围剿的痕迹,也被这场大雪所掩盖。多么洁白的大雪啊,有谁还能看到烈士的鲜血就覆盖在这白雪下面吗?

高云汉的视线由东到西、由近及远,一遍一遍扫视着,就近几个村庄,零星裸露着几处黑乎乎的院落,在皑皑白雪的衬托下格外注目。

这些院落,都是昔日战友们的家。根据地被围剿后,反动民团很不甘心,放火烧掉了院落,恶狠狠地叫嚣着斩草除根。黑洞洞的窗户,像是对反动民团的无声控诉。那些残垣断壁在不断地撞击着高云汉的内心，使他心里憋着一股气，发不出来，也消散不去。

高云汉深深地吸了一口塬上的冷空气，依稀能闻到空气中夹杂着的血腥和硝烟。

"难道就这么完了？不可能、不可能！"他自言自语着。

傍晚时分，高云汉离开了池阳，他爬过漫长的土坡，穿过高大的西门，来到了频阳县城。巍峨的武庙就矗立在左前方，武庙的东边，就是专做凤凰镇琼锅糖的阁老楼了。阁老楼，是渭北的另一处地下联络站。

一阵寒风顺着城门洞子吹了进来，高云汉不由自主地裹紧了身上的棉袄。

是直接进去对暗号还是再观察观察？他心里犹豫起来。整个根据地经过反动派的轮番围剿，这个联络站暴露了没有？他不确定。如果贸然走进去，万一出了岔子，怎么办？总之，不能在阁老楼前瞎转悠了，否则，会引起周围人的注意。

他看了看前方，一家面馆门前的旗幡迎着风扑啦啦作响，这时，他才感觉到有点饿了。

正当他快步走向面馆的时候，旁边巷子里闪过一个黑影，一把抓住他，将他连拉带拽地悄悄扯进巷子。

他本能地挣扎着，对方小声说道："云汉兄，到巷子里再说。"

借着依稀的光线，高云汉这才看清楚黑影里的人正是自己的好兄弟鸿儒同志。

两个人都没想到会在这个时候碰到一起，两双粗大的手相互紧紧地握着，眼睛里饱含着泪水，两人紧咬嘴唇，生怕激动地大喊出来。

"鸿儒兄弟，你怎么也来这儿啦？"高云汉问道。

"我们在根据地搞了一场声势浩大的活动,没想到,引起了反动派的注意,根据地丢了。南河党委得到消息后,决定派人来频阳开会,商量下一步怎么办。我所在的队伍被打散之后,就回到家乡负责寻找失散的同志,正巧碰到红光同志从党委机关赶过来,所以我就和他一块来频阳了。他们正在里面开会,我专门在这里放哨,西门外、东街里,都有咱们的同志。"鸿儒同志说道。

"红光同志在里面吗?"高云汉问道。

"在里面呢。"鸿儒同志说道。

"太好了,越是困难的时候越迫切地需要组织啊,组织就是我们的主心骨,有组织就有方向啊。"高云汉兴奋地说道。

此后,两人谁也不说话,瞪大眼睛紧盯着街道的各个路口。

寒风一阵一阵地刮过,街道上偶尔会有行人经过,一个个冻得缩着头,紧裹着身上的棉衣,行色匆匆。这是一个平常得不能再平常的夜晚,没有人会意识到阁老楼后院里隐藏的秘密。

不知不觉中,东方泛起了一丝白光,不远处农家院落里的公鸡开始叫了,一连串的打鸣声此起彼伏,预示着新的一天的到来。

不多时,一阵阵白烟在各家的烟囱里冒了出来,冉冉升腾,整个频阳县城笼罩在白雾当中。沿街的商铺陆陆续续打开了店门,掌柜的和伙计们一块儿拿着脸盆、笤帚洒扫街道,一切如常。

高云汉和鸿儒同志揉了揉发困的眼眶,心里微微地松了口气,总算平安度过了这个夜晚。

阁老楼的店门也打开了,里面的人微微向两人的方向招了招手,两人立即来了精神,四下看看没人注意,大踏步地走进了阁老楼。

他俩通过店铺的后门走进了后院,这时,开会的人已经散去,南河党委的特派员红光同志却没有离开。当他看见鸿儒同志领着云汉同志一起进来时,一双大手紧紧地同云汉的手握在一起。

红光同志说道:"目前的形势艰险异常啊,能有这么多同志不顾个人危险,不约而同地来到这里,我想,在大家的共同努力下,重建根据地一定能成功的。"

在丢失渭北根据地这么重大的事件面前,沉重的气氛始终压在三个人的心头,没有寒暄和客套,彼此见面的欢欣鼓舞也只能深深藏在内心。

高云汉主动说道:"红光同志,多一个人就多一份力量,请给我安排任务吧。"

红光同志在屋内不停地踱着步,时而停下来,时而摇摇头。这是他多年养成的习惯了,每做一个决定,都必须经过深思熟虑。任何一个贸然决定,都可能会造变成一个灾难。

沉思良久后,他冲着高云汉说道:"云汉同志,根据地被渭北民团攻陷后,省上派了一个骑兵团驻守池阳,以巩固'剿匪'成果。目前能确定的是,团长的侄子是咱们的人,叫王改民,你去池阳的骑兵团同他会合,伺机策反骑兵团。"

二

腊月的池阳,寒风刺骨。

一身教书匠打扮的高云汉端坐在骑兵团团部外边的小饭馆,这已经是他来池阳的第二天了,怎么才能等到王改民,怎么才能顺利地同他接上头呢？没有其他办法，他只能耐心等待。

这两天以来，每天都有小队的骑兵从饭馆门前经过，他都会不经意地翻动大字版线装《弟子规》。然而，这一队队骑兵匆匆而过，并没有人留意他。

直到晚饭时分，团部的大门口里，慢慢悠悠地走出一名年轻的军官，这名军官像是闲逛一般，不慌不忙地点了一根烟，朝饭馆的方向走来。

到底是特务还是自己人，高云汉并不清楚，他现在能做的就是保持耐心和镇定。

向他走来的人正是要接头的王改民。

王改民不露声色地向四周望了望，轻轻地呼了一口气，悠闲地坐到了高云汉对面。他要了一碗面，有一搭没一搭，试探地问着高云汉。

两人边搭话，边警觉地看着周围，直到完全确认并相信了对方之后，才互报了名字。

高云汉简单向王改民说了这次的意图，并低声问道："能想办法让我进骑兵团吗？"

"能，骑兵团一直在扩充，这个简单。"王改民毕竟是团长的族侄，有这个便利条件，所以爽快地答道。

隆冬的阳光温暖地照耀在房前、屋后、树下、路边，这，是一个没有寒风的早晨。

一身上尉装束的高云汉和同样是一身上尉装束的王改民，一前一后来到城隍庙的门前，两人仰望着照壁和旗杆，像是在关注这座县城里的古迹。

高云汉说道："按照南河党委的指示，近期将恢复重建渭北根据地，骑兵团驻扎池阳多有不便,能不能给团长建议移防华阳,名义上是追击'共匪',实际上是撤出池阳,为地方游击队腾出空间。"

王改民说道:"这两天团长也有移防华阳的打算,下午我再去给团长做工作,争取尽早动身。"

当王改民站在团长的办公室,一口气向团长说完移防华阳的好处后,宽大的办公桌后面,王团长停下手中的笔,起身面向窗外,遥望着远方。

要是一般的下属,是不会直接给他王团长提出进逼围剿、步步为营这个作战思路的。对于绥靖公署而言,骑兵团移防到华阳,也是能说得过去的,绥靖公署实际控制的地盘随之扩大了嘛。但他心里更清楚,这样做,更有利于根据地的恢复重建,也有利于他远远地躲在渭北山区,脱离省城宋书记长的监视。从他内心而言,他多么想早一天找到党组织啊,拉起这支队伍,同渭北的同志们一道并肩战斗。

移防华阳,也是他最真切的想法。

他拧过头,看着沙发上方自己亲手写下的一首七言绝句:

大河南北红云起,

关陇烽火亦可期。

寄语欲得升平者,

吾人昭苏在此役。

嘿嘿,真痛快啊。

可是,自从三年前被俘后,他就同党组织失去了联系。按时间算,他这就叫脱离党组织,那他现在还是一名党员吗?移防到华阳以后,得尽快联系上组织,要让组织尽快确认自己身份,其他的一切就好办啦。

然而,令他疑惑不解的是,这些思路他从来没有向任何人提起过,他族侄王改民怎么能一语中的，他到底是哪边的人？这又是摆在他面前的新问题，如果是省党部的人，那就有点麻烦，万一是我党的人呢？得找个机会试试。

在他反复权衡的这段时间，王改民一直默默地站在原地。王团长心想：这个鬼灵精，是在试探我的反应？他大手一挥，连他侄子看都不看一眼，严厉地说道："整体战略的事你一个小孩子瞎操什么心？干好你自己的事！"

王改民两脚一磕，打了个敬礼，退出了团长办公室。

旬日不到，绥靖公署同意骑兵团移防华阳，并命令骑兵团要火速进华阳北山"剿共"。

王团长传来王改民，命令他带领一个排的骑兵，先行进北山打探军情。之所以让王改民带队，是想看看他这个族侄到底会不会铁了心为省党部卖命。这也是王团长试探性的一招棋。

王改民答应得挺痛快，却领着队伍在北山各乡的民团驻地转悠，整日吃喝闲聊。直到过了半个月，他才带着这一排骑兵打着酒嗝回到华阳县城。

王改民回来后并未向王团长汇报"匪情"，而是将北山四周几个民团的情况作出了详细的汇报。哪个乡有几支民团、多少条枪、枪械的种类、团丁的年龄和出身，等等，甚至对每个民团的战斗力也做了评价。

经过这么一试探，王团长恍然大悟，自己找了两年多的党组织，原来早已安排人潜伏在自己的队伍里，竟然还是自己的族侄。同时，从各乡民团的分布情况和战斗力看，北山的游击队有着很大的辗转腾挪空间，这正是他想看到的。

到底是尽快让族侄出去联系党组织还是再等等看呢？眼下，虽说已经到了初春,但依然天寒地冻,要是贸然把队伍拉出去,改旗易帜,粮饷补给都成问题。况且,他手上的这五个连当中,有没有直接受宋书记长指挥的特务分子呢?

此时,他又想起了当年他组织的"麟游学兵营起义"。那次起义之所以很快失败,就是因为准备得不充分,许多现实困难没有考虑到。唉,白白牺牲了那么多同志啊!绝不能再重蹈覆辙了!倒不如趁着冬天,整训队伍、严明军纪,把全团的人心收拢起来,然后再伺机找到党组织,按组织的指示进行下一步行动最为妥当。

这时,副官进来报告:"王改民出了团长办公室后,高云汉已经在营房门口等着他,两人各牵了一匹马奔西边去了。"

王团长摆了摆手,示意副官退下。他欣慰地想:骑兵团刚开出池阳,党组织就恢复重建根据地。王改民这小子,心眼倒是不少,刚给我汇报完,就紧赶着出去向组织汇报了。

王团长把这一切看在眼里,心情也平静了下来。当务之急是要多搞些枪炮弹药。

春末夏初,阳光明媚。

渭北的天空经过几场春雨的滋润,更显得瓦蓝洁净。

王团长一行从省城回来了,一辆接一辆的马车上,拉着绥靖公署调拨的枪支弹药,足足摆满了整个院子。更让人惊喜的是,还拉回来了几门迫击炮呢,这可是好东西啊。

院子里围满了各级军官,大家手忙脚乱地帮忙卸东西,不时兴奋地议论着。

王团长回来后却是喜忧参半。喜的是,枪炮弹药充足,更有利于起义了;忧的是,绥靖公署向他透露,打算让骑兵团再次换防。

如果骑兵团从华阳县城离开了,那他什么时候才能和党组织接上头啊。而且,他还听说,省党部想让孙苍狼团接管华阳。这个孙苍狼,是一个极端的反共分子,如果让他来华阳"剿共",斗争将更加残酷和艰难,后果不堪设想啊。

这几个月以来,他之所以迟迟不动的原因,主要是经过反复摸底,骑兵团里倾向革命的士兵少之又少,如果贸然宣布起义,短时间内他也没办法把这一千多号人拧成一股绳,失败的风险很大。但是,如果现在不起义,等于是白白错失良机啊。

思来想去,王团长下定了决心:"干了!"他喊来副官:"通知王改民、高云汉来团司令部议事。"

自打侄子王改民介绍高云汉入职以来,王团长只是很随意地为其安排了个总务处秘书的职位。此后,确实没有留意过这个年轻人的政治倾向。起初他认为,这个人不过是个有点学识的年轻人而已,想通过关系来军队混口安生饭吃。而高云汉来了之后,三天两头就和王改民凑到一块嘀咕,两人去池阳的根据地也有四五回之多。通过暗地里仔细观察,他认为这个年轻人不简单啊。

随着两声"报告",王改民和高云汉一前一后走进了团长办公室,两人手里托着大檐帽,笔挺地站在王团长面前。

此刻,王团长才近距离地上下打量这个着来骑兵团将近半年的年轻人。身形虽然瘦弱,但目光坚毅,昂头站在面前丝毫不怯惧。的确不同于只会埋头文案的一般书生。

王团长示意他们坐下,回头又看了看房门,确定房门关严锁好后,低声向高云汉问道:"我的情况你清楚吧?"

高云汉和王改民早就商量好了,他们一直在等王团长先开口说。

这几个月下来，王团长拿得稳，一直没有动作。

当他听到王团长开门见山地发问，也不好再回避，就直截了当地答道："知道，是一名老党员了，组织过'麟游起义'、参加过'渭华暴动'。"

"那说说你的情况吧。"王团长说道。

"我这次通过改民同志来骑兵团，就是动员王团长带兵起义的，其中缘由就不多说了。"高云汉说道。

王团长仰头说道："是啊，小日本占了东三省，各路军阀连年混战，蒋、汪疯狂围剿咱们，的确是到了同他们进行坚决斗争的时候了啊。"

接着又说道："关于细节，咱们再合计合计，并且，我要求，先见你们所属党委的负责同志，要听到高层的组织决定。"

"南河党委已经指派专门负责王团长起义联络工作的杨宜生同志，常驻渭北根据地。他在此前，也另外安排同志同您的同学何楚才联系过。"高云汉介绍道。

有时候有些话藏着掖着不好，相反，大家既然想到一块了，把话挑明了更有利于开展工作。

此时王团长的心里越发敞亮了。以前，他总是悄悄让何楚才去省城寻找党组织，跑了好几次都没有摸到住处。最近，楚才去了几次池阳，但也总不能一开口就说这么机密的事情吧，总是得先试探性地接触接触。按云汉同志的说法，下次让楚才找杨宜生，直接汇报骑兵团的动向更为妥当安全些。

王团长说道："想必云汉同志也清楚我的顾虑，为什么要同南河党委的负责同志直接对话。一是我的身份问题，离开党组织三年多了，我究竟还是不是党员，这个组织得给个结论。另外就是以什么名义起义？

总不能落一个临阵倒戈的话柄吧。再就是起义后，部队开拔到哪里？进军路线需要认真谋划才行。"

高云汉看了一眼王改民说道："关于您的身份问题，我和改民已经向组织汇报过了，组织会给出结论的。再就是我俩的意思，既然东北有抗日义勇军，那咱们也就以'西北民众抗日义勇军'的名义起义，站在抗日的立场上，对绥靖公署绝对能说过去。"

王团长陷入了沉思，剩下的问题，只能靠他自己亲自解决了。

翌日，王团长特意剃须净面，换了一套崭新的军服，又换上了锃亮的马靴，甚至连战马都让勤务兵用清水刷了三遍。整个行头直到自己满意后，这才带着高云汉和王改民直奔临近的频阳县。

王团长之所以这么隆重出行，当然是要见渭北八县赫赫有名的冯司令了。冯司令负责掌管渭北八县的兵马钱粮，可谓是领袖一方的实权人物。

这八年来，虽说省上风云多变，但他始终岿然不动，仍然把持着各县的军政事务。加之，他在"剿共"问题上，多年来一直是不参与、不出兵、不发表声明，因此，王团长打算游说冯司令一起举兵抗日。

即使冯司令不愿意，也可趁此机会探探冯司令的态度。至少，他希望冯司令依然保持中立，这样，举旗起义后的障碍就会少很多。

当然，王团长去见冯司令也不是冒昧唐突的。早年间，冯司令在胡长官麾下任团长时，王团长也是胡部的一名排长，从根上讲，他俩算是胡长官派系的老人了。因此，骑兵团去年驻防池阳时，他就亲自登门拜访过冯司令，冯司令很看好他这个英气勃发的年轻后辈。

茶香袅袅的办公室，冯司令正捧着一本线装的《中庸》，端坐在茶几旁的沙发上，似看似思，似乎有些心不在焉，又好像在细细品味。

坐定之后，彼此寒暄了几句，王团长正打算说明来意，想委婉地透露出自己的动向。冯司令是何等老辣，敏锐地嗅到了一丝兵戈的气味。在他这里密谈举兵事宜等于是惹火烧身。

他果断地挥了挥手，打断了王团长，说道："与兵马钱粮有关之事可以商量。此外，无须谈矣，语多则成患。"

王团长抿了抿嘴唇，竟然没了说辞。没想到，冯司令竟然这么直截了当，堵得他一时竟然不知怎么说了。

冯司令悠然地合起书本，伸手递给了王团长，接着说道："冯某年近半百，连年征战，已经心灰意冷，现在是打不了、跑不动、折腾不起。不像你们年轻人，有想法、有冲劲。既然你来了，也不能让你白来一趟，这本《中庸》送给你，算是我的态度吧。"

固执的冯司令让王团长无可奈何，他只能两手空空地回到骑兵团，唯一的收获就是冯司令送给他的那本《中庸》。

他一个人静静地坐在办公室，心想，这个冯司令，真是个老江湖，他的态度让人难以捉摸，还有这本书，是什么意思呢。他随手又翻起冯司令送给他的这本《中庸》，中间有一页已经被冯司令折了起来，王团长打开一看，只见这页上赫然写道：

"故君子和而不流，强哉矫！中立而不倚，强哉矫！国有道，不变塞焉，强哉矫！国无道，至死不变，强哉矫！"

王团长顿时明白了，中立不倚，就是冯司令的态度。

三

夏日的三木帮被翠绿的群山相拥，蝉鸣雀飞，一派生机盎然。

动员王团长起义的任务已经完成，后续的工作会有组织上的其他同志跟进。而现在，高云汉正策马疾驰，赶往三木帮，他想动员李大山和陈国武领导的西区民团也加入这热火朝天的革命洪流中来，会同华阳县委领导的地方游击队并肩战斗，以策应骑兵团的华阳起义。

李大山会答应吗？会有多少人参加呢？按照李大山守卫"三村一寨"的思路，也许不会参与，陈国武还是有可能参加的，那就只能尽自己最大能力，做通大家的工作了。

三木帮的客厅里，李大山和陈国武见到了阔别半年之久的高云汉。而此时的高云汉，身着军服，干练洒脱，同此前那一身布衣长衫相比，简直判若两人。

李大山心里暗暗嘀咕，都说高云汉像个共产党，现在看来还真是八九不离十啊，忽而教书匠，忽而土农民，现在又穿上了国军的军服，厉害啊。

陈国武却是只关心高云汉的个人安危，他紧紧抓住高云汉的两个胳膊，不停地摇晃着，心里高兴啊。自打高云汉冒着风雪离开三木帮之后，他一直担心着，毕竟，他和高云汉亲手掩埋过那个浑身是血的渭北大汉，亲耳听到了高云汉那撕心裂肺的呐喊，他们都是用命在拼呐。

当高云汉用眼神示意李大山时，李大山明白，这是有机密要向他俩说。

李大山随即挥了挥手，说道："其他弟兄都下去吧，我们仨人说会话。"

当确定众兄弟走远后，高云汉说道："李大哥，我的情况国武兄弟给你提过吧。"

李大山点了点头。

"离开的这半年时间里，我按照组织的指派，动员华阳的骑兵团起义，脱离国民政府，打的旗号是抗日义勇军。李大哥，带着国武兄弟一块干吧！"

国武一听，激动地望着李大山，他非常希望李大哥也像他一样热血沸腾，慷慨地答应下来。

然而，李大山毕竟是一帮之主，不能一时头脑发热简单地想问题。如果他带着弟兄们南下，那山寨的日常事务怎么办？土地谁来耕种？油坊豆腐坊谁来经营？还有，三个村子里那几户无儿无女的鳏寡孤独谁来照料？他怎么能一走了之？

走出去是为大家，留下来是为小家！他的决定是：留下，至于国武和其他弟兄们，由他们自己决定吧。

"我留下，国武带着弟兄们南下，一守一攻，分头行事吧。"李大山神情落寞地说道。

李大山能有这样的态度，与高云汉在三木帮待了三个月，利用识字班机会，向山寨里的年轻人宣传革命道理密不可分。高云汉抛家舍业的情怀深深地触动了李大山。

李大山不知道，举办农民运动讲习所是共产党的老传统了。在军阀混战、天灾人祸的苦难日子里，农民运动讲习所像是一盏指路明灯，照亮了穷苦人。面对暗无天日的世事和年复一年的苛捐杂税，生活在社会最底层的农民,因学识的匮乏、眼界的限制,看不到任何希望。到底是拿起锄头反抗,还是一辈又一辈做待宰羔羊,讲习所宣传的反对压迫、反对剥削、农民当家作主思想,成为穷苦人唯一的选择。

高云汉给陈国武详细地说明了参加华阳起义、参与组建县游击大队的细节。两人边说边出了寨门,一路南行,来到了刘大有的墓前。

高云汉低声缓缓说道:"大有兄弟,你的鲜血没有白流,游击队同志们的血也没有白流,根据地又被我们夺回来了。这次,我们还要组织更大范围的起义。或许,我也会牺牲,或许,还有更多的同志牺牲,不过,我们一步一步地朝着我们的理想靠近,我们所信仰的、我们所追求的,一定会变为现实!"

说完,高云汉深深地鞠了三个躬,止住心中的酸楚,拉着陈国武,登上了一块高地。他手指着南塬以下的地方说道:"国武,下面的几个村子你熟悉吗?"

"熟悉,整个河川里的耕地基本都是王家的,所以王家在我们这里有个外号叫'王半川'。塬下的农民可苦了,周围的几个村子流传着一句顺口溜'借着吃,打着还,跟着碌碡过个年',王家几十年来想尽办法盘剥穷苦人,算是当地最大的地主恶霸了。"

高云汉说道:"游击队成立后的主要任务,就是要为穷苦人争取永久的利益,分地、分粮和分牛羊,抗粮、抗款、抗捐、抗债、抗税。同时,要处决罪大恶极的地主恶霸,还要解除反动民团的武装,把他们的武器夺过来,为我们所用。如果对这些人手软了,等他们卷土重来后,哭的还是穷苦人。"

他用手指着河川,继续说道:"像'王半川',就是咱们镇压处决的对象,只有针锋相对地同这些地主恶霸斗,穷苦人才能看到希望,才能铁了心跟我们走。"

当两人回到帮里以后，李大山的姐姐李绮梅按照高云汉所画的草图，绣好了一面队旗，正等在客厅里。李绮梅说道："云汉兄弟，红旗已经绣好了。山里人，粗针粗线的，你可别笑话啊。"

随后，李绮梅和陈国武小心翼翼地手捧红旗，展开来让高云汉过目。

只见红旗足有被面大小，三面用红线裹边，另一面是白布做成的旗杆套，红旗上用黑线赫然绣着"铜官西区抗日义勇军"九个大字。

高云汉看了连连称好。

有了旗，就有了主心骨；有了旗，就有了名号。红旗，增添了革命队伍的浩浩正气；红旗，激发了武装夺取胜利的勃勃雄心。

当红旗展开的那一刻，陈国武已经被深深感染，说道："高大哥，剿灭'王半川'不算什么，周围的几个反动民团都不咋的，我看，咱们不费劲，都能剿灭！"

高云汉赞叹陈国武的斗志，呵呵笑道："兄弟，一定要在组织的领导下有步骤地战斗，无论在什么时候，都不能脱离组织、冒险蛮干啊。"但是为了不打击陈国武的革命热情，他接着说道："趁这个机会，咱们出去走走看看，先摸摸底。"

高云汉和陈国武各自换上了一身普通农民的装束，下了妃子坡直奔黄洋区去。

两人边走边聊，高云汉说道："黄洋区东边有黄洋寨，坐落在半坡上，易守难攻，起义后直接攻取难度太大。况且，即使勉强攻下，也面临南北民团和地方驻军的围攻，不是首选啊。"

"是啊，黄洋寨依山面川，确实不太好打，不过，要想为群众报仇，迟早还是要打下来！"陈国武说道。

"为什么？"高云汉疑惑地问道。

陈国武说道："黄洋寨里住了一个早年间返乡的军阀营长，叫梁子英。听说这个人早年间在醴泉为陇西军阀种植过鸦片，深受军阀头子党拐子的器重。他通过种鸦片、贩大烟积攒下了万贯家财。党拐子被镇压后，他就回乡了，开了好几家商号，买了上千亩水田，好像在省城周围也买了不少水田呢。年景不好的时候，租子不缓不欠，租户有上吊的、有跳河的，还有背井离乡的，是当地有名的地主恶霸。"

高云汉仰望着黄洋寨，"噢"了一声，算是对陈国武介绍伪营长的回应，自言自语道："能智取还是最好的啊！"

他们一前一后进了铁皮包裹的寨门。离老远就看见两个蓬头垢面的孩子，一个七八岁的小男孩领着一个小女孩在当街讨饭。小女孩四五岁的样子，骨瘦如柴，有气无力，几乎是被小男孩硬拉着前行。

小女孩满脸疲惫地望着哥哥，嘴里不停地小声嘟囔着："哥哥，我饿。哥哥，我饿。"

两个小孩子走过一个干果摊，小男孩偷偷地向干果摊瞄了几眼，拉着妹妹走到一条胡同口，双手扶着妹妹的肩膀，说道："你在这乖乖坐着等，一会就有吃的了。"说完，用两手摸了摸脏乎乎的脸庞，看起来能干净点。

小男孩折返到干果摊前，鼓足勇气问摊主："花生怎么卖？"说着，他用两只小手在装有花生的笸箩里不停地划拉。

"五个铜板一斤，你有钱吗？"摊主看着眼前这个小乞丐，没好气地说道。

小男孩趁着用手划拉笸箩的机会，每个手心里已经各夹了一个花生，说道："我有钱，只是你这花生太贵了。"说完，自然而然地垂着两只手，走开了。

摊主并没有察觉，只是感觉哪里好像不对劲。

当小女孩吃完两个花生后，又冲着哥哥小声说道："哥哥，我还是饿。"

小男孩有了上次的经验，胆子也变大了。他又折返到干果摊前，像上次一样，两只小手在干枣的笸箩里划拉，问道："干枣怎么卖？"

摊主斜眼看着小男孩，拉长声调说道："六个铜板。"

"太贵了。"小男孩说完，两个手心里各夹了一个大枣，正准备离开。只是大枣太大了，小孩子的手掌太小，夹不住，只能用手握着。

这次，他的举动被摊主发现了，伸过一只大手，像老鹰抓小鸡样把小男孩抓过来；另一只手掌抡圆了，狠狠地扇在小男孩脸上。

陈国武见状，正要挺身向前，却被高云汉一把拉住。高云汉用眼神示意陈国武向另一边看。

这时，斜刺里健步飞奔过来一名团丁，一只粗壮的手已经抓住了摊主的手腕。团丁大声训斥摊主："不过是个小孩子，拿你仨瓜俩枣至于下狠手吗！"说着，用力一推，摊主后退了几步，握着红肿发疼的手腕，龇牙咧嘴地吸溜。

团丁随手掏出一枚铜板扔在摊主的笸箩里算是补偿。他又蹲下身子，安慰了小男孩几句，掏出了约莫十枚铜板，装到了小男孩的衣兜里，说道："拿着，和妹妹买点吃的去吧。"

高云汉问陈国武："这个团丁挺有正义感的，你认识吗？"

陈国武说道："认识，原来是北堡樊家楼的伙计，叫史永华，也是穷苦人。"

正在说话间，只听南门方向吵吵嚷嚷，人喊马嘶。

他俩紧走了几步过去，只见为首一人骑在高头大马上，不停地呵斥着周围进出城门的民众。他的身后，跟了足有二十多辆铁轮大车，装着满满当当的粮食。

"你瞧，这为首的就是梁子英的本家侄子，这几天正赶上夏收，关中平原从南到北陆续开镰了，后面装的粮食全都是收的租子。这些只是运到他们在黄洋寨粮号的。算起他们每年收的租子，至少有这些的十几倍之多呢。"陈国武说道。

他们在寨子里转了一大圈之后，慢慢悠悠出了南门。高云汉说道："如果有机会打黄洋寨，这名有正义感的团丁能当内应最好，会帮助我们最大限度地减少伤亡啊。"

陈国武说道："史永华我也熟悉，最近我们就常走动着，再套一套关系，做一些铺垫。"紧接着又说道："下来咱们就去一趟华阳的北区民团，见一见赵团总。"

"哦？这个赵团总也是当地的穷苦人吗？"高云汉问道。

"不是，是去年秋季带队上炉山抓你的那一队人。"陈国武说道。

高云汉更觉得诧异，问道："这样的民团能为我们所用吗？"

陈国武说道："差不离，冬季你离开三木帮后，李大哥带着我，趁着年节去立地寨看望过韩大哥。"

随后，陈国武简单向高云汉描述了韩大哥是怎么吓唬赵团总的，赵团总也向韩大哥保证过，不再掺和"剿共"的事了。

他叙说完之后，接着说道："还有一件事，高大哥你听了别上火啊。赵团总在你家没抓到你，临走时，把你五哥的胯骨打断了，人在炕上躺了好几个月呢。"

高云汉一听，眼睛突然有点发红，牙咬得咯吱吱地响，两个腮帮子鼓着，一口气憋在心里：可怜的五哥啊，一个老实巴交的庄稼汉，为了我遭了这份罪，唉。

　　高云汉心里有说不出的酸楚。

第十一章

一

赵团总对外依然是一副威严嚣张的气势,但他内心深处的惴惴不安外人却无法察觉。

自从上次灰溜溜地撤离炉山以后,韩锡隆那尖利刺耳的子弹声常常回响在他的耳畔。有时候晚上做梦,也会梦到韩锡隆用长枪顶着他的头,吓得他一身冷汗,"呼"的惊醒,直愣愣地从炕上端坐起来,两眼发呆。

这几个月以来,这样的熬煎就更加强烈了。因为他听说,渭北根据地又重新恢复了。这些人要是找他算账,那该怎么办啊!

他嘴里又不停地咒骂起胡老三来。胡老三是县上民团的团总,算是他的上级了,去年他们分头行动,他在外围负责追剿零星"共匪",胡老三亲自带人,铲除了"共匪"的根据地。只是现在,胡老三躲进了县城,而他驻守在城外,他的处境显得更加危险。

一想到这些他就头疼。这段时间,他干脆待在家里,丝毫不想去北区民团驻地,就连每周一次的训话也懒得再进行了。

当赵团总挺着胖乎乎的五短身材,蜷缩在自家客厅的玫瑰椅上愁容不展的时候,高云汉和陈国武已经跨过二门,径直走了进来。

陈国武抱了抱拳,说道:"赵团总好自在啊,一个人在家品茶,大门口竟然连站岗的团丁都没有！"随后他自报家门，"铜官西区民团陈国武。"

赵团总并未起身，懒洋洋地抬手应付了一下，招呼二人坐下。心里暗暗思索，平常和西区民团并没有过多交往，不年不节的，西区民团派人来会有什么事呢？

他边想，边上下打量着眼前的两个人，怎么陈国武旁边的这个人这么熟悉？他目不转睛地盯着高云汉。

高云汉虽然端坐在侧首位的玫瑰椅上，但一双深邃的眼睛一直盯着赵团总，只是他的眼睛里隐藏了只想为五哥报仇的怒火。这次来，绝不能为了私仇而耽误大事啊。

"呀！"赵团总惊叫了一声，"你是高云汉！"说着，就要动手从腰间拔枪。

高云汉早有准备，"腾"的一下从椅子上弹起来，一只手摁住赵团总的肩膀，另一只手从怀里掏出手枪，"啪"的一下拍到桌子上，厉声喝问道："赵团总，真想拼个你死我活吗？"

赵团总挣扎了两下，手从腰间出溜了下来，算是认同了高云汉想讲和的说法。

高云汉见赵团总不再反抗，也松了手，掉头又坐在了椅子上。

赵团总好汉不吃眼前亏，但毕竟这是在他的地盘上，口气依然强硬，嚷嚷道："高云汉，你五哥的事是我主使的，和弟兄们无关，要算账，冲我来！"

"家仇不算仇，国仇大如天。赵团总，我要是只想着为五哥报私仇，今天就不来了。"高云汉掷地有声地说道。

"你想怎么样？"赵团总松了一口气。

"跟着我们干吧，打日本、逐列强！"高云汉说道。

赵团总不是怂包蛋，也想过带着弟兄们，东出潼关，和小日本拼上一把。可是，谁领导、谁组织、听谁的号令？他这几年，接到的都是"剿共"的密令，政府从来没想和小日本干一场。如果就靠他这四五十号子人，三十多条枪，往哪走？在哪布防？

他又上下打量了打量陈国武，看来，西区民团是铁了心要跟着共产党干了。除了西区民团，到底还有多少民团参与？不好说。唯一能确定的，是胡老三绝不会跟着共产党走，那他怎么办呢？

算了吧，自打从炉山回来后就想通了，管他姓国姓共，我谁也不跟了，谁也不得罪，最好！

这时，此起彼伏的蝉鸣声响彻了整个赵家大院，客厅显得分外寂静。

赵团总仰望着客厅正门外的大红灯笼，犹豫了良久，说道："高先生，说实话，今年以来，我一直头疼体虚，四肢疲乏，这身子骨啊，比不上国武兄弟结实。呵呵。所以，你们的事，我就不参与了。这样吧，你们要举事，我可以给人、给枪、给钱。同时，我赵某人打包票，今天的事，绝不外传！"

高云汉和陈国武清楚，这已经是赵团总最大的诚意了，像赵团总这样养尊处优惯了的民团老总，只能吓唬吓唬普通百姓，你要想让他钻山沟、吃野菜、冒枪林弹雨，这绝对不可能，因为，他家里有的是土地和粮食。

两人会意地对视了一眼，几乎异口同声地说道："那就先谢过赵团总了。"

高云汉又问道："你们北区民团的人怎么会无缘无故听我们的指挥？

你不参加,我们怎么能顺利地带着你们的人和枪离开?"

赵团总想了想,从抽屉里取出一张白纸条,简单地写了几句话,盖上了大印,递给高云汉:"拿着我写的纸条保准管用。"

赵团总现在只想过安生日子,当他交代完这些事情之后,像是祛除了一块心病,长长地舒了一口气,继续瘫坐在椅子上。

高云汉接过纸条看了看,交给了陈国武。二人起身拱手告辞,悄无声息地离开了。

在返回三木帮的路上,高云汉轻松地说道:"国武兄弟,以后的事就靠你自己了。记住,要绝对服从组织安排,不论再困难,都要完成任务!"

陈国武心里纳闷,问道:"高先生,你不参加吗?"

"想啊,我做梦都想到队伍里来,轰轰烈烈地干一场。但是,我们目的相同,职责却不同啊!"高云汉略带遗憾地说道。

第二天,当高云汉离开三木帮之后,陈国武也带着塬上的四十多个精壮小伙子,背着十来杆长枪,精神抖擞地奔南塬而来。

三木帮的寨墙上,李大山孤零零地迎风站立,目送着塬上的弟兄们。

一队黑影渐行渐远,他使出浑身的力气大喊:"国武,一定要把弟兄们都带回来,一定要活着回来!"

几十年之后,年近九旬的陈国武病恹恹地躺在床上,弥留之际,脑海中始终回响着李大哥浑厚嘶哑的呼喊声:"一定要把弟兄们都带回来,一定要活着回来!"

不觉间,老泪纵横。

六月初的省城，天气沉闷，压得人透不过气来。

这里同渭北简直是完全不同的两个世界。

大街上岗哨林立，时不时还穿插经过一小队宪兵和穿着打扮明显区别于常人的中统特务。这些人像没头的苍蝇一样四处找寻，恨不得掘地三尺抓"共匪"。只是，他们忽视了地下党的警觉，一天天、一月月，始终徒劳无功。

远处，时不时传来尖利刺耳的警哨声，宪兵和特务们立即寻着警哨快步跑去。当乱七八糟的脚步声渐渐远去，留下了被冲乱的蔬菜水果摊和紧贴着墙、侧身站立、惊恐不已的平头百姓。

为了策应华阳骑兵团的起义和南下，启新印书馆的同志连续几个夜晚，印制了一百余万张的传单。这些传单，不光是要在省城的各大学校散发，更多的是要秘密拿出城，在各郊县散发。

早在去年秋季，印书馆在印制纪念十月革命传单时就被中统特务们盯上了。

那个时候，只有三四名地下党的印刷车间，白天人多眼杂，是不能印制这些"反动"资料的。大家只能在凌晨时分，悄悄爬起来，分头印制。因为用量太大，就连彩色的毛边纸都要委托家里人去分头购买，从而避免纸张店的怀疑。

大家在做这些事情的时候，都格外谨小慎微，任何的细枝末节，稍有不慎就会惹来祸端。毕竟，印书馆的作用是无法取代的啊。

然而，在白色恐怖的省城，近一年多来这么明目张胆地散发传单、动员学生罢课，还是显得极其草率的。

这几天来，已经有十多名同志被捕了，到底是什么地方出了岔子呢？大家心里都不清楚。但是，党的宣传工作是一刻也不能停止的。

因为人民有权利知道真相！

高云汉离开三木帮之后，只身一人赶到省城，和大家会合。说是会合，人数却不多，党的纪律要求是单线联系，所以，他即使身为白区工作部的负责人，所联系的地下党员也只有十余个，上对组织联系的，也只有红光同志一个人。此刻，高云汉和红光同志正挤在他那狭小黑暗的房间里，表情异常沉重，谁也不说话。

高云汉的住处在城里西北方向的签事胡同，是他去年初回省城后，在城里面足足跑了半个月的时间，最终选择下来的。

这里的人，不是省府要员，便是军队上的大小首脑，还住着些绥靖公署的职员和地方富户。相比较商贾云集的街道或者平民居多的胡同，住在这里少了很多盘查和盯梢。平常出入，特务们很少怀着对立的眼光审视。

距离他住处不远的斜对面，就是绥靖公署刘旅长的府邸。虽说刘旅长这半年以来一直在陕南"剿共"，但刘公馆这条街道上依然有警卫排的人值守，显得平和安稳。

高云汉所住的正是刘旅长的另一处宅院。因为他去年应聘了敬业小学的教员，这所小学是由刘旅长一手发起兴办的，所以他住在这儿，租金也格外便宜。

宅院时不常有刘府的丫鬟、老妈子、长工、账房先生出入，碰见高云汉也格外客气，大都会恭恭敬敬地称呼一声"高先生"。

"云汉同志，城内的形势越来越严峻了。明天，我们几个人还要在一起开个会，只是这个会议地点让人难以选择，不论是放到哪儿，让人觉得都不安全啊。"红光同志不无担忧地说道。

"要不，同志们觉得合适，就放到我这里开，怎么样？"高云汉试探地问道。

在这类事情上,他是不能决定甚至是不能发表意见的。

红光同志之所以能到高云汉的住所来,其实也是看好这个地方。

为了筹备这个会,他已经在城内查看了好几处几乎不为外人所知的地下党秘密驻地了,最终觉得签事胡同不错。

况且,离刘旅长府邸不远处就是省府警卫团田团长的府邸。田团长可以说是我党的一名老党员了,长期渗透在绥靖公署从事秘密活动。

三年前,田团长派人多次试探性的接触红光同志,直到互相都了解信任之后,田团长这才亲自密会了红光同志。这次成功接触,也使警卫团成为一支完全忠于人民的可靠武装。

眼下,田团长和刘旅长一块去陕南"剿共",虽然他本人不在省城,但毕竟处在同一条胡同,即使有突发情况,安全撤离又多了一道保险。

当红光同志向与会领导汇报了开会地点的建议后,遭到了参会负责人杜政委的断然拒绝。

他站在绿柳成荫的太平湖畔,慷慨激昂地说道:"红光同志,你也是一名党的老同志了,干革命,就是要有一股子闯劲,怎么能这样畏首畏尾呢?把会议地点定在签事胡同,难道要让我们在军阀的屋檐下开会吗?革命到了现在,还要靠这些反动派的庇护,真是岂有此理!"

红光同志耐心地解释道:"杜政委,最近这几天来,我们在省城组织了有五起规模比较大的罢课运动,引起了中统特务的警觉,先后有十多名同志被捕。他们有没有叛变投敌,我们以前的联络点和会议地点会不会暴露,这些,我们都不知道。我这样建议,也是形势所迫啊。"

"形势所迫?你只看到了省城的白色恐怖,难道没看到陕南、渭北和陕北的农民运动吗？革命就意味着牺牲，被捕十几个人算什么。从革命到现在，我们牺牲的人还少吗？再说叛变，已经被捕的同志中，都是经受过考验的老同志了，难道他们都会叛变吗？你呀，就是胆子太小！"杜政委依旧豪情满怀地说道。

这是对革命形势估计方面的分歧，没有具体的标准来衡量到底是谁对谁错。

可以肯定的是，杜政委多年来奔波于根据地和省城，但多数做的是战略战术方面的指导工作，对当局疯狂的抓捕并没有深切体会。

反观红光同志，年轻时就一直在基层开展具体的学生运动，几次死里逃生，反动派的监狱也蹲过几个月，所以他对危险因素的察觉显得更敏锐些。

杜政委的独断专行是出了名的。先有主力团成立时，他阻止原游击队领导人参选团长，后来，他又只身跑到上海游说，将他任命为南河党委的领导人。这些都说明了他顽固大于坚定、教条大于原则。他对红光同志的建议从头到尾完全听不进去，并批评红光同志太过于小心谨慎："红光同志，你不能这样考虑问题啊，再这样下去，你就有右倾的思想倾向啦。"杜政委危言耸听地说道。

有谁不害怕扣上路线错误这顶大帽子啊。

红光同志遥望着波光粼粼的湖面，轻轻地叹了一口气说道："好，就按你的意思办吧。"

二

为了保险起见，红光同志安排高云汉守候在会场的不远处。

说是会场，其实是城内闹市区的一座茶楼，这是南河党委确定的主要会议地址所在，每年委员们开会大多选择于此。这里四通八达，人来人往，常年聚集着各地来省城的生意人。他们南北腔调不同、穿着服饰各异，吆喝声、叫卖声不绝于耳。

此刻，四个委员们身穿长袍短褂混杂其间，即使不远处的岗哨，也很难在人头攒动中发现异样。

在茶楼北侧，绿柳灰墙的阴凉处，一身粗布打扮的高云汉，头戴一顶破草帽，懒洋洋地靠在墙上。他的旁边支着一条杂木扁担，一头挽着几圈粗粗的麻绳。远远看去，像是一直在等活计的庄稼汉。但他的两只眼睛却没有闲着，警觉地扫视着四周。在他头顶的上方，就是茶楼的雅间。他心里在想，开会只需要短短的半天时间，应该不会发生什么意外吧。

在人流无序的分分合合之间，高云汉突然瞥见原南河党委的一个委员也混在了人群中，在几个明显看起来是中统特务的簇拥下，缓缓向茶楼靠近。他随即意识到，这位委员叛变了！

在向二楼雅间发出明确的暗号后，高云汉慢慢向茶楼的后门移动。

红光同志听到暗号，立刻终止了会议，招呼大家分散下楼。他走在最前面，镇定自若地前往茶台结账，几乎与已经冲进茶楼的特务们擦肩而过。好险呐！

而第二位下来的同志，刚走到楼梯拐角处，便迎面碰上了拥过来的几个特务。幸亏这名同志人高马大，左右两拳"呼、呼"打倒了两名特务，趁机蹿下楼梯，夺路而逃。

一时间茶楼里乱作一团。

高云汉手提扁担，拉过红光同志，趁乱从后门悄然离开了。

红光同志和高云汉走出去不远，他猛然想起，楼上还有两个委员没有下来呢。他想挣脱高云汉的手返回茶楼接应，高云汉用两只手死命地抓住他，说道："现在回去，不是自投罗网吗？"

红光同志决然说道："就算是换，也要把他俩换回来！"

两人在旁边的窄巷子里拉拉扯扯的时候，茶楼方向传来了阵阵呵斥声："老实点，快走！"

原来，就这一会儿的工夫，茶楼里已经围进来了十几个特务，随后下楼的两名委员无路可退，被一拥而上的特务们现场抓获。

红光同志心如刀绞。加上前面叛变的，等于是南河党委有三名委员都被捕了，这无疑是对城内革命形势的毁灭性打击。这个时候就是最紧要的关头，不能再存有一丝侥幸心理了。减少损失最好的办法就是，转移资料、转移同志。

"你赶快去一趟白区工作部，把所有的资料都烧毁，把剩下的同志全都撤出城。然后再去一趟启新印书馆，让咱们的同志也都撤走。"红光同志向高云汉安排完，匆匆离开了。

国民党陕西省党部书记长的办公室里，宋书记长坐在宽大的办公椅上，耐心地听完行动队的汇报后，兴奋地从椅子上跳了起来。虽然他已经连续几个晚上没有休息了，但听到这个爆炸性的消息，使得他瞬间眼前一亮，两眼炯炯放光。

这是一个无论冬夏始终是一身深灰色中山装的中年人，风纪扣严丝合缝的扣着，油亮的背头一丝不乱的梳在脑后。他身材颀长、面容消瘦、颧骨高耸但却派头十足。

如果你认为他是孙先生的一个不折不扣的好学生，那就大错特错了。

宋书记长不光有一套残忍的"清党"手段，借机敛财也是不落人后。他为了控制指挥绥靖公署在各地的驻军，专门安插心腹出任绥靖公署的政治处处长，掌管着省内驻军的升迁以及换防大权，加之直接归他指挥的两个宪兵排和直属省党部的七个行动队，已然成了权势熏天、人人巴结的实权派人物。他上任不到两年，就已经聚敛了数十万大洋，心贪手黑是出了名的。

他两手背在身后，轻松地踱着方步，满足地说道："太好了，虽说跑了两个，但前后抓住的这三个人，可都是'共匪'重量级的人物啊。"

这次抓捕行动，是他就任书记长以来最大的收获了。他迫不及待地想会会这两个人，把他们都争取到自己的阵营里来。嘿嘿，这几个月的工夫真是没白费啊。即使房间内光线昏暗，大家也能看到他脸上掠过的那一丝得意的冷笑。

为了从精神上彻底摧垮新抓来的"共匪"首脑，宋书记长还是动了一番脑筋的。

他安排特务们把这两个人和此前陆续抓到的"共匪"一道关押在车家巷的监狱，但并不急着提审他俩，而是让他俩日夜聆听狱警严刑拷打其他的"共匪"。

"啪、啪、啪"的皮鞭声混杂着"犯人"的声声哀嚎，把两位"要犯"搅得彻夜不宁。有时候他俩捂着耳朵、紧闭双眼,想极力避开这些瘆人的声响,但是这些声音像是长在他们脑子里一样,越想避开,越觉得皮鞭像是抽打在自己身上一样。

整整一个晚上,他俩的精神始终处在崩溃的边缘。直到第二天早晨,皮鞭的抽打声才停止,狱警带着他俩人走过阴森的刑讯室。

硬杂木做的刑架上,一名同志血肉模糊,奄奄一息地吊在那里。当听到有人经过的时候,他使出浑身的力气,微微睁开双眼,似乎好像认出了眼前的这俩人就是南河的领导,他大喊着:"不要招,挺住啊!"

这几个字,像是对自己说的,又像是给眼前的领导说。

监狱走廊尽头的休息室内,宋书记长已经正襟危坐在椅子上。

整个休息室里黑咕隆咚,只有一扇小窗户,向里面透进一丝光线。阳光斜射在他的脸上,他依然是一副阴冷的表情。他在暗自思忖,经过这么一个晚上,还怕摧毁不了这两名"共匪"的意志吗?

果不其然,当宋书记长凝视着他俩不到一分钟的时间,还没有等开口游说,其中一个就浑身一软,瘫坐在了地上。

他绝望地小声说道:"你们要问什么,只要是我知道的,我都说。"

另一个双目圆睁,大声喝止道:"你怎么啦?咱们不能当熊包蛋。"说完,他用尽最后一点气力,猛然冲向冰冷的石壁,"咚"的一声,鲜血顺着额头流了下来,整个身躯也软绵绵地滑倒在地上。

宋书记长见状,先是一怔,严肃地挥了挥手,两名狱警将散发着余温的尸体抬了出去。随后,他干笑了几声,弯下腰,非常"亲切"地将已经濒临崩溃的"共匪"首脑从地上扶起来,拍了拍他身上的灰尘,意味深长地拉拢道:"阁下能'弃暗投明',宋某深感欣慰,只要你招,一切都好说。如果要留下,我给你留个好位子,保证你位高权重,有享受不完的金钱和美女。如果要走，宋某奉送上五根'大黄鱼'，保证你后半生衣食无忧。"

在宋书记长恐吓利诱下，我党在南河的这名领导人，最终倒向了反动派的怀抱。

反动派的监狱是真马克思主义者还是假马克思主义者的检验场。当有些人意气风发用马克思主义要求别人时，当有些人举起拳头宣誓永不叛党时，看起来和真正的共产主义者是一样的。但，这些人却有着先天不足的软骨病，这种病的来源就是不接地气。遇到危险，他们只想到了自己，从不会想到民众曾经饱受的、现在正在承受的种种疾苦。从不会想起入党的真正目的是什么，工农武装割据的真正目的又是什么。

信仰，只有根植于一个人的灵魂深处时，才能坚定。而叛徒们的灵魂深处却充满了四个字：贪生怕死。

这个叛徒花了整整一天的时间，写下了遗臭万年的反党材料《南河四郊县清党路线图》。材料中他详细描述了南河党委在城内和城外四县地下党的情况。

宋书记长非常惊诧叛徒的记性竟然如此之好。当然，他很满意这份材料。此刻，他成竹在胸地坐在省党部的会议室，召集宪兵排的各小组负责人和行动队的特务们开会，以睥睨天下的姿态布置分片抓捕任务。

在此后的十多天里，城内和四郊县的党组织受到严重破坏。

当各组行动队的负责人，把抓到的"共党"人名单呈报给宋书记长之后，宋书记长的内心深处不自觉地升起阵阵满足感。很快，这些满足感就变成了剿杀这些"共匪"的快感。

他不断翻阅着这些名单，抬头问道："收获不小啊，车家巷还能关的下吗？"

其中一名行动队的负责人回应道:"人太多了,已经关不下了,如果分开关,也没有那么多人手看护。"

宋书记长斩钉截铁地用右手掌做了个砍杀的姿势,说道:"我们已经抓到了几条大鱼,那些小鱼小虾,干脆全部杀掉。"

有两个行动队负责人听到书记长的这个指令,只觉得脑袋嗡嗡作响。抓"共匪",他们是不怕的,职责所在嘛,但要一下处决掉这么多人,觉得还是太残忍了。

宋书记长已经察觉到他们脸上为难的神色,把脸一沉,说道:"对这些人你们还心软什么?如果不处决掉,早晚会成为大祸患。"随后又提高嗓门一字一句地说道:"执行命令!"

坚定的马克思主义者同坚定的反马克思主义者注定是长期并存的,需要有一个极其艰难的斗争过程。

当宋书记长在省城大开杀戒的时候,华阳骑兵团起义后,正在挥师南下。

这样整建制的起义在全省并不多见,绥靖公署大为恼火,电令半年前开赴陕南"剿匪"的刘旅长带兵回援。

尽管城内闹腾得如此厉害,但签事胡同依然宁静如水,甚至感受不到这股子血腥。

在这段时间里,高云汉始终隐藏在签事胡同。

这天下午时分,整个签事胡同车鸣马啸,闹哄哄地乱作一团。

高云汉以为中统特务们前来搜查签事胡同,一激灵,蹿出房门,轻手轻脚地走到大门口,顺着门缝向外张望。

胡同口,只见几十名刘旅长的卫兵,押着十几辆军车迤逦而来。虽说人数不多,但军车之间距离较远,前面的军车已经停在刘旅长的府邸门口，后面的军车还在缓缓前行，一眼望不到头。

高云汉在门里面看得很清楚，嘴里不自觉地骂了一句："这个刘旅长，不知道在陕南又搜刮了多少民脂民膏。"

为首骑在高头大马上的一位将军，正是得胜归来的刘旅长。只见他身材高大，肩宽体阔，一对剑眉斜插入额角，看上去春风得意。他身着少将军服，油光黑亮的马靴踩在马镫上，不时同街坊们打着招呼。

走到家门口，他利索地跳下战马。刘府门口的警卫排长一溜小跑赶下台阶来，向刘旅长"啪"地敬了个礼，说道："旅长好！"

刘旅长没有接话，而是直接向警卫排长吩咐道："前面这一车东西是我的随身物品，安排人搬回家。后面的两车，是我从陕南带回来的古籍善本，安排人给曹长官送去。再后面的十车物资送到军需处，平分给阵亡官兵家人。你给军需处说清楚，要是谁敢克扣阵亡官兵的钱，当心老子翻脸。"

他边说边指挥两个卫兵，从一辆车上抬下来一个箱子，说道："这一箱子金条送到敬业小学。"

说完，头也不回地跨上马，带着这一队卫兵掉头而去。

此时，刘旅长亲赴池阳"剿匪"的消息已经在省城传开，这对刚刚恢复的渭北根据地和立足未稳的华阳骑兵团来说无疑是雪上加霜。

高云汉看到刘旅长踌躇满志的神情，再回想起缺弹少枪的同志们，内心深处焦虑不安却毫无办法。

三

一个月之后,红光同志再次来到高云汉的住所,同行的还有此前没有参会的孙委员。

这次他们带来的消息让高云汉吃惊不小。

原来,王团长的骑兵团南下不久,在池阳县就遭到顽强抵抗,部队被打散了。骑兵团的政治部主任杨宜生得知南河党委的两名委员又在这个关键的节骨眼上被捕,心里十分着急。他绕道白水,寻找各县负责人,叮嘱大家分头赶往省城。他们试图联络失散在郊县的同志,打算重建南河临时党委机关。却被宋书记长所属的行动队发现,与会人员全部被捕。

而孙委员当天去郊县联络其他同志,晚来了半个小时,幸免于难。几天的东躲西藏,孙委员的面容有些憔悴,衬托得颧骨更加高耸。但是,他举止仍然沉稳,整个神情依然充满自信。

当红光同志简单介绍完情况后,高云汉深深地陷入了沉思。无疑,当下的革命形势,已经到了最危险、最艰难的时期了。

孙委员信心满满地说道:"云汉同志,虽然我们有许多同志牺牲了,也有个别人叛变投敌了。但这些困难都是暂时的,临时党委一次组建不成,就组建第二次,二次组建不成,就组建第三次。如果在城内组建不成,那就在郊县组建。总之,这些困难压不倒咱们。敌人再凶,也吓不住咱们。你说呢?"

高云汉知道,这是孙委员担心他丧失信心,没有勇气坚持下去,才给他打气鼓劲的。

他"呼"的一下从椅子上站起来,坚定地说道:"红光同志,孙委员说得很有道理。按中统特务抓捕的人数,城内隐藏起来的党员数量还有不少呢,咱们不如趁这个机会多联络一些,再次组建临时党委机关,把大家的劲头都鼓起来,把人心都聚起来。"

红光同志也兴奋地说道:"你能这样想可太好了,这几天你把学校的工作先停一停。给你派个非常重要的任务,后天中午,你务必要赶到城西的沣河渡口,接一个人。"

"什么人?"高云汉问道。

"这次冒险赶来的,是一直在三水县工作的崔浩同志。你利用敬业小学教员的身份去接他,能省去许多盘查的麻烦。"红光同志说道。

红光同志说完,三个人都深深地吸了一口气,望着静谧的窗外,似乎做好了迎接更加艰苦斗争的准备。

省城外二十里,古老的沣河绕城南流。

沣河渡口端端正正地坐落在省城的正西面。说是渡口,其实是有桥连接东西河岸的。横跨河岸四百余年的文昌桥始终稳如磐石地坚守在那里。桥头两端,各有一所牌坊护佑,虽然建造的不精致,却彰显出了西北特有的粗犷挺拔,任凭风吹雨打,文昌桥始终默默地注视着河东,注视着十三朝古都所发生的一切。

去年的洪灾过后,关中大地迎来了难得的丰收年。文昌桥上推车的、挑担的、携儿带女进城闲逛的,嘈嘈杂杂,人头攒动。

文昌桥下方的渡口,更是人声鼎沸。只见上百条船只不停歇地穿梭于两岸,搬运着粮食、棉花和布匹。

还有些穿着光鲜的郊县富户,指挥着长工们,一件一件从船上卸下价值不菲的红木家具。看样子，这些富户们发达了，在省城买了宅院，正在搬家进城呢。

船上的艄公们，一个个光着膀子、弓着腿、挺着腰，撑杆摇橹，往来折返。他们在河中心相遇，会用特有的腔调互相打招呼，极富韵律的号子高昂低回，繁忙热闹的劳动场面令人振奋。

高云汉也早早地出了城。这会儿，他正坐在桥头高台处的茶摊上。茶桌上，一摞线装书码得整整齐齐，他漫不经心地翻阅着手里的一本，眼神却始终紧盯着桥头。

站在高处远望文昌桥，看着眼前熙熙攘攘的人群，恍惚间回到了纷纷乱乱的大唐。虽然这不是咸阳桥，虽然文昌桥是明朝修建的，但他的脑海中依然展现出了"车辚辚、马萧萧，行人弓箭各在腰，爷娘妻子走相送，尘埃不见咸阳桥"的悲壮场景。

在三三两两的进城队伍中，有一个中等身材的青年小伙子，身穿粗布短褂，跟跟跄跄地快步疾行着。他脸庞消瘦、尘土遮面，不知道有多少天没有梳洗了，布鞋和裤腿上沾满了干结的泥浆。

走过桥头，他望了望高云汉所在的茶摊，迈步飞身走上了高台，两手捧起桌子上的粗瓷茶碗"咕嘟、咕嘟"一口气喝完，用手背抹了抹嘴，问道："是敬业小学的高先生吗？"

在这个青年人大步走过来的时候，高云汉也判断出这个人就是自己要等的崔浩同志。因为他的打扮同进城做买卖或谋生的人相比较，差别太明显了，要不是专程来接应，他还以为是缺衣少食的逃荒人呢。

高云汉一把扶住崔浩，拉着他坐在矮凳上，说道："崔先生，一路不辞辛苦地走过来，还没吃饭吧？先吃饭，等到住的地方咱们再说。"

说完，喊过店老板："来两碗油泼面！"

傍晚时分，高云汉和崔浩回到了签事胡同。掌灯时分，红光同志趁着茫茫夜色也悄悄地来了。

红光同志见了崔浩后，说道："崔浩同志，二百六七十里山路你一路不停歇地走过来，辛苦了！"

崔浩经过短暂的歇息，已经卸掉了一身的疲乏，笑容满面地说道："我这几年一直在山区打转转，有时候被反动派追得紧了，左右穿插，要迂回四五百里路呢，这二百多里路不算什么。"说完，他瞪着一双不服输的眼睛望着红光同志，问道："下一步有什么安排？"

"城外还有几位同志明天才能到，你先在云汉这儿休息一晚，等到后天，人都到齐了，咱们再开会。"红光同志说道。

"明天我重新找个住处，还是分散住得好，这样安全些。"崔浩说道。

高云汉站起来，边给他俩倒水，边说道："我这儿挺安全的，就不要找新的住处了，省得麻烦。"

崔浩说道："像我这样的陌生面孔出现在签事胡同，难免会惹人怀疑，按以往的对敌斗争经验，还是分开住，背靠背，单线联系更安全！"

红光说道："也好，自从南河党委遭破坏后，我联络起来的几个同志都是分开居住的，平时也极少碰头，就是为了安全。你找到住的地方以后，只告诉云汉同志即可。等开会的时候，咱们再想办法联络。"

在目前城内白色恐怖的严峻形势面前，崔浩的意见无疑是最为无奈的一种选择。单线联系，就是为了保护同志，确保组织安全。

城内莲花池公园的东北角，是回族同胞的聚集区之一。这里，常年有来自青、甘、宁等省区信奉伊斯兰教的教徒们短暂居住。每天清晨，他们会沿着莲花池大街南行，和长期居住在省城的教徒汇合，虔诚地去大皮院清真寺和清真大寺朝拜。

也正是因为这片区域人口构成复杂,所以,经过红光同志和其他从城外赶回来的同志们集体商量,大家都觉得,莲花池大街是再次召开组建临时党委机关会议的最好地方了。

会场所在的胡同,里外安排了三层暗哨。虽然人数不多,但这些人都经历了这几个月的生死考验,大家下定决心,即使遇到再大的困难,也要牺牲自己,保卫与会同志,保护大家安全撤离。

当红光同志指引着孙委员、崔浩同志和云汉同志经过莲湖路口时,他用眼神示意几个人向北边看,并且小声说道:"你们看十字路口北边的剃头匠,他叫老八,真名叫什么,大家反倒都忘了,是经历过多次考验的,值得信赖的同志,他学过几年红拳。今天咱们开完会后,就要赶紧成立锄奸队,他可是我们的得力帮手啊。"

大家不经意地在十字路口眺望着,对红光同志的说法表达出一种默认。毕竟,经过几番清洗,省城的党组织已经遭受了一定的损失。

在经历了一拨一拨大劫难之后,锄奸,是向敌人昭示我们还活着、我们的精神并没有垮掉的最好方式。而这次锄奸的首要目标,就是那个向中统泄密、导致杨宜生被捕的大叛徒王治国。

老八带着锄奸队的七八名同志,先后化装成卖烟的、送水的、修管道的,试图接近王治国的住地,均无功而返。

原来,自从王治国叛变以后,因"举报"有功,他深得宋书记长的青睐。除了奖励他三根"大黄鱼"外,还在他的住处,安排了七八个便衣日夜巡逻保护。锄奸队要想暗杀王治国,谈何容易啊。

时间就这样一天天地耗过去了,红光同志等人每天看着王治国气焰嚣张地带着特务们四处抓人,大家对不能尽快除掉这个叛徒而心急如焚。

就在此时，孙委员通过绥靖公署的地下党带来了一个人，孙委员向红光同志介绍道："杨兴瑞同志，也是一名老党员了，此前一直在一线部队担任团长，因对'左倾'存在极大看法，所以脱离部队回到家乡。但并没有脱离组织，还想继续为人民做点实实在在的事情。"

红光同志连忙起身相迎，细看眼前的这个人，肩宽体健，黑红面庞，国字大脸，唇厚眉粗，浑身上下透露出一种势不可挡的气息。他激动地说道："欢迎欢迎，能有更多的同志加入战斗，看来我们的胜算更大了。"

杨兴瑞和在座的几个同志分别点头示意，然后转身坐在房间内的一个小板凳上。

高云汉见状，从椅子上站起来，拉着杨兴瑞的手，说道："兴瑞同志，你个子高，板凳太矮了，坐到高处吧。"

杨兴瑞摆了摆手，笑了笑，说道："不用了，我以前在战斗部队，习惯蹲下思考问题，坐在小板凳上，心里觉得踏实，有灵感。"

此时，红光同志已经简单介绍完锄奸队组建以来的工作情况，孙委员趁机补充说道："目前锄奸队的当务之急，就是要除掉叛徒，早一点除掉他们，我们的同志就少一分危险。"

兴瑞同志毕竟在一线队伍里战斗过，对于锄奸斗争同样也有些经验。他说道："特务们既然已经知道咱们要对王治国下手，肯定有所戒备。不如，采取声东击西的策略，咱们先瞄准大特务宋宪永下手，等保护王治国的特务们误以为咱们转移了袭击目标，在他们放松警惕的时候，除掉王治国。"

是啊，谁不想刺杀大特务宋宪永呢。可是，明明是特务们正在气势汹汹的满城搜捕他们呢，城内幸存的同志们正常的开会和传播活动都要伺机进行，怎么能反过来占据主动，刺杀国民党的书记长呢？加之，这个宋宪永一门心思"剿共"，极少在公众场合抛头露面，能寻找到一个好的机会吗？

面对大家的疑虑，兴瑞同志缓缓说道："兵无常势，多数时候要反其道行之。也正因为大家分析的原因都对，所以，宋宪永完全想不到咱们会直接刺杀他，这就增加了成功的机会嘛。"

"那怎样才能把握刺杀宋宪永的最佳时机呢？"在场的人几乎异口同声地问道。

兴瑞同志一字一句地说道："城东，易俗社。"

第 十 二 章

一

　　这几天,坐落在省城关岳庙街的易俗社张灯结彩,热闹异常。城内追捧名伶的达官显贵共同集资,将这个西北地区最大的秦腔演出场所装饰一新,还装配了能与上海滩媲美的灯光声响。鲁迅先生亲笔题写的"古调独弹"匾额,在能工巧匠重新描金上漆之后,稳稳地悬挂在戏楼内的正上方。整个剧场在各色灯光的照耀下,光彩夺目,引得行人驻足侧目,不由得想买票进场,一看究竟。

　　易俗社重新开张以后,肯定是要邀请省上的各界名流前来观礼的。即使宋书记长狡诈多疑,毕竟已经收获了巨大的"剿共"成果,出现在公众视线中,接受大家的祝贺吹捧,满足自己的虚荣心,是他人性的必然。

　　有多少人能抵得过成功之后的沾沾自喜呢?

　　所以,兴瑞同志判断宋宪永到时候是一定会去的。

　　在易俗社装修工期进入到最后阶段,也正是最需要人手的时候,兴瑞同志已经提前安排了四名同志悄悄渗透进去了。平常这四个人默不作声,只管低头搬运桌椅板凳等剧场新购买的家什,空闲时清理房间和院子里的杂物。实际上他们是在勘察地形,心里在琢磨着刺杀后的逃离路线。

果不其然，剧场开张的当天，宋书记长如约而至。

年过六旬的孙仁宇先生作为东道主，早早恭候在易俗社大门外，同陆陆续续前来捧场的省上高官和名流一一拱手，称呼着对方的官职，抬手将他们让进剧场。

宋书记长兴许是大喜过望了，只带了两名特勤人员随侍左右。或许在他看来，这只是一次普普通通的民间出行吧，并不用出动太多的宪兵护卫。

兴瑞同志在暗处瞧得清楚，两手轻轻击掌，心里自言自语道："太好了，他宋宪永马失前蹄的这一天到了！"

剧场内的二楼包厢里，已经聚满了孙先生邀请来的贵宾。宋书记长的位置在正中间，这里，视线开阔醒目，是观看演出的最佳位置。当然，也成为行刺的最佳位置。

大厅内，寒暄声、招呼声、谈笑声此起彼伏。

只见一个票友模样的人说道："这次易俗社当家的孙老先生可是下血本了，不光把剧场装饰的富丽堂皇，还硬把名角刘毓中请回来唱戏。"

旁边有人说道："不会吧，刘毓中早就单干了，能爽快的回来吗？"

周围有知道内情的人说道："是叫回来了，可费了孙老先生工夫了。今晚王天民开场、刘毓中压轴，大家可以好好过过戏瘾了。"

戏终于开场了，兴瑞同志在另外四名同志的接应下，悄悄来到了易俗社的后院。兴瑞同志提醒大家道："包厢内还有绥靖公署的、警察厅的人，但这些都不是我们袭击的目标，这些人里面，有我们长期潜伏的同志，还有倾向革命的开明人士。即使是宪兵营里，也有不少我们的同志，跟着宋宪永死心塌地的人毕竟是少数。但到底哪些是我们的同志、哪些不是我们的同志，我们并不清楚。所以，我们这次的目标只是宋宪永,不管能不能击毙,都要速战速决,脱身后一定要出城躲起来。"

戏台上,后起之秀王天民已经粉墨登场,表演的正是他的成名作品《黛玉葬花》。

兴瑞同志带领四名锄奸队员在灯光形成的黑影中一闪而过,已经来到戏台的后场。

等王天民唱到了催泪处,大家屏息凝神倾听的时候,五个人挑开了戏台后方的门帘,五把枪齐向宋宪永射击。

霎时,戏园子里惊叫声、哭爹喊娘声、跑动声、茶碗摔碎声,响作一团。

这次袭击,的确出其不意,但因顾忌太多,没能一招毙命。

宋宪永随身护卫的特勤也被这一阵乱枪压得抬不起头来,只能猫腰躲在桌角拔枪还击。

宋宪永被一发子弹击中了肩膀,用另一只手捂着伤口,转身躲到了椅子后面。

不过,他毕竟是经历过枪林弹雨的人。即使受了伤,并没有显得惊慌失措。他厉声命令道:"你们两个,快冲下去,别让这些'共匪'跑了!"

两名特勤听到宋书记长的指令,一个人掩护,另一个斜身越过二楼的木质围栏,一个"雄鹰展翅"稳稳地落在地上。顺手举枪,连续向戏台方向还击。回应他的,也是一连串"噼噼啪啪"的枪声。

兴瑞同志一看双方进入了僵持阶段,并不恋战,大喊道:"撤。"

五个人鱼贯撤出了剧场。

戏台的一角,王天民不愧为名角,始终在气息均匀地唱着。他身形婉约、指法轻柔,似乎完全没有受到这阵乱枪的干扰。

宋宪永在医院经过简单的包扎后，急匆匆地来到办公室。能在铁桶般的城内被偷袭，而且还受了伤，这对于志得意满的他来说，简直是奇耻大辱。

此时，他正气急败坏地坐在椅子上，原本梳得一丝不乱的背头也变得凌乱不堪，长长的头发倒向两边。配上他那张阴沉的脸色，隐现杀机的眼神，在昏暗灯光的衬托下，显得恐怖狰狞。

行动队的大小头目们齐刷刷地低着头，端端正正地站在对面，接受斥责。

正在宋宪永白沫乱飞、大发雷霆的时候，一声"报告"打断了他。

他没好气地说道："进来。"

一个机要员走到他面前，用手搭在他耳边轻声说了几句，他"哦"了一声，阴郁的脸庞渐渐舒展开了。等机要员耳语完，他说道："把抓到的首脑人物关进车家巷，其余几个人今晚就秘密处决！"

随后，他又指点着面前行动队的大小队长们，说道："全城搜捕'共匪'的锄奸队，要是真的逃出城外，就安排人马出城搜捕。"最后，又咬牙切齿地补充道："一经发现，格杀勿论！"

原来，就在宋宪永看戏的这段时间，新组建的南河临时党委机关再一次被省党部行动队摧毁，部分同志被捕。红光同志、孙委员、崔浩和高云汉侥幸逃脱。四个人经过短暂的隐蔽，察觉特务们大部分都出城执行任务的时候，又先后来到签事胡同。

孙委员说道："临时党委机关的第二次组建又失败了。从眼下的形势看，宋宪永把城内盯得很紧呐，不如咱们也陆续转移出城，在特务们容易忽视的地方再伺机进行活动。"

"是啊，特务们的鼻子很灵，咱们一有大的活动，他们很快就能察觉。所以,还是要不停地转移,避其锋芒。"崔浩同志说道。

高云汉说:"我还安排老八在叛徒王治国的住处埋伏,需要通知老八也撤走吗?"

红光同志说道:"从城内形势看,非常不利于我们,我建议,通知老八先撤,锄奸的任务先放一放,等时机成熟后再说。"

"好,那我去通知他,"高云汉说道。

这是一场不期而至的秋雨。

先是零星的雨点落打在行人脸颊上,大家不自觉地抬头仰望天空,整个省城上空不知什么时候全部被乌云笼罩了起来。

"下雨了。"行人嘴里自言自语道。这雨说来就来,扑扑簌簌渐渐地大了起来,路上的行人纷纷加快了脚下的步伐。不一会,密集如箭的秋雨,已经在行人的脚下汇聚成了涓涓细流。刚才还热热闹闹的街道,转瞬间变得冷冷清清,只能望见迅疾的雨滴在屋檐上溅起的朵朵水花。

老八依然固执守着他的剃头摊,孤零零地站在街头的一角,他已经接到高云汉的通知了。但是,他在王治国的住处守候了七八天,昨天,他看到五六个特务陆陆续续离开。按他的观察,屋里面只剩下王治国和两个特务,他怎么能错过这个得来不易的机会呢?

所以,他下定决心,不除掉王治国,绝不撤离。

在一阵紧似一阵的大雨中,王治国家的门终于打开了。在两名特务的护送下,王治国手撑油纸伞,慢慢悠悠地走出家门,嘴里嘟囔着说道:"下这么大的雨还要去车家巷胡同,不会等到天晴了再去指认吗?"嘴上虽然这样说,但脚底下却不敢怠慢,他的步履始终紧跟着两名特务的脚步。

特务们身披雨衣,一左一右走在两边,丝毫没有理会王治国的情绪。其实他们都知道，宋书记长对"剿共"有着超乎寻常的狂热，容不下别人有丝毫的懈怠和耽搁。

老八看到三个人走出来时，心里暗喜：终于等来机会了。他边寻思，边假装收拾摊子准备回家。

空旷的街道上，他佝偻着身躯，挑着剃头挑子，一晃一晃地向着王治国他们三个人迎面走去。在这个瓢泼似的大雨天里，三个人谁也没有想到，对面这个不起眼的剃头匠，就是铁了心要他们命的共产党锄奸队员。

当老八走到距离他们只有五六步远的时候，突然从怀里掏出枪对准王治国开枪猛射。护卫王治国的特务毕竟也不是酒囊饭袋，看到老八动手，迅疾地从腰间拔出枪来还击。

老八见状，抡圆了剃头挑子，顺势用脚一送，挑子冲着一个特务飞了过去，挡住了特务射向他的子弹。与此同时，他抬手向另一个特务开枪还击。

老八这样的举动，无疑是抱着与敌人同归于尽的决心。

当他迎面走向这三个人的时候，他知道，要击毙对面的三个人，根本不可能全身而退。他心想，即使是一命换一命，也一定要杀了王治国，决不能让这个可耻的叛徒，继续危害大家的安全。

就在他连续射杀两个人之后，躲过剃头挑子的特务出手了，"啪、啪"，特务的两发子弹穿过了他的前胸。

他用尽全力想把枪口对准这个特务，但手脚全然不听使唤了。他死死盯着冲他开枪的特务，眼神锐利而充满血性。

"啪"，特务趁机又补了一枪。他身体一软，慢慢地倒了下去。他的脸上却挂着轻松的微笑，知足了，他一个人干掉了两个敌人。

血水染红了整个街道，老八慢慢地闭上了眼睛。

老八，这个来自渭北支队的大汉就这样牺牲了。所有的同志只知道他叫老八，大名叫什么，没有一个人知道。所有的同志也只知道他来自一个贫瘠的山村，到底是哪个村子，没有一个人知道。

二

兴瑞同志所带领的锄奸队撤出省城后，并没有作过多的停留，而是一路向东，奔向临潼。

他们的这条撤离路线，是红光同志和孙委员经过再三斟酌后确定的。自宋宪永大肆抓捕地下党以来，临潼的党组织，是为数不多免遭屠戮的地方了。

五个人踏着夜色敲开了水磨刘村鸿儒同志的家门。

鸿儒同志自从在频阳县和红光、高云汉分手后，一路向东南回到了临潼。

两个月前，当最后一批传单迟迟没有从省城运来的时候，他心里陡生疑虑：不会是要出事吧。这种一贯谨慎的作风，是在渭北根据地多次对敌斗争中形成的。小心无大错的观点，伴随了他革命的一生。

随后，他只身星夜赶往省城，想一探究竟。

刚进朝阳门，就看见盘查岗哨一道接着一道，守卫也比平常严格了许多。军警宪特像走马灯一样穿梭于街巷，这种异常的气氛使得他不敢再留下来继续寻找联络的同志。

他转身走出朝阳门，轻松地出了一口气，嘀咕道："这哪里像个省城？分明像个大监狱嘛。"

当鸿儒同志听完兴瑞同志对省城情况的介绍后，心里突然对红光同志的处境担忧起来。在昏暗的煤油灯下，他忧虑地说道："既然省城搜查得这么严，还不如出城，在城边搞活动，这样更为稳妥。"

兴瑞同志说道："大家基本也都是这么想的，只是机关还有十来个同志，只能是化整为零地往外撤。"

"下一步还有什么计划吗？"鸿儒同志问道。

"计划在南郊再次成立南河党委临时机关，除叛徒、锄恶霸。"兴瑞同志满怀激情地说道。

"这已经是第三次了。"鸿儒同志说道。

"第三次了。但是，咱们也要做好失败、坚持，再失败、再坚持的思想准备啊。"兴瑞同志坚定地说道。

"是啊，没有必胜的信念，就不会同反动派一直斗争下去，革命只能成为空谈。兴瑞同志，临潼县委在这种情况下完全配合你们的安排，你这次来，还需要我们做些什么？"他边给兴瑞同志茶杯里续着水边说道。他想尽可能地把周围已经隐蔽起来的党员，全部团结和动员起来，同城内的同志们一道继续和反动势力斗争。

"同志们已经隐蔽起来了，这就很好了，这样能最大限度地保留下有生力量。暂时不要做动员和宣传了。我们在这儿修整上几天，等风声过去了，咱们一道回去。"兴瑞同志说道。

随后，又补充问道："你这里安全吗？"

鸿儒自信地说道："安全，放心住吧！地方民团、地方乡绅被咱们打怕了，所以，几方势力在这里是并存的局面，他们都抱着井水不犯河水的心态，没问题的。有时候，这些人还能帮咱们打掩护呢。"

"呵呵呵。"几个人不约而同地笑了起来。

当城里的同志们陆陆续续往外撤的时候,崔浩同志却同大家失去了联系,这使得已经出城的红光同志惴惴不安。

他把孙委员等人安排好之后,想抽身回到城里独自找寻。高云汉说道:"红光同志,你就放心在城外住下来,崔浩同志会安全撤出来的。"

红光说道:"城里情况复杂,崔浩同志回来的时间不长,对这里的情况不熟悉。为了防备有什么闪失,我还是回去接应为好。"

"要是这样,还是我去接应吧,我知道他去哪了。"高云汉说道。

枣刺胡同,省立中学所在地。中学之所以设在这里,是有着深厚历史积淀的。

这里在唐代就是贡院,是科举考试的场所。为了防止贡生们作弊,胡同口设有枣刺扎成的栅栏,久而久之,就被大家称为枣刺胡同了。

高云汉判断得没错,崔浩同志就是来这里发动学生声援革命运动的。

多年来,省立中学的学生们有着激情澎湃的爱国基础。民国十四年,全校师生集体罢课,这一举动,带动和影响了全省四十九所学校的总罢课,驱除了反动军阀。随后,党组织在学校成立,革命真理宣传活动在这里此起彼伏,渐渐地在全校师生中燃起了熊熊烈火。

崔浩同志到省城以后,一有时间,就到学校和进步师生们一起集会,宣传党的土地革命政策,揭露反动派的真实面目。今天的集会,是崔浩同志和省立中学党组织负责人约好的。他想等今天的活动结束以后,再想办法一个人出城。

高云汉急匆匆穿过尘土铺街的巷道,眼睛警惕地望着巷道两旁低矮错落的土坯房。

突然，在胡同的尽头，云汉发现有几名省党部的人，正鬼鬼祟祟地走过来，他赶紧低下头，转身拐进了一条窄巷子，加快了脚步，抄近路向省立中学奔去。

学校的一间教室里，崔浩同志正在专注地和师生们交流着，对即将到来的危险毫无察觉。

而此时的高云汉却心急如焚。他奔到学校，一间教室一间教室地寻找着，凌乱的步伐和焦急的神情，已经失去了往日的沉着。

在他的背后，特务们已经悄悄来到了学校的大门口。这是一群嗅觉灵敏的家伙，所以，他这是在给生命争取时间。

关键时刻，还是学校的守门人帮了他。不光是革命党人痛恨特务，普通群众同样痛恨这群仗势欺人，搅得鸡飞狗跳、四邻不安的特务。

这时，整所学校都听到了守门人同这群特务的高声理论声。这短暂的拖延，为高云汉和崔浩赢得了宝贵的时间。

守门人的态度很坚决："上课时间，外人一律不得进入。"

当这几个特务正打算硬闯学校的时候，其中一个特务忽然看见两个人影向教学楼背后跑去。他用手一指，说道："人向后边跑了！"

特务们见状，顿时变得更加凶神恶煞。其中一个飞起一脚，踹倒了守门人；然后几个人拔出枪，冲进学校，直向后面追了过去。

高云汉和崔浩同志一前一后翻过学校的围墙，拐弯又回到了枣刺胡同。看看四下里无人，俩人"滋溜"钻进了一户人家。

枣刺胡同是城内的穷人居住区，整条胡同都是泥土路，这也是城内唯一的一条泥土路。其他胡同的路面，要么是用石条砌成，要么是用大小不等的石块拼成。正因为这条胡同的人们遭受贫穷与欺辱，他们的内心更加痛恨这些反动特务。

他俩在门背后专注地向外瞄着,屏住呼吸倾听着胡同外传进来的脚步声。

杂乱的脚步声在距离他俩躲藏的不远处停了下来,聚在一块小声嘀咕着,随即又朝着另外一个方向快速地跑去了。

等脚步声渐渐远离后,他俩才长长地出了一口气。

两人互相扶着,准备坐下来歇一会,一转身,只见一位约莫四十岁的妇女站在身后,平静地看着他俩。

高云汉轻声说道:"大姐,刚才追我们的是坏人,我们没地方跑了,想在你家里躲躲。"

这位妇女指着崔浩穿着的学生装,像是经多见广似的说道:"是学生吧,我们这条胡同的人家,经常会碰到被特务追得到处躲的学生,已经见怪不怪了。"

崔浩同志说道:"大姐,你看我穿这身衣服出去太扎眼了,您家里有多余的衣服吗?"

"有,就是粗布衣服,怕你穿不习惯。"大姐爽快地答道。

崔浩同志高兴地说道:"我们也是穷苦人家出身,有衣服换就好,没有那么多讲究。"

"等着,我这就给你拿。"说着,大姐转身进了堂屋。

半个时辰之后,等他俩再一次出现在枣刺胡同时,崔浩同志已经是一身脚夫的打扮了,粗布衣服上还落了不少补丁,黑色的褂子衬托着原本就黝黑的皮肤。别说,还真像个苦力。

傍晚时分,南郊义园。这是在两次组建南河党委临时机关失败后的第一次会议。然而,会议开始没多久,一阵急促的敲门声,打破了会场的平静。兴瑞同志虽然从敲门的节奏声判断是自己人,但他还是拔出枪、做好准备,随后才轻轻地打开了院门。

进来的这个人,生的身材高大、骨骼强健,穿一身暗红色的绵绸长衫,标准的富商打扮。来人微微地同兴瑞同志点了点头,径直大步往里走,挑帘进了堂屋。

孙委员先是一怔,然后开口说道:"胡副官,有什么紧急情况?"

胡副官的突然造访,给屋内开会的人带来了一丝不祥的预感。按道理,胡副官长期潜伏在绥靖公署,若不是有大事发生,他是不会冒着可能暴露的风险亲自出面的。

当听到胡副官带来的消息后,所有的人大吃一惊,现场气氛再一次沉重下来。

"就在前日,渭北剿总陈兵华阳北山,调来大炮强攻红军大本营,经过数日苦战,最终寨破人亡。剩余的同志仓促转移,下落不明。"胡副官用低沉而沙哑的声音说道。

革命形势已经非常不利,省城的斗争形势也是非常困难。现在,大家听到这个消息,无疑是雪上加霜。

在陕南马儿岩的主力部队被剿后,省内的部队所剩寥寥,华阳北山的部队是关中地区唯一的主力部队,也是大家的唯一希望。然而牢不可破的红军寨失守了,大家心里那坚强而厚实的主心骨没有了。

困顿彷徨之余,红光同志说道:"毕竟大部分同志都安全地从红军寨撤离了,这就是不幸中的万幸啊!"

"是啊,只要还有人有枪,什么困难都打不垮我们。"孙委员说道。

兴瑞同志紧跟着说:"待在省城这个鬼地方,只能搞些暗杀、锄奸的小动作,太憋屈了。干脆,把大家都分散下去,发动群众扩红不是更好吗?"

"是到了该下去的时候了,不依靠群众,不建立基层政权,光组建上层的领导机构,管什么用呀!"红光同志附和着边说,边用目光征求大家的意见。

"在绥靖公署学习的万全同志,以前在鄜县从事地下活动,随后他又化名创业,组建各县乡的农协,在鄜县奠定了革命基础。来省城后,他多次向组织提出重建县上的工农武装,最好能有个人去鄜县工作。"胡副官说道。

高云汉道:"我的家乡就在渭北,过了金锁关就能远望鄜县,如若没有合适的人选,就让我去。"

灞桥,古今要道,友人分别之地。

高云汉和红光同志两人站在这座古老的石桥上,眼望着脚下滔滔的滋水头也不回地向南流去。回想起这几个月来,大家在省城所经历的腥风血雨,不由得再次回头远眺省城。城内的气氛压抑得人喘不过气来,这与那厚重的城墙没有关系。当政者可以使一座城变成人间地狱,也可以使这座城变成人间天堂。

"南登灞陵岸,回首望长安。"俩人不约而同地吟出了这句古诗,相互对视,畅快地笑了起来。

高云汉不无感触地说道:"难道我们这次还真像古人一样,就这样'逃离'了?有些不甘心啊!"

红光同志满怀信心地说道:"这次,就算我们是逃离了,但也是为了避其锋芒,为了将来更好地战斗。早晚有一天,我们一定能成为这座城市的主人!"

桥下干枯的草丛中,一朵不知名的花儿,不顾秋末的冷峻,悄悄地吐露出花蕊。

三

高云汉之所以选择去鄜县工作，他还有一个想法，就是想再去一趟池阳县，凭一己之力说服渭北剿总的刘旅长。即使他认为刘旅长毫无改旗易帜的可能，但是，至少能够放慢追剿华阳北山部队的步伐。

他的这个想法太大胆了，能不能成功也是未知数，所以他并没有向红光同志汇报。其实，这一举动并不是完全盲动的，也是有些许把握的。

在刘旅长一手创办的敬业小学教书期间，他没少听刘府的人说起过刘旅长的为人。这个人热心公益、乐善好施，并不是十足的顽固派。并且，从根上说，刘旅长也是靖国军的老人手，一直追随着曹长官。曹长官失势后急流勇退，成为绥靖公署的挂名顾问。在眼下的局势面前，刘旅长是不可能成为中统特务的铁杆盟友的。

在一切为"剿共"让路的当下，池阳县城的高等中学成了渭北剿总指挥部的驻地。按说，在刘旅长的亲自坐镇下，一举荡平了华阳北山的红军寨，这是多么大的荣耀啊。但是，此刻的刘旅长，却心事重重地坐在办公桌前，面无表情地看着各团的请功嘉奖报告。

刘旅长一页一页地翻看着，终于按捺不住，"呼"的一下站起来，将手上这一摞子报告重重地摔在桌子上，骂了一句脏话，说道："遇事畏缩不前，只知道争军功、争军饷、争地盘！"说完，他两只手插在腰间,烦躁地来回踱着方步,又狠狠地从牙缝里蹦出几句脏话。

当然,他的烦恼并不止于此。前两天,省党部宋书记长专门派亲信携带了五十根金条来到指挥部,说是私下里向刘旅长祝贺,其实是想趁"北山大捷"的机会拉拢他。这才是最要命的,他端着久常将军的饭碗,怎么能盛中统的饭。私下里同中统勾勾搭搭,那不是吃里爬外嘛。

正在他心急上火的时候,门外的一声"报告",打断了他的思路。

"进来。"他不耐烦地应道。

当听到警卫员说绥靖公署顾问处派人来访的时候,他的心情恢复了平静,和颜悦色地说道:"快请!"

此时,高云汉不慌不忙地迈进了刘旅长的办公室,沉着地同刘旅长问候了一声。待警卫员拉上门、退出去后,才缓缓地坐在椅子上。

刘旅长却并没有坐下,在高云汉进门时,他一眼就看出,此人不可能是曹长官派来的。

当高云汉同他打招呼时,他脑子里飞快地转着,中统已经派人来过了,绥靖公署自然不可能单独派人来,难道会是"共匪"?要是这样,这些"共匪"胆子也太大了!

刘旅长想到这儿,猛然间把桌子一拍,厉声问道:"区区一个'共匪',竟敢冒充绥靖公署的人,我看你是吃了熊心豹子胆啦!"说着,两眼圆睁,紧紧地盯着高云汉。

高云汉也紧紧地盯着刘旅长,不停地"呵呵、哈哈"地笑着,声音由小到大,笑得身经百战的刘旅长竟然不自在起来。

刘旅长问道:"你笑什么?"

"刘旅长攻破了红军寨,难道真是大喜事吗?"高云汉止住了笑声反问道。

"贵军在渭北一败再败，难道不是喜事吗？你们失败了这么多次，现在还能笑得出来？"刘旅长讥讽道。

高云汉不急不恼，紧接着问道："刘旅长这次取得的战功，是久常将军想看到的呢，还是中统想看到的？"

"有什么区别？"刘旅长算是肯定了这样的说法，没好气地说道。

"如果刘旅长想抛弃久常将军单干的话，倒不如拉起一支队伍，跟着我们组建抗日联军，怎么样？"高云汉意味深长地说道。这样子说，当然是故意呛刘旅长。

刘旅长听后，气愤地说道："我和久常将军，自打靖国军创建初期就在一起了。这十五年来，风里雨里不知道多少回，刀山火海又不知道闯了多少回，谁想抛弃久常将军？我什么时间说过单干的话？你简直就是在挑拨我们之间的关系！"

高云汉针锋相对地说道："你现在的所作所为，不是倒向省党部的表现吗？如果你死心塌地想为省党部卖命，久常将军又该怎么办呢？部队没了地盘，还算什么部队？将军没了部队，又当如何自处啊？"

高云汉的这句话，恰恰击中了刘旅长的要害。绥靖公署所属的部队在同"共匪"的历次作战中，中统首先要甄别，谁是铁了心为国民政府卖命的，谁是为了保存实力虚与委蛇的。对于完全听命于当局的将领，中统委以重任，用高官厚禄进行利诱。而对于几方面都讨好的将领，中统肯定会进行清洗。

当然，现在还不是清洗的时候。中统既然能来收买他，也能用同样的方法去收买别的将领。照这样下去，只需要瓦解几个师，原来的靖国军班底就会土崩瓦解，省城的久常将军自然要腾位置了。"剿共"看起来是打仗，更是消灭山头势力的一张政治牌。那么，如果久常将军去职的话,他会接任吗?原先隶属于靖国军的其他将领会接任吗?按眼下的局势,可能都不会。真的到了那个时候,大家可不是都成了没部队、没地盘的光杆司令嘛。

刘旅长一时语塞。

但是,他毕竟是征战多年的老江湖了,话锋一转问道:"小兄弟贵姓,是华阳北山红军寨的吗?"

"我在刘旅长兴建的敬业小学教书,刘旅长对我不熟悉,但我对刘旅长却神交已久啊。"高云汉自报家门后神态轻松地说道。随后又补充了一句:"当然,也是你所说的一名'共匪'。"说完,又呵呵呵地笑了起来。

"高兄弟既然来了,那就暂时住下来吧。刘某正打算将学校迁回老家乾州,希望高兄弟能留下来,组织学校重建工作。"刘旅长说完,向门外大喊一声:"警卫员,送高先生去休息。"

刘旅长此举并不是同高云汉在商量,更像是软禁或者裹挟。

高云汉在渭北剿总的驻地一住就是三天。每天除了好吃好喝之外,还可以在院子里自由活动。只是,在这样舒坦的生活下,刘旅长真的只是想挽留自己,继续在敬业小学教书吗?

他心里没有答案。

难道刘旅长会专程向省党部报告,然后把他移交给中统特务发落吗?

看起来也不像。

他每天的一日三餐警卫员都会按时送过来,院子里士兵的出操训练他也能随时下去观看。他在楼上和院子里碰见的每一个人,都在忙着自己手头上的工作,就像是看不见他似的,任凭他自由往来出入。

到底怎么处置高云汉，刘旅长的心里也没有确切答案。

倒是眼下的矛盾是显而易见的，难道要将"共匪"游说一事，报告绥靖公署吗？这样岂不是让久常将军为难。

如果直接将人押解到省党部，那就预示着他倒向中统，岂不是不仁不义？怎么向久常将军交代啊！

整整两天的时间，刘旅长哪儿都没有去，一直在权衡着利弊。可是，思来想去，他还是没有头绪。

此时，他站起身来，走向窗口，眺望着东南方，突然想起，何不去频阳找冯司令呢。

想到这里，他立即出门下楼，只带了一名随身警卫，打马奔东而去。

冯府后花园的池塘里，冯司令不顾料峭的寒风，高挽起裤腿，低着头、弯着腰，一根一根地摸着莲藕。他专心致志地干着农活，并没有察觉到刘旅长的到来。

怪石嶙峋的假山、枯黄的莲叶、横七竖八的莲藕，再配上弯腰摸藕的收获者，当刘旅长火急火燎地从前厅拐到后花园时，立即被映入眼帘的这个场景所感染。

看到冯司令如此悠然自得、逍遥世外，刘旅长不由自主地感叹道："冯兄好兴致啊，活脱脱的一幅山野收藕图啊！"

冯司令听到身后有人打招呼，便直起腰来，微微笑着，深一脚浅一脚地走到岸边。

刘旅长赶忙一个箭步跨过去，挽过冯司令的手，将冯司令扶上岸。

冯司令说道："收获莲藕只能饱腹，哪比得上刘老弟在华阳北山'剿匪'的收获啊。"

刘旅长一听，爽朗地笑道："冯兄这是在打趣老弟我呢，都快愁死了。"

等冯司令收拾完浑身的泥巴，两人在前厅坐定。刘旅长一五一十地向他诉起苦来。

冯司令一直很平静，脸上带着微笑，不插话，也不表态。等刘旅长说完后，他说道："我现在是半官半商半老农。刘老弟，你难道能斩断仕途、不问政事吗？"

刘旅长听到冯司令这样发问，脸上的笑容凝固起来，郑重地说道："打镇嵩军时，也是靖国军最艰难的时候，刘某都没有打算放弃军权，现在，怎么能轻言挂印辞官呢？"

"镇嵩军兵犯省城，在关中烧杀抢掠、无恶不作，靖国军是关中父老的唯一希望，再困难，咱们都要咬牙挺住，这没有错。现在，刘老弟你列炮华阳北山，炮轰红军寨，那就大错特错了啊。毕竟，红军不是镇嵩军啊。"冯司令站起来，语重心长地拍着刘旅长的肩膀说道。

刘旅长面带为难地说道："追剿'共匪'也是绥靖公署的电令，不是我老刘的意思，冯司令怎么也把这问题归到了我头上？"

"哈哈哈，哈哈哈"，冯司令见刘旅长这样问，不自觉地大笑起来，说道："是绥靖公署的电令，但也是省党部的意思。难道刘老弟看不出来久常将军的意思吗？"

对于冯司令的反问，刘旅长似乎有些气恼，"唰"的一下站起来，慨然说道："中统就是鼓动咱们打红军嘛，这样的小伎俩，我难道看不出来吗？"

冯司令缓缓地说道："既然刘老弟能看出来，又怎么能真打呢。仗虽然打胜了，绥靖公署的损失，不是也不小嘛。"

冯司令口中所说的损失，明账上是体现不出来的。但是，打完仗之后，刘旅长就明显感觉到了，省党部已然能够非常自如地调集隶属于绥靖公署的部队，那绥靖公署还有存在的必要吗？久常将军的地位还能长久吗？"共匪"不在，绥靖公署势必也会不在。枪口抬高一寸，是给别人活路，也是给自己活路。

刘旅长突然有些失落地说道："只是，我已经收了省党部的财物，总不能退回去吧。"

冯司令思索了片刻说道："给钱收钱，给股份收股份，你就当作是对现在战果的奖励。但是，以后该怎么办，刘老弟你可要慎重啊。"顿了顿，他叹了一口气，又说道："焕章将军和久常将军在省上都是几上几下了，你们这些手握兵权的将领们，到底想和谁坐一条凳子，你可得想好啊。要我说嘛，不能反复无常，更不能当中统的棋子啊。"

对于眼前的困境，刘旅长多日来是一筹莫展。本来是一场皆大欢喜的大胜仗，他却因此卷入了一场看不见的派系斗争当中。现在看来，真是一进不如一退啊。

"嗨，"他在内心苦笑了一声，说道，"局势复杂多变，只能退一步云淡风轻了。"

冯司令说道："刘老弟能这样想就对喽，免得左右为难嘛。"

夕阳的余晖里，刘旅长和警卫员快马驰进了渭北剿总指挥部。

此刻，高云汉在略带寒冷的操场上举着一本线装书，似乎在凝神看书思考，又似乎漫不经心地瞅着前方。

当刘旅长经过他身边时，瞥了一眼书名。高云汉突然大声朗读起来："璧瑗成器，磋诸之功；镆邪断割，砥砺之力。狡兔得而猎犬烹，高鸟尽而强弩藏。"

刘旅长跨上台阶,听到高云汉朗读的内容,脚下略做停顿,又快步迈进了大楼。

傍晚时分,刘旅长将高云汉请进了办公室。

他亲自为高云汉泡上一杯茶后,有些无可奈何却又字句坚定地说道:"高先生,对于围剿红军寨一事,这本是各为其主,希望先生见谅。但是,事情已经过去了,现在说什么也无济于事,还是说说当下吧。"

高云汉在晚饭后看到刘旅长的警卫员来请他,就知道事情可能还有商量的余地,至少不会将他绑送省上了。

面对语气和缓、态度诚恳的刘旅长,他心里一阵轻松。更愿意以这样的方式展开话题,可以看出来,刘旅长已经完全没有了敌意。

刘旅长继续说道:"高先生想让刘某效仿骑兵团的王团长改旗易帜,当然是不可能的。不说粮饷没办法解决,我管辖的各团,自己都有自己的小算盘,不可能放着正规军不干,而去当一群钻山林的'土匪'吧?"

高云汉说道:"刘旅长能有这样的态度,已经非常好了,那下一步打算怎么办?"

"前日高先生一席话让刘某受益良多,我已经向绥靖公署请辞,卸任渭北剿总一职,交出军权,回乡归隐,从此不再踏入军政两界,绝不与你们为敌。"刘旅长饱含深情地说道。

他戎马半生,说完这些,神情黯然。

"刘旅长仁义,兄弟非常钦佩。我也知道你的难处。改日刘旅长要是动身出发,请让兄弟我把你送过渭河,我就自行离开。"高云汉说道。

在敌强我弱的局势下,能够找出敌人相互倾轧的弱点,把工作做到这程度,已经非常圆满了。所以,当刘旅长说出归隐的意图后,高云汉并没有步步紧逼。他知道，再怎么说，这些人都不会割舍掉眼前的利益的。

任何事情都不是一蹴而就的，都得循序渐进呐。

"哦。"高云汉想送自己一程，刘旅长感到意外至极，说道："高先生还请从速离开为好，我这里是总指挥部，前线各团人来人往的，说不定省党部还会再派人来。时间长了，怕是有危险啊。"

高云汉说道："多谢刘旅长的关怀，可别忘了，我是以绥靖公署顾问处秘书的身份来的啊，不打紧的。"接着又说道："我也不完全是陪同刘旅长回城。听说十多年前，刘旅长陪同曹长官一同去过云槐书院，拜见过关中名士白先生。算算时间，白先生已经故去七八年之久了，不知道云槐书院还有没有白氏遗风。所以，说是送刘旅长，也是想提议和刘旅长一道去瞻仰，以表崇敬。"

高云汉的这番话，似乎把刘旅长从戎马倥偬的军旅生活，拉回到了白先生一生所遵循的治学明理、民为国本的、带有浓厚淳朴气息的生活当中。

恍惚间，刘旅长脑海中闪现出当年曹长官为白先生题写匾额的场景。他不自觉地脱口而出："是啊，走得太远了，是该去看看啦。"

当刘旅长和高云汉踩着湿滑的苔藓从云槐书院缓步走出的时候，刘旅长问道："高先生，在此别过后，有什么打算吗？"

高云汉并不打算隐瞒自己的行程，说道："打算去鄜县。"

"鄜县？"刘旅长一听是陕北，有点吃惊，说道："鄜县一带可是冶旅长防区，冶旅长下属的黑马团作风剽悍。前些年，你们在水北门闹运动，就是吃了黑马团的亏啊。"刘旅长的口气中充满了担忧。

"刘旅长请不要担心，这些年来，我们有多少同志牺牲了啊，区区我一个人的性命算不了什么的。我这次去陕北,不一定能斗得过反动军阀,但是,我们有千千万万的同志,如果我死了,还会有后来的同志继续我们的事业,直到胜利为止!"

深秋的杏王村,平地里卷起了一阵寒风。望着高云汉打马远去的背影,刘旅长心里陡生一种壮士一去不复返的凄楚。

第 十 三 章

一

隆冬时节,漫天飞雪。

当高云汉气喘吁吁地爬过眼前的山梁,浑身已经落满了雪花。他倚在山梁上的一棵老槐树下,望着前方白茫茫的山峦,自言自语道:"终于到了。"

他搓了搓已经冻僵了的双手,一只手生硬地伸进棉袄,从内衣兜里掏出了南河党委的介绍信。反复看了好几遍,然后又小心翼翼地折好,装了进去。

这是大家在省城分手时,红光同志亲手写下的最后三份介绍信之一。另外的两份,一份由兴瑞同志带着去了西府,一份由崔浩同志带着去了陕南。他心里说道:这个小纸片可千万要保管好啊!

他再次抬起头,极目远眺,直罗镇就在眼前的平川里。难道直接去镇里,悄悄寻访组织,递上介绍信吗?

"太草率了。"他否定了自己的想法。心想,还是先找个地方安定下来,多接触接触劳苦大众,等有了群众基础后,再做打算不晚。

他抖擞精神,直奔镇上而去。

走过笔直的街道,两边都是挨得紧紧实实的铺面。他心中赞叹道,这里真不愧是塞上江南富庶乡啊。

街道北边的中心区，一间三层高的铺面被周围衬托得格外雄伟。

　　他驻足一看，正中的匾额上赫然书写着四个大字"魏记米行"。旁边的木牌上，明码标记着各等大米的价格，门口的木板上，浓墨书写着"招工"二字。不过，字体歪歪扭扭，一看就不是读书人所写的。他看着这几行蹩脚的字体，不再顾忌魏记米行只招收扛大包的苦力，信心满满地走进了米行。

　　"掌柜的在吗？"他将包袱放在半人高的柜台上，向正在打算盘的伙计问道。

　　柜台里面的伙计头也不抬，一直在"啪、啪、啪"地拨拉着算盘，不时扭头核对着账簿。

　　"掌柜的在吗？"高云汉提高了声调，继续大声问道。

　　柜台里的伙计抬起头，看了看高云汉，一脸不耐烦的表情说道："要扛大包到后面报名排队，我们魏老爷是你想见就见的？"说完，鄙夷地看了他一眼，又低下了头。

　　高云汉却并不恼，而是在柜台外一直注视着这个伙计。

　　"哗啦、哗啦"，伙计摇了摇算盘，让各个算珠都归位后，用左手一行一行指着账簿，又重新在计算着。

　　"区区两本账簿都算不到一块，怎么当记账先生啊。"高云汉揶揄道。

　　伙计抬头瞪了高云汉一眼，又低下头拨拉着。

　　"要不，让我来试试？"高云汉说道。

　　伙计这才抬起头，上下打量着这个一身粗布衣服的青年人，半信半疑地将账簿和算盘推到高云汉面前，说道："那你打给我看看。"

　　高云汉先是将账簿从头到尾略微翻看了一遍，对进出账目整体有了印象后，然后挽起袖子，"噼噼、啪啪"地算了起来。他边算，边用毛笔在账簿的空白处做着修改和记录。

一个时辰之后，一本账簿已经算完。旁边伙计的态度也和缓了许多，他给高云汉倒上了热茶，一直在旁边屏住呼吸，仔细地看着。

在算账的这段时间，陆续有其他伙计报账、支钱和送来明细单。大家都大声喊着这个伙计的名字。

"满斗，出库账单。"

"满斗，县上米行的回款。"

"满斗，支五块大洋，我要去靖边送货。"

每当有人叫他时，他都利索地回应着，虽然算账不在行，但脑子还是好使，手底下非常麻利。

一直到下午，高云汉终于算完了两本账簿，他在账簿的最后一页，标注上了总支出和总收入。递给了伙计，说道："这些原本不难的，就是些加加减减而已，只是有好几页记的原本就不对，所以一算就错了。我已经改过来了。"

伙计高兴地说道："多亏今天遇上你了，我都算了三天了，一天比一天乱。"说完，不好意思地笑了笑。

"你叫满斗啊，门口的招工牌子也是你写的？"高云汉问道。

"我写得也不好，拿笔胡画呢。要不，你给帮着重新写吧。"满斗说道。

等高云汉把招工牌子写好后，满斗问道："先生打算在我们米行干活？"

高云汉笑道："进你们米行的门，就想在里面谋一份差事。不过，当账房先生可以，不干伺候你们老爷和传话跑腿的差事。"

满斗有点为难,说道:"记账的活,一般都是老爷信任的人在打理,我是他的本家侄子,所以,即使我是个半瓶醋,老爷也让我弄。至于先生你,我看老爷不一定愿意啊,要不咱们一块去,让老爷先见见你吧。"

魏家大院坐落在镇子的西南头,四周深沟高墙、碉楼横空,从宅院的气势上看得出来,魏老爷子应该是称霸一方的人物了。

整个大院戒备森严,要不是有内部人的引领,外人莫说是闯入,即便是接近,便有碉楼上持枪的护院拉动枪栓做威胁状。不难看出,魏老爷子这么多年没少欺压良善。

这样的地主老财虽然为数不多,但却是北方最顽固的一个群体。他们散布在不同的州县,发财的路数却惊人的一致。都是几代人百十年来靠着官商勾结,一味强行掠夺劳苦大众的土地、积累财物发达起来的。就拿魏老爷家来说,光在河川里的水田就有两万亩之多,骡马满圈、妻妾成群,却又不顾长工们的死活。

这些,当然是高云汉以后了解到的。

满斗把高云汉带进魏老爷所居住的四合院,恭恭敬敬地向魏老爷禀明了今天米行的收支情况后,说道:"多亏高先生帮忙,要不然,侄子我怕是再有三天也算不出来。所以,想请高先生留在米行当记账的先生,高先生也同意了,老爷您看怎么样?"

魏老爷正斜躺在烟榻上,紧闭着双眼,两只手捉着烟枪,长长地呼了一口气,身体微微动了一下,说道:"一个外乡人,也就这么点能耐,想留下就留下吧,月例两块大洋。"

魏老爷把记账算账这类的事情,从来没当正经事看,他每隔三天到柜上亲自收一回现银,总账目他心里有数。他更看重他所豢养的一群打手,这些打手才是为他夺取财富的力量。

"那高先生住哪呢？"满斗继续问道。

"住哪？爱住哪住哪，我又不是礼贤下士的刘玄德。"魏老爷不耐烦地说道。

话锋一转，魏老爷又严厉地责问道："满斗，你在柜上干了有两年了吧，你爹欠的账还有几年能还清？"

"还有差不多两年就能还清了。"满斗听到魏老爷提到欠账的事，神色颓然。

"去忙你的事吧，没事少往这边跑！"魏老爷嫌弃地说道。

出了魏家大院，高云汉问道："你和魏老爷是本家，他咋那么不近人情？"

满斗四下里瞅了瞅，看周围没有人，叹了一口气说道："这个魏老爷是我还没出五服的堂伯父，虽然是本家，但是特别爱钱，只要和钱沾边的事，即使是亲兄弟也不行。前年我爹咳血，家里花了不少钱也没有医好。实在没办法，借了他五十块大洋，这两年已经还了九十块了，但是还差六十块。"

"这不是吸人血的高利贷吗？人啊，一旦有了钱，就变成魔鬼了，越是本家越狠，真是应了一句老话——'财不护亲'啊。"高云汉说道。

满斗默不作声地点了点头。

"那老人家的身体怎么样了？"高云汉问道。

"总算看好了。"满斗说道。后又压低声音悄悄地说："还是我们县上一个'闹红'的帮忙看好的。他知道我们欠了一屁股烂账，也没有要医药费，人可好了。"

"你说的是共产党？那可是要坐牢杀头的啊。"高云汉故意说道。

"不怕，我和我爹现在啥都没有，还怕什么。况且，我这个堂伯父待人苛刻，爱财如命，有好多扛大包的苦力，他都找各种原因扣工钱，往往是一年到头白干不说，有些还要倒贴呢。"满斗说道。

满斗看高云汉一直在听，也是压在心里的苦闷没有人倾诉，所以继续说道，"像赶大车送货的杨三娃，平地一声炸雷，马受了惊，摔下山涧。魏老爷先不看人的死活，只说要赔马、赔车，利滚利算了六十块。还有河川里的刘大牛，晚交了三天租子，魏老爷让人点了刘大牛家的粮仓，一年积攒的粮食全都烧没了。做事可绝啦。"

高云汉一边听着一边在心里想，看来这个地方群众基础相当不错，魏老爷为富不仁，就是当地的土豪恶霸，如果能打击他的气焰，群众会拥护的，也很容易就能拉起一支队伍。

想到这些，他问道："你说的这个共党，我能见见吗？"

"能成，我明天就带你过去。"满斗一口应承下来。

土坯墙、破瓦房，满斗和高云汉顶着冬日里明媚而又耀眼的阳光，走进了韩天魁家的破院子。

一路上，满斗高兴异常，他嘴里不停地说着韩天魁的英雄事迹。"高先生，魁哥可能比你还要小上几岁，不过胆子却很大，自小就好打抱不平。前几年，为了让县政府给穷人减租，他还挑头大闹过县城呢。"

"哦，还真是个为穷苦人请命，天不怕、地不怕的英雄啊。"高云汉感叹道。

"魁哥，魁哥，有客人来啦。"满斗刚进院子，就冲着土窑里喊。

二

黑洞洞的土窑内闪出一个人影，韩天魁拍了拍刚干活的双手，走了出来。他见满斗领来了生人，警惕地上下打量着高云汉。

满斗连忙介绍道："魁哥，这是外地来的高先生，现在是镇上'魏记米行'的记账先生。"

满斗口中的魁哥，是一个典型的陕北大汉，口大鼻直、黑红脸膛，坚硬的短发横七竖八地插在头上，精神头十足，抬腿迈步之间脚下虎虎生风。

韩天魁"哦"了一声，算是给高云汉打了招呼，然后说道："屋里坐。"

高云汉环顾土窑，除了一方土炕之外，地上只有两个小木凳，墙角整齐地码放着大小高低不等的黑瓷罐，这都是储存粮食用的。稍大一点的黑瓮上，放着两个筛子，筛子里有拣出来的荞麦壳。

仅此而已，并无其他家什。

高云汉坐在小木凳上，看着眼前这个质朴刚直的同志，说道："天魁兄弟听说过王万全吗？"

韩天魁猛地一惊，浑身的血液快速流动，心也"突、突、突"地跳了起来。心道：他怎么知道王万全，在闹农协期间，王万全就已经改名叫王创业了，知道他本名的人少之又少。

此时，高云汉从贴身的夹袄里掏出了介绍信，笑道："天魁同志，先看看这个。"

韩天魁虽然识不了几个字，但当他看到印有镰刀和斧头的印章时，那鲜红的党徽，竟然烫得他浑身发抖。激动、兴奋、希冀一时涌上心来，他颤抖地问道："高先生是省城的？"

高云汉继续笑着说道："是省城的。"

坐在土炕边的韩天魁，跳了过来，一把抱住高云汉，说道："太好了，特委通知让组建革委会，我正愁没有帮手呢。"

他激动地抹了抹眼角的泪花，平复了一下心情，郑重地说道："高先生，你经验丰富，就由你来出任革委会的主席吧。"

高云汉说道："天魁同志，你在县上群众基础好，由你负责更有利于工作。下一步，咱们还要组建队伍，我就管理队伍上的事。"

天魁还要推辞，高云汉说道："天魁同志是哪一年入党的？"

韩天魁不好意思地笑了笑，说道："我上个月才入的党。"

"那你这个新党员就要听我这个老党员的喽，就由你负责革委会的工作。"高云汉说道。

坐在一旁的满斗看到二人这幅情形，满脸疑惑，又惊又喜。

高云汉扭过头来问他："满斗，你堂伯父魏老爷在整个镇上名声都不好，如果端掉魏家大院，给穷苦人按人头分掉粮食、田地和财物，你会跟着我们干吗？"

满斗高兴地说道："我肯定乐意啦，不光是我，我想，整个河川里被魏家夺走稻田的人，都会跟着你们干的！"

"看来，先从魏家下手是我们聚拢人心的一个好办法啊。"高云汉说道。

韩天魁迟疑地说："魏家大院很难闯进去的，我最近这段时间一直在琢磨，总是想不出好办法，主要是我们的武器不行。"

高云汉想了想说:"魏家大院我们攻不进去,那我们就组织人手,堵在大门口,不让魏家的人出来。然后,再安排人分掉他们米行的粮食和河川里的稻田再说。"

这是陕北塬上难得一见的场景。

魏记米行门前,挤满了前来分粮的劳苦大众。几代都给魏家当长工的苦力来了,受尽盘剥的伙计们来了,被魏家夺走土地的乡党们来了。大家脸上荡漾着淳朴的笑容,有的拿着口袋,有的拿着布袋,有的推着独轮车,有的赶着牲口,还有比分魏家粮食更开心的事吗?一年到头没白没黑地劳作,粮仓里照样空空如也,始终是吃不饱、穿不暖。魏家的人不用干活,魏家的粮仓倒是囤囤冒尖,魏家的人个个油光满面。这样的不公平大家早就憋不住了,就等有人振臂一呼。

人群中有人高喊了一嗓子:"冲进魏家大院,推倒魏家的围墙!"

在场的劳苦大众大声呼应着:"好!好!"

又有人扯着嗓子喊道:"烧掉魏家大院,不能再让魏家的人盘剥大家了!"

此时,人高马大的韩天魁正在进进出出地扛着粮食。而高云汉站在门口,手里拿着笔,不停地记着。

高云汉说道:"你看,这场面多震撼人呐,只要我们站在群众的一边,肯定会取得胜利!"

韩天魁卸下肩膀上的粮包说道:"是啊,魏家为富不仁,站在了穷苦人的对立面,注定是不会长久的。"

河川里,满斗带着人,拿着地亩尺,已经在重新丈量魏家的稻田了。属于哪个村子的,哪个村子派代表来帮忙,再按照各户的人数重新分配。

虽然这些土地的地契还在魏老爷手里,但那已经不作数了。每分配一家,满斗就会抽出事先剪裁好的白纸,用毛笔写好户名、亩数以及位置,并在落款处工工整整地写上"革委会制"的字样。

魏老爷这几天没有睡过一个好觉,每天天不亮,他就攀上碉楼,往左边街道里看,是闹嚷嚷分粮的苦力;往右边河川里看,是大声算着账的泥腿子。他不停地咒骂着,心疼祖辈几代积攒下的财富。

他喊过管家,说道:"咱们手里有枪,又不是烧火棍,你带人冲出去,先撂倒几个再说。"说着,骂了一句脏话,又嘟囔了一句:"我就不相信,这群泥腿子不怕死。"

管家面露难色,说道:"老爷,咱们这几个看家护院的,也是周围乡里的人,他们家里人昨天晚上就在底下唤他们回家呢。满斗优先给他们分了地,他们几个昨天就闹着要走了,是我死拉活拽才留下的。他们的心啊,早就不在这儿了。"

魏老爷一听,只觉得心口发闷,嘴唇发紧,一阵天旋地转,差点摔下碉楼,幸亏管家在旁边搀扶住。他再也说不出话来,晃晃悠悠地走下木梯。

魏老爷眼见一帮穷人这么明抢魏家的财产,怎么能咽下这口气?回到房间后,他喝了两口清茶,喉咙里咕噜咕噜叫着,不停地吞咽着口水。许久之后,才缓了过来,说道:"管家,从账房支十根'小黄鱼',趁着快过年了,你专程去一趟黑马团,请马团长出兵。"说完,斜倒在炕上,昏睡了过去。

年节前,魏家看家护院的杨三娃带枪前来投奔革委会。有杨三娃当先例,魏家大院总共有七八个护院全部带枪前来投靠。看着眼前这些二十出头的壮小伙,韩天魁和高云汉打心眼里高兴啊。

革委会一时间声威大震。

革委会临时办公的院子里，高云汉从杨三娃肩膀上卸下长枪，端在手里看了看，然后又拉了两下枪栓，略带失望地摇了摇头。

韩天魁收回了满带春风的笑容，问道："高先生，这枪不行吗？"

"不行，吓唬吓唬手无寸铁的老百姓还可以。但是，要和民团真刀真枪地干一场，真不行。"高云汉说道。

韩天魁咬着嘴唇，一字一句地说道："要是能效仿刘师长'太白夺枪'就好了。"

高云汉略带惋惜地说道："是啊，刘师长胆大心细，略施手段，就轻松夺走了正规军六十多条枪。只是，眼下时局紧张，夺正规军的枪已经没有可能了。"

韩天魁坚决地说道："即使再难，也要夺枪，不然，咱们怎么组建保卫队啊。"

高云汉说道："不到万不得已，咱们还是不要牺牲同志们的性命来换枪。"他又想了想，说道："过完年，我和满斗南下，去一趟乾州府，借枪。"

走马乾州府，自然是找两个月前刚刚和高云汉分手、赋闲在老家的刘旅长。

高云汉心想，刘旅长在渭北经营多年，或许手里有私藏的枪支。即使手头没有，依照刘旅长在渭北各团的威望，保准也是能调来枪支的。当然，刘旅长不借枪的可能性也是有的，如果刘旅长不借的话，他就打算在刘府常住下去，软磨硬泡，也要把枪搞到手。

有枪才能革命，如果手里没有枪，面对反动民团的反扑围剿，只能溃逃了。这一片一片的根据地，建立起来多不容易啊，一定要用枪杆子保卫好，这也是现实斗争的需要。

热热闹闹的元宵节刚过完，亓父村的村口，两辆铁轮大车碾压着村口的青石桥，发出"咯噔、咯噔"的声响，由远及近，悠然而来。

赶车的满斗，手拿长鞭斜坐在大车上，"吁"的一声，他拉紧马的缰绳，铁轮大车的轮子发出"嘎吱、嘎吱"的声响，停在了刘旅长的老宅前。

高云汉和满斗分别跳下车，望着高大气派的刘府大门，高云汉心里嘀咕道："奇怪，刘旅长卸任后，怎么连警卫都不要了，难道真想当半农半商的闲人吗？"他看了满斗一眼，示意满斗跟着他，推开大门径直走了进去。

他站在天井中央，呼喊道："刘旅长在家吗？"

正房内似乎有了些动静。稍倾，刘旅长身穿裘皮大氅，一只手端着小且精致的紫砂壶，一只手把玩着两只山核桃，不紧不慢地迈着方步走了出来。

刘旅长一见高云汉，很是意外，随即"哈哈"大笑，说道："高先生，新年好啊！"说着，"噔噔蹬"，快步走下台阶，高兴地抓起高云汉的手，把他们让进了正房。

高云汉瞅着丫鬟端上茶离开后，又从玫瑰椅上站起来，恭恭敬敬地向刘旅长深施一礼后，说道："感谢刘旅长对我们的支持啊，说辞职就辞职，能做到不贪恋权位，我也是非常钦佩啊。"

刘旅长一直乐呵呵地笑着，不停地摆着手，示意高云汉坐下。然后说道："无官一身轻啊，高先生年龄虽小，看问题却洞若观火，如若刘某不辞官，接到的肯定是追剿你们的命令，说不定现在还在山野里栉风沐雪呢，哪还能有现在的这份清闲呐！"

"我哪当得起这份功劳,这都是刘旅长高风亮节使然啊!"高云汉说道。

品了两口茶之后,刘旅长说道:"看来高先生在鄌县还不错啊,有什么需要刘某帮忙的,尽管开口。"刘旅长说到"尽管开口"时加重了语气,看来是真心想帮忙,并不是场面上的假意客套。

"刘旅长,那我就不客气啦,"高云汉笑着说道:"我这次来找刘旅长,目的只有一个,就是借枪。"

高云汉说完,刘旅长收起了笑容,神情严肃,陷入了沉思。片刻间,他的表情又恢复如常,笑着说道:"喝茶、喝茶。"

房内一时寂然。

刘旅长半低着头,放下茶壶,放下山核桃,两只手用力地搓着,手掌在空气中发出"嗤嗤"的声响,像是在做着艰难的抉择。

忽然,他左手把大腿一拍,说道:"罢了,难得高先生来一趟,我辞职以后,拢共拉回来三十多杆枪,本来想组建两个班,轮流守卫府邸,那就不组建了,你全拿去!"说着,他豪爽地挥了挥手,却又显得很痛惜,像是咬着牙,忍痛割爱一般。

高云汉和满斗将枪和子弹抬上车,刘旅长送了出来。看着两个铁轮大车上,堆着鼓鼓囊囊的棉花包,说道:"高先生买了不少棉花啊。"

高云汉笑了笑,说道:"前两年,关中引进了新的棉花品种,产量高、价格低,我运些回去,陕北寒冷,冬天能用得着的。"

刘旅长指着棉花包,笑着说道:"不光是能御寒,还能掩护这些枪呢。"

高云汉也哈哈笑了起来。

经过三个多月的紧张训练,一支由五十多个壮小伙组成的保卫队成立了。

韩天魁看着眼前这群既能拿犁铧地，又能拿枪战斗的生力军，心里那个高兴劲儿就别提了。这些年轻人，都是革命的希望啊。

他拍着杨三娃的肩膀，说道："三娃，高先生运回来的枪和你原来的枪相比，怎么样？"

杨三娃身背一杆崭新的快枪，自豪地说道："原来的枪准星、膛线都不行，只能吓唬人。这杆新枪好用，打得准。"

满斗在一旁说道："杨三娃打枪有经验，这次又拿上了好枪，在二百步以内，说打哪就打哪，可准啦。"

杨三娃说道："你打得也不赖嘛。"

队伍里爆发出一阵欢快的笑声。

韩天魁又说道："高先生，还是你有办法啊，能从顽固派手里搞到枪，解决了咱们的大难题啊。"

高云汉说道："这可不是我一个人的功劳啊，这是咱们坚持真理的必然。如果不是为了劳苦大众，哪会有这么多人帮咱们呐。"

韩天魁说道："高先生，眼看着插秧的时节就到了。咱们把保卫队分成几个组，分别驻守在不同的地方，防止民团袭扰乡党们，你看怎么样？"

"我也是这样想的，咱们为老百姓争取下这些土地房产不容易啊，稍不留神，就会被土豪劣绅再次夺回去。保卫队的任务是保卫革委会，更要紧的是保卫咱们的老百姓。"高云汉说道。

"高先生，我的意思是你带一组人固守革委会大本营，我带一组人，去西北方的黑水寺驻扎巡逻。"韩天魁说道。

"你是革委会的主席，又要指导各乡的工作，老百姓离不开你，我去黑水寺更合适。"高云汉坚决地说道。

这一次,韩天魁还是没有拗过高云汉,说道:"黑水寺风沙大,条件差,就委屈高先生了。"

"不论是在哪儿,都是工作嘛。"高云汉说道。

为了保证高云汉的安全,韩天魁命令杨三娃和满斗,带着十个枪法好的同志跟随高云汉一块去。

按天魁的想法,黑水寺离县城更远,如果县上的民团出兵围剿,革委会驻地李家沟应该是他们的首要目标,而高云汉远在五十里之外,或许更安全一些。

三

高云汉站在黑水寺的黄土崖畔上,眼望河川里满是弯腰插秧的老百姓。一阵微风吹来,身旁不知名的花儿随风摇曳,花香伴随着泥土的香气直往他鼻孔里钻。

他深深地吸了一口气,心想道:要是能打下太平盛世,真想和大家伙一道跑下山,挽起裤腿,加入插秧队伍的行列。能有什么事比劳动更让人踏实的?

此时,远处有一队骑兵快马奔驰而过。这样一幅高原夏耕图被他们卷起的烟尘打乱了。

高云汉喊过满斗问道:"满斗,你看远方的骑兵,不知道是哪方面的队伍?"

满斗和杨三娃跑过来看了看。"离得太远了,根本看不清楚。"满斗说道。

杨三娃仔细睁大眼睛目不转睛地看着,说道:"看不清。不过,这群士兵坐在马上气势汹汹的,从战马健壮的体型看,像是黑马团的骑兵。"

远处的这一队骑兵,像是没有注意到黑水寺山坡上的这十来个人,他们不停地挥动着马鞭,弓着腰,打马向东南疾驰而去。

高云汉脸色突然大变,说道:"不好,他们可能是奔着革委会所在地李家沟去的。"

满斗和杨三娃此时也看出来了,异口同声地说道:"是啊!是啊!"

"这一队骑兵,少说也有一百来人,天魁大哥可怎么应付啊。"满斗担忧地说道。

高云汉指着马队的尾巴说道:"三娃,这么远的距离,你能够得着吗?"

杨三娃抄起枪,拉动枪栓,"啪、啪"就是两枪。

跑在马队最后的两名骑兵应声落马。

听到枪声,马队停下了前驰的步伐。

高云汉说道:"再打两枪看看。"

"啪、啪。"枪声响过后,又有两名骑兵从马上掉了下来。

为首的大胡子用马鞭朝高云汉这边的方向一指,骂了一句脏话,说道:"'共匪'在黑水寺,给老子先攻上去。"

这群一百来人的马队调转方向,朝黑水寺围了过来。

高云汉一边组织保卫队进入射击位置准备,一边向满斗说道:"快去李家沟报信,让韩主席带着大家撤进后山,这群骑兵人数众多,让他千万不要来支援,要不然,大家就全完了。"

满斗顺着小路一溜烟地跑了下去，拐了两拐，消失在山涧中。

说话间，黑马团的骑兵已经围了上来。子弹呼啸着从高云汉的耳旁飞过，他抽出腰间的驳壳枪一面还击，一面指挥大家边打边撤。

黑马团的战斗力超出了他的想象。按照打一般民团来讲，只要撂翻几个人，反动民团就会军心动摇，再加以政策攻心，他们就会主动撤出战斗。而眼前的黑马团，在死伤数十人的情况下，依然无所畏惧地包围上来，出乎了高云汉的意料。

眼见着身边的队员一个一个倒下去，他想：今天恐怕是难以走脱了，只能硬耗下去，拖住敌人，给革委会同志们的撤退多争取些时间。

下午时分，他身旁的枪声更加稀疏了。他向四周看了看，队员们都牺牲了，只剩下他和杨三娃两个人。

他猫着腰快速走到杨三娃跟前，说道："三娃，怕是顶不住了，我掩护，你先走。"

杨三娃一边拉动着枪栓，一边说道："高先生，要走一块走，我是不会先走的。"

正在他俩对话的时候，敌人的枪声停止了。为首的大胡子军官斜靠在一个树坑里向他们喊话："山上的'共匪'听着，老子是黑马团的马团长。我数了数，就剩你们两个人了。你杀了老子三十多号人，老子不和你计较，只要你们投降，老子保准你们升官发财。"

"你不和我们算账，我们早就想和你算账啦。'兰州兵暴'你杀了我们多少人？一路追截刘师长，你又杀了我们多少人？"高云汉喊道。

马团长见这两个人这么顽固，也不再啰唆。把手一挥，说道："弟兄们，他们快没子弹啦，给老子冲上去，活捉他们。"

已经记不清是敌人的第几次冲锋了。冲在前面的几个敌人，虽然被杨三娃撂倒了，后面的人仍然不管不顾地冲上前来。

等杨三娃再扣扳机时，撞针发出沉闷的声响，没子弹了。

看着"嗷嗷"扑上来的敌人，杨三娃从树坑里一跃而起，抡圆了枪托，砸向离他最近的一个敌人。只见敌人灵活地往旁边一闪，杨三娃一枪抡空，闪了个趔趄。旁边的两个敌人趁势用枪托砸向他，一枪托砸在了后腰、一枪托砸在了后背，他立时喘不过气来，晕了过去。

高云汉的驳壳枪里只剩下一发子弹，这发子弹是"光荣弹"，专门给自己预留的。危急时刻，宁肯就义，也绝不做敌人的俘虏。

面对从四周包抄上来的敌人，他将枪管对准了自己的太阳穴。

让他没有想到的是，马团长已经带人悄悄摸到了他的身后，当他举起枪，准备饮弹自尽的时候，马团长居高临下，快跑了几步，飞起一脚，将他踢翻在地。其他的敌人紧跟着扑了上来，按住了他的胳膊，夺下了枪。

马团长以一个胜利者的姿态，嘴里不停地骂着脏话，呼喝道："把这两个'共匪'全部带走！"然后又骂了几句脏话，恨恨地说道："折了老子这么多弟兄。"

县城的监狱里，马团长亲自提审高云汉。

高云汉虽然拖着沉重的手铐脚镣，但他依然挺直腰杆，高昂着脖子，用后脑勺对着马团长，非常倔强地站在刑讯室里。

马团长明显感觉到了藐视和羞辱，他大声地质问道："你到底叫什么？老子要你说真名实姓。是谁派你来的？你们还有多少人？"

高云汉身体微微动了几下，发出了几声轻蔑的冷笑。

马团长恼羞成怒，大声对手下说道："给老子狠狠地打！"

"啪、啪、啪"的皮鞭子，一下下落在高云汉的后背。有几下鞭梢扫过了他的脖颈和耳朵，血流如注。

对着这群气急败坏的敌人，高云汉"哈哈哈"地大笑起来。

马团长烦躁地点了一根烟，猛吸了两口，将烟蒂摔在地上，恶狠狠地踩了几下，一把夺过皮鞭，亲自抽了起来。

他左右开弓，猛抽了十几下，已经累得是气喘吁吁，而高云汉仍然一声不吭。

得知高云汉和杨三娃被俘的消息后，韩天魁心急如焚，恨不得立马飞到县城，将两名同志从敌人手里抢回来。但理智告诉他，不能这样做。高云汉也绝不会同意自己冒着暴露的风险这样做。

他来回在场院里踱着步，思来想去，没有什么万全之策。

急，是解决不了问题的。

他静下心来仔细想了想，叫过满斗说道："满斗，咱们革委会账上还有五十块大洋，你全部拿去，到县城监狱，疏通疏通关系。无论如何，要争取见高先生一面。"

漆黑阴冷的监狱里，狱警带着满斗，走过狭长的走廊，在最里面的一间牢房，满斗见到了皮开肉绽的高云汉。一道道鞭痕像是抽打在他身上一样，他泪如雨下。

"高先生、高先生。"他轻声地唤道。

高云汉轻轻呻吟了一声，微微抬起眼皮，看了看满斗，气若游丝："满斗，你怎么进来啦？"

满斗说道："狱警里有咱们当地的穷苦人，分到稻田的人家也不少。所以我一说是你被抓了，他们就放我进来了。"

"哦，"高云汉回应了一声，继续说道："这次围攻咱们的，是驰骋陕北的黑马团，这些人都是顽固分子，我怕是暂时出不去了。你回去给韩主席说，不要再派人来了，如果组织出面营救，现在还不是时候，只会扩大咱们的损失。我现在写一封信，你带回我的老家炉山，让家里人出面交钱保释。"

说着，他挣扎着想站起来。满斗赶忙搀扶着。

他跟跟跄跄地走到桌子前。桌子上，有黑马团早已为他准备的纸笔。高云汉咬牙说道："这些纸笔，是黑马团专门让我写悔过书的。哼，我绝不会写的！"

他艰难地写了三行字，折起来交给满斗。"你跟韩主席说，我是不会叛变的，誓言与忠诚才是咱们的命根子。我在南河党委时，亲眼看到叛徒的为虎作伥，反过来带着特务抓捕咱们的同志。每每想起，让人痛心呐。"

此时，狱警在牢房外高喊："该走了，再不走，马团长来了，你还想吃牢饭啊。"

高云汉挥了挥手，示意满斗快些离开这个是非之地。

满斗眼里噙满了泪水，三步一回头地往外走。走出了监狱大门，用袖子抹了一把泪水，头也不回地大步朝南奔去。

夏日的渭北高原，晴空万里，天高地阔。

满斗赶着一辆牛车，吱吱呀呀地行走在军台岭的小路上。

抬眼望去，满山苍翠。不远处的炉山，像一扇屏风坐东面西，气势恢宏。

此时，夏收已接近尾声，各村各户的人们正忙着晾晒新麦。

他边走边打听，很快就来到了高云汉的老家门前。

他拽住了牛缰绳，牛脖子下的铜铃声戛然而止。恰巧高家大院里，一个瘸腿的男子手拿簸箕，一瘸一拐地走了出来。

满斗轻快地跳下牛车，急忙迈上台阶，说道："是五哥吧。"

"哦，"五哥停下摇摇晃晃的身子，看着满斗问道，"听口音你像是陕北人，来山上找谁？"

"找高家当家二伯。"满斗说道。

五哥费力地放下簸箕。"进来吧。"说着，慢慢转过身，领着满斗向院子里走去。

正房的台阶上，当家二伯看完高云汉写给家里的亲笔信，气得浑身哆嗦。

看着台阶下的满斗，他不便发作，淡淡地说了一句："知道了，你要是没有什么事，就回去吧。"

满斗本想给二伯多说几句话，但看着二伯冷淡的表情，他喏了喏嘴唇，还是把想说的话咽了回去。打了声招呼后，坐上牛车，吱吱呀呀的下山了。

二伯在满斗走后，咬着嘴唇、眼睛发愣，怔怔地杵在了台阶上。

五哥问道："二伯，云汉被政府抓了，难道咱们就不去救吗？"

"肯定是要救的，不过得重新想办法。就是因为他，民团打瘸了你一条腿。如果咱们大张旗鼓地去救，高家上上下下这几十口子人，那不都成了'共匪'家属了吗？不能因为他一个人的命搭上咱们全族人啊。"二伯说道。

五哥问道："给四叔和四婶说吗？"

二伯说道："这几天先不要给他俩说。儿子被抓了，他们听到后肯定着急，闹闹哄哄、哭哭啼啼。再被区公所的人知道，更麻烦。"

傍晚过后，高家的当家人斜挎着一个包袱，骑着一头小毛驴，嘀嗒嘀嗒地来到立地寨。

夏日的月光像银盘一样挂在立地寨门楼的一角,门口的空地上银光如水泄一般。

喊开寨门后,门洞里,栓栓热情地同高二伯打着招呼。二伯拉长着脸,没有过多的言语,只是问:"韩大当家在吗?"

"在,在呢。韩大哥正在后面忙着呢。"栓栓指了指前方说道。

半山腰的作坊内,不时地传出来吱吱扭扭磨豆腐的声音,叮叮咣咣的榨油声,混杂着青年人激扬的号子声。

高二伯已经没有心思去看这热火朝天的劳动场面,一个劲催促栓栓去叫韩锡隆。

栓栓从高二伯的脸上,大约也琢磨出高家可能遇到什么麻烦事了。

他拉着高二伯的手,一起来到前厅,然后又猫腰跑上山坡,去唤韩锡隆。

韩锡隆脚步轻盈地跑下斜坡,满头大汗地走进前厅,同高二伯满脸阴郁的神情形成了鲜明的碰撞。

韩锡隆问道:"高二伯,出什么事了?"

高二伯也不多说,颤巍巍地打开桌子上的包袱,说道:"云汉出事了,在鄜县被黑马团抓了。这是高家的所有硬货,十根'大黄鱼',想请韩大侠出面打点。"

高二伯说完,用充满期待的神情看着韩锡隆。

韩锡隆不假思索地说道:"二伯放心,我这就收拾,马上去趟陕北,会一会黑马团。看看这个马团长有多厉害!"

送走了高家的当家二伯,李绮兰问道:"韩大哥,你有把握救出云汉兄弟吗?"

韩锡隆说道："绮兰，我走了以后，寨子里的事，你要多操心啊！"

"韩大哥，我问你有把握吗？"李绮兰执着地问道。

"这几个月以来，我时常想起师父，红拳传人应当以义为先啊。"韩锡隆说道。

李绮兰失落地说道："这么说，你没有把握救出云汉兄弟了？那你为什么要答应呢？救不出来人不说，再把你搭进去，可怎么办啊！"

李绮兰说完，已经急得哭了出来。

韩锡隆慨然笑了笑，说道："云汉兄弟不也是只想着别人，没想着自己吗？我堂堂一个渭北游侠，又怎么只能老婆孩子热炕头地过一辈子呢？"

李绮兰擦干眼泪，仰起头来，深情地看着韩锡隆，郑重地说道："那咱们就一块去！"

韩锡隆犹疑着："我一个人去就行了，怎么能让老婆跟我一块去冒险呢？"

李绮兰坚定地说道："嫁给你就跟定你了，要么咱们一块回来，要么咱们一块栽到陕北，我认了！"

第二天天一亮，韩锡隆和李绮兰就早早起身，收拾包袱、喂饱马匹准备上路。

栓栓拎过来两条长枪说道："韩大哥，把枪带上吧。"

韩锡隆一边把缰绳搭在马背上，一边接过枪来看了看说道："长枪虽好，但得一发一发地发射，太慢了，还是留着寨子里用，我另有打算。"

"要给三木帮的李大哥说你们的去向吗？"栓栓问道。

韩锡隆和李绮兰分别跨上马，李绮兰说道："等我们走了以后，你再安排人去三木帮。"

望着远去的两个人，栓栓心里似乎有一种不祥的预感。

下炉山后，两人没有直接往北走，而是继续打马南行。临近晌午，已经赶到了频阳县冯司令的驻地。

柳树下，石凳、布鞋、木摇椅；石几上，炭火、茶具、线装书。

怡然自得的冯司令见到了久违的韩锡隆，抑制不住内心的喜悦，激动地说道："锡隆啊，咱们有三年没见了吧？"

韩锡隆虽然早早地脱离了冯司令的队伍，但还是标准地向冯司令敬了个军礼，端端正正地站在原地，挺胸说道："是的，司令。"

冯司令上下打量着李绮兰："怎么，娶上媳妇啦？也不请我喝喜酒啊。"

韩锡隆答道："家务事，不敢劳烦司令。"

冯司令看着眼前这个个头不高却精神抖擞的韩锡隆和身姿飒爽、精干利落的李绮兰，满意地点点头："你俩真是天生的一对啊！"

"脱离队伍以后，省城的特务紧追不舍，幸亏绮兰一家救了我，这才活下来的。"韩锡隆说道。

"哦，现在风声过去了，回来继续跟着我干吧，怎么样？"冯司令说道。

"谢谢司令好意，我和绮兰在炉山挺好的，乡亲们对我们也很好。"韩锡隆说道。

冯司令很意外韩锡隆的造访，问道："既然不愿意回到军中效力，有什么需要吗？"

韩锡隆说道："司令，我想要回我的枪。"

冯司令从摇椅上站了起来，拉着韩锡隆的手，走进屋内。在柜子下面的抽屉里，取出了韩锡隆曾经用过的两支驳壳枪。

冯司令掂在手里，晃了一晃，递给韩锡隆，说道："是该物归原主喽！"

拜别了冯司令，两人出了频阳县，这才拨转马头一路向北疾驰而去。

"隆哥，我看冯司令待你很好，你想要回你的枪，他问都不问一下，就给了。为什么不向他借兵呢，这样也能壮壮声势啊？"李绮兰问道。

韩锡隆叹了口气，说道："冯司令厌恶官场倾轧，不想卷进去，所以才在老家躲清净呢。即使咱们张嘴借兵，冯司令也是不会同意的。"

天刚擦黑，韩锡隆和李绮兰已经来到了熙熙攘攘的鄜县县城。

两人住下来以后，韩锡隆说道："今天晚上我先去拜会黑马团的马团长。绮兰，你在店里留守。"说完，从腰间卸下驳壳枪交给李绮兰，背上了长短两柄刀。

马团长吃罢晚饭后，歪坐在客厅的玫瑰椅上，两手摆弄着一只白如凝脂的玉如意。这是直罗镇魏家为了感谢他出兵特意送来的。对着灯光仔细端详，只见玉石的表面隐隐泛起一层白雾，浑厚凝重，让人爱不释手。

这时，副官进来报告说，渭北刀客韩锡隆到访。

马团长放下玉如意，"哦"了一声，很是惊讶。"是十年前马踏白水北山，以一人之力荡平十三干土匪的韩锡隆？"

副官回道："是的。不过此人背着一个大包袱，像是拿了不少硬货，看样子，像是有事求团长。"

马团长一听，又要发财啦。他高兴地从椅子上站起来，像是饿狗看见骨头，两只眼睛冒着贪得无厌的光芒。"那就快请吧。"

马团长迈步出了房门,站在客厅外的台阶上。

当他看见个头不高、略显单薄的韩锡隆时,心里掠过一丝不屑。这么瘦小的一个人,会有那么大的能耐吗?

此时韩锡隆已经迈上台阶。

两人互相拱了拱手,马团长说道:"韩大侠,里面请。"说着,他右手拉起韩锡隆的左胳膊,左手就来拉韩锡隆的右肩膀,想把这个瘦小的年轻人给扔进去。

韩锡隆手疾眼快、反应敏捷,脚下急转、侧步回身,两只手腕下翻托住了马团长的两个胳膊肘,一招"仙人挂画",已经将人高马大的马团长托了起来。紧接着脚下用力,弓步向前一送,马团长庞大的身躯已经飘下台阶。

马团长"噔、噔、噔"地后退了三步才站稳。韩锡隆借势也灵巧地跃下台阶,左手扶住马团长,说道:"马团长先请。"

马团长经过这么一试,知道韩锡隆的功夫的确名不虚传。自嘲地"哈、哈"笑了两声,心悦诚服地拉着韩锡隆一起走进了客厅。

韩锡隆坐定后,丫鬟已经沏好了茶端了上来。他客套了几句,直接解下包袱,取出十根金条,放在了马团长的眼前。

灯光下,这一堆金条格外耀眼,看得马团长眼睛都直了。

"韩兄弟有需要马某帮忙的,尽管开口,这么贵重的东西,马某受之有愧啊。"马团长一边看着韩锡隆,一边抓起一个金条,掂了掂,假装客气地说道。

韩锡隆说道:"这次来就是一件事,想请马团长放一个人。"

"哦,我最近可是抓了不少人,不知道韩兄弟想让马某放哪一个啊?"马团长说道。

韩锡隆冷冷地从嘴里蹦出三个字："高云汉。"

马团长的眼神闪过一丝惊异，但很快答复道："好，看在韩兄弟不远上百里亲自前来的份上，马某就卖你这个人情。明天中午，你到县城监狱门口接人。"

韩锡隆告辞回到客栈后，李绮兰得知马团长答应放人，非常高兴。

但她看到韩锡隆仍然一副忧心忡忡的样子，疑惑不解："隆哥，马团长不是答应放人了吗，你怎么还不高兴啊？"

韩锡隆忧虑地说道："这个马团长不像是真心放人，我担心他假意应付拖延。"

"要是这样，咱们怎么办呐？"李绮兰问道。

韩锡隆说道："不要紧，他要是不放人，咱们就挟持他。我就不相信，明着斗，他们人多，咱们不行。暗着斗还能斗不过他？"

送走了韩锡隆，副官问道："团长，省党部的宋书记长点名要严密关押这个'匪首'高云汉，咱们真的打算放人吗？"

"放人？想得美，老子既想拿他的金条，还不想放人。哼！"马团长说道。

"这个韩锡隆看起来很难对付，如果不放人，就怕他纠缠啊！"副官提醒道。

"是啊，老子也没想到这个小子其貌不扬，功夫却十分了得。如果他在暗中对付老子，老子还真没脾气。"马团长说道，脑子却不停地盘算着。

稍顿了一下，他恶狠狠地说道："子夜过后，老子亲自带着警卫排去客栈，先下手为强。他一个渭北游侠竟敢跑到老子地盘上撒野，老子就不信，到底是子弹厉害，还是他的功夫厉害？"

"哐、哐、哐",北风肆无忌惮地拍打着客栈的窗户,叨扰得韩锡隆怎么也睡不着。

　　他翻身从炕上坐起来,趿拉着鞋,走到窗户边,想把窗户关紧点。隔着窗户的缝隙,他隐约看见院子里有不少人影在晃动。

　　他警觉地叫醒李绮兰,从褡裢里抽出驳壳枪,贴身站在门后。低声对李绮兰说道:"绮兰,我看院子里的人来者不善,你先从窗户里跳出去,然后绕到马厩,骑马先走。我对付完这些人,赶去和你会合。"

　　李绮兰说道:"隆哥,要走一起走,我不会一个人走的。不管是来多少人,咱们一块对付。"

　　此时,已经有两个士兵端着枪、猫着腰来到了门前。韩锡隆举枪对准木门"啪、啪"开了两枪,"咕咚"两声,门外的两个人栽倒在地。

　　院子里的士兵看到房间里的人有准备,齐刷刷地举起枪,隔着窗户向房间内"呼、呼"还击。

　　韩锡隆趁机拉起李绮兰推开窗户,跳了出去,跑向了后院。没想到,同从后门包抄他俩的一队士兵撞了个满怀。韩锡隆连忙闪进墙角的黑影里,等这群士兵跌跌撞撞跑向前院后,韩锡隆拉着李绮兰拐进了偏院的马厩。

　　伴随着嘶嘶的马啸,两人已经跨上马,冲出了后院。

　　背后传来闹闹嚷嚷的叫声:"他们从后院逃走了,赶快追!"

　　韩锡隆策马跃出后院,刚拐到街边,街道上早已守候着数十名黑马团的士兵。众人耳闻巷道里的马蹄声,纷纷拉动了枪栓,他俩人刚一露头,密集的子弹从两边扑面而来。

　　韩锡隆反身用手搂住李绮兰,脚下一用劲,腾空而起,转身落在地上。而他的马儿已经身中数十发子弹,"汩汩"地冒着血,陡然间没了精神，四蹄绵软无力地踩着地面，慢慢卧倒在了街道上。

此时，马团长骑着高头大马缓缓向前走了几步，说道："韩锡隆，识时务者为俊杰。马某劝你赶快投降，要不然，你也会像你的马儿一样，变成筛子！"

韩锡隆在黑影里拔出短刀，"呼"的一声撒手扔了出去，马团长本能地侧身躲闪。无奈，刀来得太快了，刀刃划过他的脸颊，削下了他的一截耳朵。他疼得大叫起来，伸手一摸，满手是血，举起枪咆哮道："弟兄们，给我冲上去灭了他们！"

街道两旁一拥而上的士兵、客栈里尾随他俩扑出来的士兵，乱糟糟地全都朝他们扑了过来。

他俩贴着墙，边打边退。

李绮兰焦急地说道："隆哥，你跳上房赶快走吧，这些人我来对付。"

韩锡隆一边举枪还击一边咬牙说道："怎么能丢下你一个人在这呢？今天，怕是咱俩都要折在这儿了。妹子，你怕吗？"

"不怕，只要跟着你，我死也愿意！"李绮兰说道。

面对近在咫尺的士兵，她从腰间抽出长鞭上下挥动。顷刻间，有几名士兵的长枪，已经被她的长鞭卷起来、抛了出去。鞭梢随后落下，划过士兵们的脸颊和脖颈。只是，巷道过于狭长，稍一挥舞，两面的墙壁就会无情地把鞭子挡回来。

这群士兵抓住空档，"啪、啪、啪"，又是一连串的射击，李绮兰的肩、背、手腕几乎同时中弹，长鞭无声无息地坠落在了地上。

韩锡隆一把抱住她，心疼地说道："妹子，哥真不该让你陪我来冒险啊！"

李绮兰有气无力地说道:"隆哥,妹子陪你走完这一程,也能成为大英雄吗?"

"能,咱们为了朋友,为了道义,咱们是英雄!"韩锡隆哭着说道。

"隆哥,自打我见了你,就很少见你笑,笑一个给妹子看,好吗?"李绮兰说道。

冷面花狸韩锡隆幼时父母为贼人所害,少年时立志报仇,习得一身武艺;及年长,杀尽白水北山恶匪,可以说是心如顽石,冰冷无情。

然而,他感恩三木帮李大哥兄妹,是这些人让他回归到了一个普通人的生活,体验到了普通人的喜怒哀乐。他原本想,就这样同李绮兰平平淡淡地生活下去。无奈,生逢乱世,这样的愿望怕是无法实现了。

他向李绮兰苦笑了一声,丢下早已没有子弹的驳壳枪,抽出关山刀,长啸一声窜了出去,留下一连串鬼魅般的脚印。

一片白茫茫的刀影过后,几个士兵捂着脖子倒在血泊之中。刹那间,他已经靠近了马团长。"啪、啪、啪",他的背后响起了几声清脆的枪声,子弹从后背贯穿了他的胸膛。他晃了两晃,手里的关山刀"当啷啷"掉在了地上。

是夜,立地寨的上空黑云压顶,空气闷热的使人透不过气来。

过了子夜,前厅内的炉山龙纹珍珠石发出"嗡嗡"的鸣叫,栓栓警觉地爬起来,拎着枪上了寨墙,他以为会有贼人来偷袭,便目不转睛地盯着寨门外。借着远方的闪电,寨门外的空地上寂静如常。

此时,黑云里,如排山倒海般的滚滚雷鸣声由远及近,这样沉闷的天气,炉山区并不常见,这让栓栓心里隐隐感到不安。

突然,伴随着一声炸雷,一道电光在黑云里直冲立地寨前厅,闪电击中了房脊,瓦片"哗啦啦"地滚落下来。栓栓又赶忙跑下台阶,奔向前厅。

前厅的房顶被这道闪电击穿了一个大洞,电光不偏不倚,击中了炉山龙纹珍珠石。

当栓栓仰望这块巨石时,只听到石头发出"剥、剥"的炸裂声。他不由自主地后退了几步。

"这块巨石是立地寨人的精神寄托,难道韩大哥有危险?"他绝望地自言自语道。

石头已然开始哗哗散落,顷刻间,一块硕大无比的巨石碎裂成了许多小块,小如酒盅、大如窠臼,由高到低散落下来,堆满了整个前厅。

此后,炉山珍珠石再无整器。

是夜,陈国武带领游击队,暗暗找到了黄洋寨的团丁史永华,里应外合,一举攻陷了黄洋寨。

在区公所门前的广场上,游击队惩处了为害一方的恶霸梁子英,热热闹闹的分粮运动一直持续到第二天早晨。

他站在寨墙上,眺望着西北方的家乡,心里升起了些许乡愁。虽然走了才一年多,可在他的心里,又恍若隔世。

这一年来,他在师长的指挥下,忽而西进、忽而东出、忽而南下,在这渭北的莽莽群山里日夜穿行。小的遭遇战打了有十几场,大仗打了有九场。九战九捷,打出了红军的气势。

他在遇到困难的时候、在面临危险牺牲的关头,都没有想起过家乡的亲人。

可是,现在家乡就在眼前,又怎么能让人不思念呢?即使他能忍住思念，队伍里，还有他带出来的塬上同志，这些弟兄们也能不思念家乡的亲人吗？

师长在广场上给乡亲们讲完话之后，他"噔、噔"两步，跳下台阶，向师长报告说要带着两个班的战士去寨南警戒。

师长叮嘱了他几句，他带着队伍，骑着战马，"哒哒哒"地出了寨子，一路南奔。

圪罗寺旁的麦田里，俊奇和葵花依然在已经收完小麦的麦田里忙碌着。蓝天之下，团团白云，衬托着两个不顾骄阳火热，弯腰躬耕的庄稼人。

"唰、唰、唰"的这一队马蹄声，并没有影响到他俩干农活。

国武勒住战马，离老远就和他们打招呼："俊奇哥，小麦都收完啦？今年收成怎么样啊？"

俊奇这才直起腰来，见到国武，没有显得特别惊讶。虽然他一年多没见国武了，虽然他早就知道，国武带着塬上的年轻人"闹红"去了。

他放下手里的撅头，跨过地垄，走到国武身边，拍着手上的泥土，轻松地回应着国武的问候，这种自然而然的心境，就像是昨天才分手一样轻松坦荡。

国武指着圪罗寺的松树下，正在打坐的中年道士，问道："今年还有游方的僧道凭吊圪罗古寺啊？"

俊奇说道："年年都有，有些执着的道人，会在这棵松树下念经，不管天朗风清还是刮风下雨，一坐就是两三天，诚心大着呢。"

两人正在说话间，打南边的官路上升起了滚滚烟尘，两辆黑色的小汽车，颠簸着开了过来。

国武看了看，说道："看来，咱们这儿是要来国民党的大官了，说不来还有部队护送呢。俊奇哥，我本打算带弟兄们回趟塬上，但是现在要撤走了。过两天你上塬给李大哥说一声，我和弟兄们都好着呢，让他放心！"

俊奇"嗯"了一声，一直目送着国武的队伍折返北行。

说心里话，他也不想见这些道貌岸然的官员。等国武离开后，他喊过来葵花，准备收工回家。

当他们正要转身离开时，小汽车却已经停在了他们身旁。从车上走下来一个圆脸短发的中年人，看起来斯文可亲，鼻梁上撑着圆圆的眼镜，但却目光威严。

他叫住肩扛撅头准备离开的俊奇，笑呵呵地问道："老乡，你是当地人啊。"

俊奇看着眼前这个当官的，身上的气势完全不同于那些对老百姓呼来喝去的官员，说道："啊，祖辈就住在这。"

"听说你们这里是古耀州瓷场，前些年还挖出来过宝贝？"官员继续问道。

俊奇一听，警觉地看着他们，急忙说道："都是胡说哩，哪有啥宝贝。"

官员看着俊奇紧张的表情，"哈哈哈"地大笑起来。转身对一旁年轻的秘书说道："这里的文物古迹都要保护好，回去以后，你写一个报告，在这里立一个文物保护的石碑。"

他用手指着眼前的层层梯田，感慨道："不能再让这些毁于战火埋藏于地下的宝贝再毁在我们手里啊！"说完，转身坐进了小汽车，两部小汽车一前一后继续向北驰去。

不知从什么时候起，片片白云慢慢在渭北上空聚集，遮住了刚才还是瓦蓝瓦蓝的天空，在一道道阳光的照耀下，整个天空变成了淡淡的粉红色。